ひきこまり吸《きゅう》血《けつ》姫《き》の悶々《もんもん》 5

[Hikikomari the Vampire Countess no]

JN132256

「あなたは神を信じますか？」
教皇ユリウス6世こと
スピカ・ラ・ジェミニ

コマリのメイド
ヴィルヘイズ
ムルナイト帝国 七紅天
サクナ・メモワール
ムルナイト帝国 七紅天
テラコマリ・ガンデスブラッド

アルカ共和国 大統領
ネリア・カニンガム
天照楽土 大神
アマツ・カルラ
白極連邦 六凍梁
プロヘリヤ・ズタズタスキー

「はんせいしろ」

「未来は確定しました」

Hikikomari
the Vampire Countess
no
Monmon

ひきこまり吸血姫の悶々５

小林湖底

GA文庫

カバー・口絵　本文イラスト
りいちゅ

【0】ぷろろーぐ

Hikikomari the Vampire Countes no Monmon

ムルナイト帝国に冷たい北風が吹きすさぶようになった。

十二月も半ば。七紅天《しちぐてん》闘争だの六国《りっこく》大戦だの天舞祭《てんぶさい》だの死ぬほど（文字通り死ぬほど）忙しかった今年も残すところあとわずかである。

この時期になるとエンタメ戦争の数も少なくなってくる。

メイドのヴィル曰《いわ》く「新年一発目に超殺戮《さつりく》大感謝祭が開催されるのでしばらくお休み期間なのです」とのこと。お休みは大歓迎だけど、その超殺戮ナントカって何なんだ？　明らかに命がいくつあっても足りない系のイベントだよね？

しかし詳細を聞いてもヴィルはミステリアスに笑うだけで何も教えてくれなかった。いつものことである。後でサクナに聞いておこう。

まあとにかく。

不安要素はあるけど現在はそれなりに休暇を取れているのである。今日も日曜日なのにちゃんと休日なのだ。しかもメイドが皇帝に呼び出されて不在という空前絶後の奇跡。

この奇跡は神が与えた褒美《ほうび》に違いない。一秒も無駄にせず有効活用しなければ――そんなふうに考えながら私は暖炉のそばの安楽椅子《あんらくいす》に座ってウトウトと本を読んでいた。

なんという至福。なんという法悦《ほうえつ》。この時間が永遠に続けばいいのに。

そうだ。私はこれから冬眠に入ろう。

みんなに「実は冬眠するタイプの吸血鬼なんですよ」と宣言しておけば来年の春まで爆睡していても文句は言われないはずだ。なんて天才的な発想なんだ——と思っていたら、

「コマ姉！　おはようっ！」

邪悪な声が聞こえた気がした。

幻聴か？　ここは私の部屋のはずなんだが……？

「ねえコマ姉。何読んでるの？　教えてくれないと血を吸っちゃうよ？」

「おわああああああ⁉　やめろお前‼　耳を噛《か》むなあああああっ‼」

私は本を放り出して飛び上がった。

いつの間にか背後に人が立っていた。

無邪気で邪悪な吸血鬼——ロロッコ・ガンデスブラッドである。

やつは悪魔のように口角を吊《つ》り上《あ》げて「にははははは」と笑っていた。なんだその笑い方。

「コマ姉の血って美味《おい》しいんだよね。吸いたくなっちゃうの」

「ふざけんな！　あんな液体のどこが美味しいんだよっ！」

「好きな人の血って甘く感じられるらしいよ？　知ってた？」

確かに小説とかではよく言われる。実際に私もそういう設定で物語を書いたりするし。でもそんなのは都市伝説みたいなもんだろ？　血が甘いわけないじゃないか。

「……お前は私のことが好きなのか？」

「大好き！　ドブに突き落としたいくらい好き！」

「『好き』と『ドブ』に何の関連性があるんだ？」

「ところでコマ姉、どうせ暇なんでしょ？」

「なんだよ藪《やぶ》から棒に……話がコロコロ変わるやつだな……」

「冬休みの宿題をかわりにやってくれない？」

あまりの放縱《ほうじゅう》さに温厚な私でもさすがにキレてしまった。

「なんで私がそんなことしなくちゃいけないんだよ！　というかどうやって入ってきた⁉　扉には鍵《かぎ》をかけておいたはずだぞ！」

「ヴィルヘイズに合鍵《あいかぎ》をもらったの。コマ姉の小さい頃の写真と引き換えに」

「意味わかんねえよ！」

史上最悪の裏取引を聞かされた気がした。こいつら繫《つな》がっていたのかよ。

だいたい小さい頃の写真なんか何に使うんだ？　面白《おもしろ》いモノでもないだろうに。まあ確かにヴィルの小さい頃の写真は見てみたい気もするが——いやいやそんなことは後でいい。

このロロッコという妹は私の天敵といっても過言ではなかった。

こいつが原因で流した涙は100万リットルを優に超える。

おやつを横取りされたり、お小遣《こづか》いをカツアゲされたり、いきなり血を吸われたり、ほっぺたにネコのヒゲを落書きされたり、こいつがほざいた「スイカの種を食べるとお腹《なか》を突き破って生えてくるのよ」という根も葉もない大嘘《うそ》のせいで夜眠れなくなったり――とにかく妹の暴虐な行いには枚挙に暇《いとま》がなかった。

「ねえコマ姉、私はこれから出かけなくちゃいけないの。かわりに宿題をやってくれないとコマ姉がエロチックな小説を書いてるってみんなに言いふらすわ」

「そ、そそそそそんな小説書いてないよっ！」

「うわあ動揺してる！　少しは自覚あったんだね！」

「………………」

こいつは悪魔の子に違いなかった。しかし今回ばかりは屈してはならなかった。

何故《なぜ》なら私は七紅天大将軍。年下の少女に翻弄《ほんろう》されているようでは恰好《かっこう》がつかないのだ。

私は深呼吸をして心を落ち着けると、大人の威厳を纏《まと》わせながら口を開いた。

「――なあロロ。お前は少しばかり人生を舐《な》めてないか？」

「舐めてるのはコマ姉のほうでしょ？　いつも『引きこもりたい引きこもりたい』って泣き喚《わめ》いている姉を見ると情けなくなってくるわ」

「しゅ、宿題というものは自分でやってこそ意味があるのであり――」

「あ、わかった！　コマ姉勉強できないんだ！　賢者を自称してるのに頭が悪いってことがバレたくないんでしょ？　まあしょうがないかー。コマ姉に数学はまだ早いもんねー」

ブチッ。私の中で憤怒《ふんぬ》を司《つかさど》る魔物が産声《うぶごえ》をあげた。

……頭が悪い？　勉強ができない？

こいつは希代の賢者に向かって何を言ってるんだ？

「ふふふ……舐められたものだな。私の明晰《めいせき》なる頭脳をもってすれば妹の宿題なんて小指一本で終わらせることができるというのに」

「え⁉　もしかしてコマ姉の超すごい頭脳を私に見せてくれるの⁉」

「いいだろう！　かけ算でも割り算でもかかってこいっ！」

「さっすが無敵のお姉ちゃんっ！　じゃあこれお願いね」

妹は満面の笑みを浮かべて問題集を押しつけてきた。

意外と量が多かったけど大丈夫だろう。希代の賢者の本領は殺戮などでは断じてない。こういう頭脳労働こそ得意分野なのだ。さあ私の実力を見せつけてやろうじゃないか。妹のほえ面が目に浮かぶな――そんなふうに完全勝利を確信しながら問題集の一ページ目を見た。

『複素数平面：応用』

こんな文字が書かれていた。

………？　…………………………………………………⁇

「明日までに終わらせておいてね！　お礼に高級ケチャップ買ってきてあげるから」

「あの……」

「なに？」

「かけ算とかじゃないの？」

妹が不思議そうに首を傾《かし》げた。

「かけ算も使うと思うけど。さすがにコマ姉でもこの程度はできるでしょ？　まあちょっとくらい間違えてもいいわ。完璧《かんぺき》だったら先生に怪しまれちゃうし」

「…………」

これは妹のイタズラの可能性が出てきたな。こんなのトップレベルの数学者じゃないと解けないナイトメアモードの問題だろうに。こいつは私のことをからかっているに違いない。

「……妹よ。お前はここに書かれている内容が理解できているのか？」

「当たり前でしょ、学院でお勉強しているんだもの！　そんなことよりも教会に行かなくちゃいけないの。今日は日曜日だからね！」

そう言って妹は空間魔法で分厚い本を取り出した。

神聖教の聖典だった。よくもまあ「学院でお勉強してるんだもの！」なんて見え見えの嘘がつけるもんだなと呆《あき》れてしまったが――それよりも私の注意を引いたのは彼女が神聖教にハマっているという点だった。

「いつから教会なんかに行ってるんだ?」

「今日から」今日からかよ。

「でもお前って『宗教なんてクソだわ!』って言ってなかったっけ」

「気が変わったのよ」

妹は何故か頰《ほお》を赤らめて言った。

「昨日、学院に神父さんがお話をしに来てくれたの。とっても素敵だったわ……落ち込んでいた私のことを優しく慰めてくれたの。私の話を黙って聞いてくれて、最後には『きっと神様は微笑《ほほえ》んでくださることでしょう。何故ならあなたの本質は太陽のように明るいから』って励ましてくれたわ。ホットコーヒーまでご馳走してくれたのよ?」

こいつは脳味噌《のうみそ》を肥料にして花を育てているのかもしれない。

こないだ彼氏と別れたとか言ってたくせに、もう代わりを見つけたのか。

妹は悲劇のヒロインのようなツラをして「でもね、」と言葉を続けた。

「……でも、あの人は私のことなんて迷える子羊の一人としか思っていないのよ。お茶に誘ったのにやんわりと断られてしまったの。だから私は神聖教の勉強をしようと思った。立派な聖職者になってあの人に――ヘブン様に認めてもらおうと思ったのよ」

「誰《だれ》だよヘブン様って」

「七紅天大将軍のヘルデウス・ヘブン様よ!」

噴き出しそうになった。

「コマ姉は同じ七紅天だから知ってるでしょ？　ヘブン様ってどんな人なの？」

「いや……そんなに絡《から》みないけど……」

「でも私よりは詳しいはずよね。教えてくれないと夕飯に激辛タバスコを混ぜて無理矢理食べさせてあげるわ」

「そんな脅迫されても知らないよ！　神が大好きってことくらいしか……あと孤児院を運営しているらしいけど」

「あーダメね。ダメダメよ。そんなの私でも知ってるわ。コマ姉に期待した私がバカだった。コマ姉が仲良くしている七紅天って白髪のストーカーだけだもんね」

この生意気な妹……好き放題言いやがって。

むしろ私がお前の夕飯にタバスコ仕掛けてやろうか？――と思ったがこいつは好き嫌いなく何でも食べる良い子だった。ピーマンや辛い物が苦手な私とは大違いなのである。

それはともかく事情はなんとなく理解できた。

こいつが私の部屋に侵入してきた目的は宿題を押しつけることだけではなかったのだ。ヘルデウスについての情報を聞き出す腹積もりだったのだろう。

……それにしてもヘルデウスね。確かに七紅天の中ではマトモな部類かもしれないが、それでも常識的な観点から考えると十分に奇人だ。奇人は奇人に惹《ひ》かれるのだろうか。でもまあこいつは熱しやすく冷めやすいタイプだからな。放っておいたら飽きる可能性もある。

妹は心底失望したような表情を浮かべて「はあああー」と溜息《ためいき》を吐いた。

「コマ姉ってびっくりするくらい期待を裏切ってくれるよね」

「悪かったな。私としては神聖教に入れ揚げているお前にびっくりだが」

「なーに言ってるのよ！　これからは神の時代よ！　ムルナイト帝国はやがて聖なる光に包まれるの！」

「ヘルデウスみたいなこと言ってるなお前……」

「でも神聖教の入信者って最近増えてるみたいよ。帝都で熱心に布教してるんだって。コマ姉も一回話を聞いてみたら？」

「遠慮しておく。あんまり興味ないし」

「あっそ。じゃあ私はお祈りと聖歌のレッスンをしてくるから」

そこで思い出したように「そうだ！」と笑みを浮かべた。

「宿題は忘れずやっておいてね！　天才のコマ姉なら楽勝だと思うけれど！」

にははは——と笑って妹は去っていった。

去り際、私が食べていたマシュマロをつまみ食いしていくことも忘れない。

その後ろ姿を見送りながら私はふと疑問に思った。

神聖教ってどんな宗教なのだろう？

フレーテ曰く「ガンデスブラッド家は昔から神に唾《つば》を吐きかけるような家系」らしい。父も母も宗教に関しては無関心だったので娘の私にもあんまり馴染《なじ》みがなかった。

いやまあ。今はそんなことよりも差し迫った問題がある。

妹から預かった分厚い問題集に目を落とす。

これを解かなければロロのやつに「コマ姉ってやっぱりお馬鹿《ばか》だったのね可哀想《かわいそう》に」と嘲笑《ちょうしょう》されるに決まっていた。これ以上煽られるのはごめんである。姉の威厳が失われてしまう。

ゆえにいかなる手段を用いても完璧に解答しなければならないのだが――

「…………どうしよう」

私は絶望的な気分に襲われて頭を抱えてしまった。

ペラペラと捲《めく》ってみる。最初は妹の悪戯《いたずら》なのではないかと疑っていたが悪戯にしては手が込んでいる。というか最初の数問はあいつが実際に解いているようだった。ということは――これは正真正銘あいつに課された宿題なのである。

誰でもいいから助けてくれ。

あの変態メイドはどうして肝心なときにいないんだ。

※

　ムルナイト宮殿の一室。

　コマリのメイド・ヴィルヘイズは、飾りのついた高級テーブルで皇帝と向き合っていた。

　主人と一緒にお部屋デートを楽しもうと思っていた矢先の呼び出しである。応じないわけにはいかなかったが、少し不機嫌《きげん》になってしまうのも仕方のないことであった。

　目の前ではムルナイト帝国皇帝カレン・エルヴェシアスが優雅に紅茶を飲んでいる。

　用があるならさっさと終わらせてほしいものだった。

「そんなに不満そうな顔をするな。すぐに終わる」

「べつに不満ではありませんが……」

「顔が不満一色だぞ。——いやいや悪かったと思っている。せっかくの日曜日に呼び出しを食らったら誰だって嫌な気分になるよな」

　皇帝はティーカップをコースターの上に置いて言った。

「というわけでさっそく話に入りたいのだが」

「コマリ様には伝えなくてよろしいのでしょうか」

「それはきみの判断に任せよう」皇帝は不敵に笑う。「さて……突然だが、最近ムルナイト帝国の中心部で神聖教の連中が盛んに活動しているのは知っているかね？」

「ええまあ」

神聖教。絶対なる〝神〟を崇《あが》め奉《たてまつ》る一神教であり、六国や核領域のいたるところに教会を構えている。ヴィルヘイズ直属の部下からの報告によれば、今年の夏頃から活動が急速に活発化したという話だが――それがいったいどうしたのか。

「どうにも神聖教関連がきな臭くなってきてな。熱心に勧誘をするのは構わんのだが、政府に内緒で怪しげな集会を開いているらしい。何やら核領域から武器を密輸しているという情報もある。まあこれは確定情報ではないのだが」

「第七部隊を出動させて鎮圧しろと仰《おっしゃ》るのですか？」

「最初に第七部隊を動かしたら全部破壊してしまう。動かすならヘルデウスの第二部隊あたりが妥当《だとう》だな。――いや、きみに言いたいのはそういうことじゃない」

皇帝はふと窓の外に視線を向ける。

そろそろ雪が降《ふ》り始めるかもしれない。

「……突然だが、きみは神というものを信じるかね？」

「本当に突然ですね。私は無宗教なので特に信じていませんが」

「わた――朕《ちん》も同じだ」

一瞬だけ皇帝の覇気《はき》が揺らいだ気がした。しかし彼女は何事もなかったかのように言葉を続ける。

「神聖教の聖典には『神を信奉せよ』という文句があるらしいが、そんなものを心の底から信じている人間がどれほどいるのだろうかね」

「神聖教徒なら信じているのではないですか？」

「誰もがヘルデウスのように敬虔《けいけん》な信徒というわけではあるまい。一部の連中は自分の野望を成就《じょうじゅ》させるための道具として宗教を利用している節《ふし》がある――と朕は思っているのだ」

「はあ……」

「三日後に教皇がムルナイト帝国を訪れることになっている」

思わず目を瞬いてしまった。いきなり何を言い出すのか。

「教皇というのは神聖教のトップのことだ。核領域のど真ん中に巨大な聖堂を構えていてな、普段はそこに王のごとく君臨して引きこもっているのだが、今回どういうわけかムルナイトを巡幸したいと仰っている。我々はこれを手厚く歓待しなければならない」

「料理でも作ればよろしいのでしょうか？」

皇帝は笑って「それは別の人間にやらせよう」と言った。

「きみに頼みたいのはもっと重要なことだよ。――教皇猊下《げいか》がムルナイトを訪問する目的は、先方曰く『宗教的な交流の促進』。しかし何か裏があるのは明らかだ。それを暴《あば》いて未然に危難を排除するのがムルナイト帝国政府の役目に他ならない」

「これまで神聖教の本部と関《かか》わりがあったのですか？」

「ないな。ムルナイト宮廷は百年ほど前に破門状を叩《たた》きつけられている。それ以降絶縁状態が解かれることはなかった。――とはいっても三年前に教皇が代替わりしたから、聖都で何か方針の変更があったのかもしれない」

「…………」

確かに今までまったく交流のなかった連中がコンタクトを取ってきたら不審である。

しかしそこまで警戒することなのだろうか？　六国大戦や天舞祭が終わってからというものの、各国では本気の争いごとを避けて平和友好を目指す流れができつつある。仮にも『人々の救済』をお題目として掲げている宗教勢力が、わざわざその流れに逆らうような暗闘を仕掛けてくるとは思えなかった。それとも自分が平和ボケしているだけなのだろうか。

「陛下。私は何をすればいいのでしょうか」

「きみを呼び出したのは勅令《ちょくれい》を授《さず》けたいと思ったからだ。心して聞きたまえ――」

意味深に笑って皇帝は作戦の概要を説明し始めた。

ヴィルヘイズは黙って聞いていた。特に疑問は湧《わ》かなかった。この人が言うのならばムルナイト帝国にとって必要なことなのだろうと思ったし、何より「コマリのためだ」と強調されてしまったら断るわけにもいかなかった。

やがて説明を終えた皇帝は「どうだ？」とうかがうように見つめてきた。

「これは吸血鬼にとって重要なことだ。引き受けてくれると嬉《うれ》しいのだが」

「はい。陛下の仰《おお》せとあらば」

「よろしい！」皇帝は満面の笑みを浮かべて言った。「さすがコマリの忠実なるメイドだ。お前なら期待以上の戦果をもたらしてくれるだろう——というわけで用事は終わりだ。帰っていいぞ。急に呼び出して悪かったな」

「いいえ。では失礼いたします」

ヴィルヘイズは一礼をしてその場を去った。

作戦決行は三日後。つまり教皇がムルナイト帝国を訪れてから。

実行にあたって不安を抱くことはなかった。今までも同じように暗部での工作をこなしてきたのだ。いつも通り大胆不敵に取り掛かれば何も問題はないはずだった。

——そうだ。せっかくなので今回も主人には内緒でことを進めよう。そのほうが面白い反応を見られるだろうから。

ヴィルヘイズは心の中で笑いながら廊下に出る。

——ずょん。

背後。皇帝がいたはずの場所で、何かが切り替わった。

※

「まずい……まずい……本当にまずい……」

私は全身に冷や汗をかきながら問題集と向き合っていた。

書いてあることの一つも理解できない。最近の学生は平気な顔をしてこんな難問を解いているのか。だとしたらムルナイト帝国の未来は安泰だな――そんなふうに現実逃避しながら私はぎゅっと羽根ペンを握りしめた。

悔しすぎて涙がぽろぽろと溢《あふ》れてきた。

なんだよロロのやつ。姉よりも高度な学術に取り組みやがって。私だってしっかり勉強すればこの程度の問題なんて朝飯前なのに。学院に通っていれば楽勝だったのに。

思えばあいつは私にないモノばかりを持っているのだ。

身長。学力。友達。コミュニケーション能力。魔法の才能。リーダーシップ。悪事を働いても何故か許されてしまう愛嬌《あいきょう》。そして何より――仕事や義務に縛られない自由な人生。私のように途中でドロップアウトすることもなく順風満帆《じゅんぷうまんぱん》な学生生活を送っている。

考えれば考えるほどムカついてきた。

解答欄には私の好きな食べ物を一位から順番に書いていこう。オムライス、ハンバーグ、カレーライス――それはさすがに可哀想か。そもそも私が「やってやろう！」と啖呵《たんか》を切って引き受けたタスクなんだ。いくら妹が気に食わないとはいえ適当に終わらせてしまうのは信義にもとる。

「――あ！　コマリ様が涙を流していらっしゃいます！　これは私が舐めて差し上げなけれ

ばなりませんね。というわけでコマリ様こちらを向いてください」

「わあああああああああああああ⁉」

私は椅子《いす》から転げ落ちるような勢いでその場から離脱した。

いつの間にかヴィルがそこにいた。相変わらず神出鬼没の変態メイドである。しかし慣れっこなので文句も出てこなかった。私は涙をゴシゴシ拭《ぬぐ》いながら立ち上がった。

「……なんだよヴィル。皇帝との約束はいいのかよ」

「恙《つつが》なく終了いたしました。それよりもコマリ様、どうなさったのですか。まさか私がコマリ様のプリンを内緒で食べたことがバレたのでしょうか」

「内緒で食べたの⁉」

「ごめんなさい。許してください」

ふざけやがって……‼　夕飯の後の楽しみにとっておいたのに……‼

……いや落ち着け。深呼吸をしろ。おやつを食べられたくらいで怒っていたら寿命が縮んでしまう。ここは大人らしく冷静にいこうじゃないか。こいつも謝っていることだし。

「……過《あやま》ちは誰にでもあるからな。以後気をつけろよ」

「さすがですコマリ様。しかしそれでは私の気が収まりません。罪滅ぼしといってはなんですが、私に何かお手伝いできることはないでしょうか」

「………………⁉」

そうして私は察した。

このメイドは主人が無理難題に手を焼いていることを察して助け船を出してきたのだ。

不覚にも感動してしまった。デリカシーという単語とは無縁の変態メイドだと思っていたのだが、意外なところで気遣いが行き届いている。やはり主従関係はこうあるべきだな。

「わ、わかった！　そこまで言うのなら罰を与えようじゃないか。ちょうど妹が私に押しつけていった宿題がある。お前にはこれをやってもらいたい」

「嫌です」

「なんで⁉」

本当に何でだよ⁉

「プリン一個の代償にしては重すぎますね。お風呂《ふろ》上がりの耳かきを要求します」

「はあぁ⁉　それが謝罪をする側の態度なのか⁉」

「では妹様の宿題はやってあげません。姉としての威厳はズタボロになることでしょう」

「ぐぬぬ……」

メイドに気遣いを期待した私が馬鹿だった。

こいつは常に私を困らせるための策略を練っているのだ。

もういい、そっちがその気なら乗ってやる。悪魔に魂を売ってやろうじゃないか！

「わかったよっ！　耳かきでも何でもしてやるから宿題をやってくれっ！」

「おや。意外と押せば通るのですね。では耳かきに加えてマッサージも所望《しょもう》します」

「メイドらしからぬ要求だな！　いいよ、やってやるよっ！」

ヴィルは「契約成立ですね」と淡泊《たんぱく》に言って宿題に取り掛かり始めた。

なんで私がこんな苦悩を背負わなければならないんだ。全部ロロのせいだ。いや半分はメイドのせいだ。私の周りは敵ばっかりだなくそめ――そんなふうに心の中で愚痴りながら私はベッドに腰かける。

そうして黙々と問題を解き続けるメイドの後ろ姿を見つめる。

さすがは万能メイド。やつは家事や謀略や戦闘のみならず勉強もできるらしい。

しかし五分ほど経《た》ったところで私は居た堪《たま》れなくなってしまった。なんというか……冷静に考えたら妹の宿題を他人にやってもらうのは非常識なんじゃないかと思えてきたのだ。

「……なあヴィル。嫌だったらやめていいんだぞ」

「何を仰っているんですか。耳かきとマッサージのためです」

ヴィルは気にした様子もなくペンを動かしていた。

思えばヴィルには面倒な雑事を押し付けすぎている気がする。私が死なないようにサポートするだけでも大変だろうに――おやつを作ってくれたり、部屋の掃除をしてくれたり、本を買ってきてくれたり。こいつのせいで私は駄目人間になっていくんじゃないだろうか。

「……お前がいなくなったら、私の私生活は大変なことになりそうだな」

「はい？　それはどういう意味でしょうか？」

ヴィルはきょとんとした様子で振り返った。

私は慌てて首を振った。

「なんでもないっ！――もしメイドの仕事に関して要望があれば遠慮せずに言えよ。私が可能な限りなんとかしてやる。労働環境の改善は上司の務めでもあるからな」

「ありがとうございます。ではお給料のかわりにコマリ様と結婚する権利が欲しいです」

「調子に乗るなっ！」

私はつっこみながら床に落ちた本を拾った。

……まあ、ヴィルが私のもとから離れることなんてないのだろう。

自分で言うのもなんだがこいつは私にべったりだ。ムルナイト帝国軍以外に働き口もないはずである。今後も私の駄目人間レベルが加速していくことは間違いない――私はそんなふうに呆れた気持ちになりながら本の続きを読み始める。

だがこのときは想像もしていなかった。

平穏な日常はすでに破滅へと片足を突っ込んでいたのだ。

※

ちなみに妹は「筆跡が違っていた」という理由で芋づる式に諸々《もろもろ》の不正を暴かれ、最終的には先生の大目玉を食らって廊下に五時間立たされたらしい。因果応報とはこのことである。これで懲りてくれたらいいのだが、まあ、あの自由奔放《ほんぽう》な妹のことだから翌日には叱《しか》られたことなど綺麗《きれい》サッパリ忘れて能天気に笑っているのだろう。まったくもって羨《うらや》ましい性格だった。

妹に宿題を押しつけられた日から三日が経過した。

今日も今日とて出勤である。

しかしエンタメ戦争が開催されるわけではない。普段喧嘩《けんか》を売ってくるラペリコ王国も『冬眠期』とかいう謎《なぞ》の期間に突入しているらしく宣戦布告してくる気配がなかった。少し寂《さび》しいな——などとは一ミリも思わない。永遠に冬眠していてほしいものである。

そんなわけで私は寒さに身を震わせながらムルナイト宮殿までやってきた。

今日の仕事は執務室にこもって正体不明の書類にサインをするだけだ。あとは部下の訓練を監督したり部下からの相談を受けたり。戦争と比べたら百億倍楽な仕事である。

しかし宮殿の渡り廊下を歩いていると常ならぬ空気を感じてしまった。

どうにも騒がしい気がするのだ。文官たちが大慌てで宮殿内を駆け回っている。そこここで怒鳴り声が聞こえてくる。突然「きゃーっ！」という悲鳴が聞こえたかと思ったら、目の前で誰《だれ》かと誰かが正面衝突して書類がばらばらと廊下にぶちまけられた。

「……みんなどうしたんだ？　年末だから忙しいのかな？」

書類を拾う手伝いをしながらヴィルに問いかける。

彼女はまったく手伝う素振りも見せずに「そうですね」と顎《あご》に手を当てる。

「これはおそらくアレでしょう。教皇が来るからですよ」

「教皇？——あ、これどうぞ」

紙の束を渡してやると、文官は「きょきょきょ恐縮でありますガンデスブラッド閣下！」と震えながら敬礼して去っていった。前々から思っていたけど恐れられすぎである。私の本性は海をたゆたうクジラのように穏やかなのに。

「神聖教の教皇ですよ。核領域の聖都レハイシアから遥々《はるばる》お越しになるそうです。なんでもムルナイト帝国と交流を深めたいのだとか」

「へぇ。そういえば妹も教会に通ってるって言ってたけど……」

「近頃《ちかごろ》は神聖教の勢力が増しているそうですね。六国《りっこく》大戦が終わってから人々は心の安寧を求めて神に祈るようになったのだとか——まあ我々第七部隊には関係ありませんが。神に中指を立てるような連中ばかりですので」

「予《あらかじ》め言っておくけど聖都の人たちに会っても中指なんか立てるんじゃねえぞ」

「承知しております。特に教皇という存在は神聖教の中でもガチの信者ですからね。目の前で『神なんていません～！』などとほざこうものなら聖都の聖騎士団がムルナイト帝国を火の海に変えることでしょう。歴史上、そうやって滅ぼされた都市はいくらでもあります」

「…………」

おっかねえ。もし教皇に遭遇しても私はコケシのように黙るとしよう。

しかしヴィルは「まあ大丈夫でしょう」と笑って言った。

「先方は今のところムルナイト帝国に好意的です。その証拠に彼らは『巨大神像』を贈ってきました」

「なんだそれ」

「全長30メートルほどの巨大な銅像です。神を象《かたど》った神聖なる一品だそうで。昨日のうちにムルナイト宮殿の端っこに設置されたみたいですよ」

ヴィルが窓の外を指差した。

遠くに布をかぶった巨大な物体が鎮座している。

今日の式典か何かであの布が取り払われてお披露目《ひろめ》されるのかもしれない。ムルナイト政府としてもあんな馬鹿《ばか》でかい物体を押しつけられても困ると思うのだが――それにしてもこの時点で嫌な予感がするのは気のせいだろうか。

夏は夢想楽園のホテルを爆破《ばくは》した。秋はアマツ邸の百億円の壺《つぼ》に罅《ひび》を入れた。

冬も同じようなことが起こらない保証がどこにあるのだろうか。教皇が来ている間は第七部隊の活動を自粛させたほうがいいかもしれないな――というか教皇ってもう来てるのか？

「なあヴィル。私はべつに何もしなくていいんだよな？」

「第七部隊には特にお話は来ていませんね。小耳にはさんだ話によればムルナイト宮殿でこれから会談が行われるのだとか。皇帝陛下と教皇猊下《げいか》が会食をするそうですよ」

つまり私にはまったく関係ない話というわけか。

そもそも〝教皇〟という物々しい語感からして面倒ごとの予感しかしない。私は七紅府《しちぐふ》に引きこもって嵐《あらし》が過ぎ去るのを待とうではないか――と思っていたら、

「閣下！　おはようございます」

悪魔の声が聞こえた。いつの間にか背後に枯れ木みたいな吸血鬼――カオステル・コントがニヤニヤと笑みを浮かべながら立っていた。朝っぱらから身の危険を感じた。

「ちょうどいいところでお会いしました。寒くなってきましたね」

「そうだな。お前も風邪《かぜ》ひかないようにしろよ」

「おお！　なんという慈悲深き御心……！　神聖教の神なんかよりも閣下のほうが遥《はる》かに神の座に相応《ふさわ》しいですね！」

おいやめろ。そんなことを大声で言うんじゃねえ。

どこで聖都の聖職者が聞き耳を立てているかわからないんだぞ。

「カオステル。あんまり神を侮辱《ぶじょく》するんじゃないぞ」

「当然ですよ！　閣下を侮辱する輩《やから》がいたら第七部隊が一丸となって八つ裂きにします」

「ナチュラルに私を神扱いしてないか？　私の言いたいこと理解しているか？」

「もちろんですとも。神にも匹敵《ひってき》する閣下はもっと讃《たた》えられる必要があります。我々広報班は閣下の素晴らしさを全世界に知らしめるために日夜頭を悩ませておりますよ」

まったく理解していないようである。

ちなみに第七部隊は私を頂点にして六つの班に分かれているらしい。

第一班――ヴィルヘイズ特別中尉が率いる工作班。総勢約50名。

第二班――カオステル・コント中尉が率いる広報班。総勢約100名。

第三班――ベリウス・イッヌ・ケルベロ中尉が率いる破壊班。総勢約100名。

第四班――ヨハン・ヘルダース中尉が率いる特攻班。総勢約100名。

第五班――メラコンシー大尉が率いる遊撃班。総勢約100名。

第六班――班長不在の特殊班。総勢約50名。構成員は誰がトップになるかを巡って血みどろの争いを続けているという。意味がわからない。

正直言って私には全部『暴走班』にしか思えなかった。しかし男の子という生き物はこういうワケのわからぬ組織構成に胸を躍らせるものらしく、部隊の連中も意外とノリノリで「第七部隊ガンデスブラッド隊第○班所属の○○○です」などと自己紹介したりするのである。

閑話休題。

「……まあ、仕事に精を出すのは勝手だが、余計なことだけはしないでくれよ」

「はい。今回我々がご提案させていただくのは大いに意義のある広報活動ですよ。具体的には

――これから『テラコマリ・ガンデスブラッド像』を建立しようかと考えております」

「お前は何を言ってるんだ?」

「つまり閣下の銅像を建てようかなと。ああ施工費《せこう》についてはご心配なく。第七部隊の面々は此度《こたび》の計画に大賛成しておりますので、彼らのポケットマネーで賄《まかな》うことができます」

「そういう問題じゃない。銅像なんて必要ないだろ」

「いいえ必要です。閣下の威光を広めるためには銅像こそが最善なのです」

「一理ありますね。実際にアルカを手中に収めたマッドハルト前首相は自分の銅像を大統領府の庭に建てたそうですし」

「でしょう! やはり力を誇示するためには銅像がいちばんなのです!」

「でしょう! じゃねえよ! なんでマッドハルトと同じことしなくちゃいけないんだよ!?」

「ゲラ=アルカの銅像とは比べ物にならないほど立派なものですよ。すでに大部分は完成しております」

カオステルは一枚の写真を寄越《よこ》してきた。

そこには私の銅像(らしきモノ)が写っていた。満面の笑みを浮かべながら両手でVサインをしている。恥ずかしくて顔から火が出そうだった。

「第一弾はカッコよさよりも可愛《かわい》さを強調して作製いたしました。全長は32メートル」

神に張り合うんじゃねえよ。

「何か追加のご要望があれば検討《けんとう》させていただきますが」

「ご要望なら山ほどあるよっ！　ありすぎて言葉にできないよっ！」

「では私から一つ。ボタンを押すと目からビームが出る仕掛けをつけましょう」

「おい余計なこと言うな!!」

「いいですねえ！　ビームの照準はラペリコの王都に設定しておきましょう」

「戦争が起きるだろおおおおお!!」

そんなふざけた銅像が建立されたら色々な意味で私は死んでしまうだろう。しかもこいつ「第一弾」って言ったよな。これからも銅像造る気満々だよな。ここで止めなければ閣下Tシャツの二の舞になってしまう。あれ何故《なぜ》か未《いま》だに販売されてるし。毎月新しいの出てるし。

「おいカオステル……この銅像はさすがに……」

「ご安心を。設置場所ならすでに選定を終えていますので」

「いやそういう問題じゃなくて……」

「――コント中尉！　大変です！」

不意に廊下の奥から第七部隊の面々が駆けつけてきた。

カオステル直属の吸血鬼たちであろう。

「何事ですか。廊下を走ってはいけませんよ」

「あれを見てください！　我々が銅像を設置しようと思っていた場所に……何故かすでに銅像

らしきモノが建っているんです！」

「なんですって……⁉」

カオステルが窓の外を見た。

彼の顔つきが警察に待ち伏せされた窃盗犯のように険しくなっていった。

「……これは由々しき事態ですね。あそこは私が一週間前に見つけておいた穴場です。まるで銅像を建てるために用意されたような空き地だと思って喜んだものですが……」

そりゃ銅像を建てるために用意された空き地だからだろうが。

もちろん私の銅像じゃなくて神の銅像が建つ予定だったんだろうけど。

「許せません。コマリ像を差し置いて粗大ゴミを不法投棄するなど……！」

「おいちょっと待てカオステル。あれはだな……」

「こうしてはいられません！　さっそく調査に向かいますよ！」

「私の話を……」

「「「承知いたしました‼」」」

バッ‼　とカオステルたちは私の声を無視して廊下を爆走していった。

絶望が津波のように押し寄せてきた。着々と破滅へのピースが揃《そろ》ってきてやがる。どうせまた連中が大暴《あば》れして私が死ぬ思いをするに決まっているんだ――

「――どうしようヴィル⁉　あいつら止めないと絶対に面倒なことになるよ‼」

「どうやって止めるんですか？」

「…………………………………………」

方法が思いつかなかった。

まあカオステルのやつも流石《さすが》に相手が神とわかれば無闇《むやみ》に破壊したりはしないはずだ――と思いたいのだが不安しかない。私が考えた『第七部隊やべぇやつランキング（幹部のみ）』であいつは2位だからな。ちなみに1位：メラコンシー、2位：カオステル、3位：ヨハン、4位：ヴィル、5位：ベリウスという順位である。

まあ順位なんてあんまり関係なくて、等しく全員やばいんだけど。

どうして私の周りにはマトモなやつがいないのだろうか。

もうこの仕事辞めたいな。そういや天舞祭《てんぶさい》に参加した報酬として『黄昏《たそがれ》のトライアングル』が刊行されることになっているのだ。今はカルラが出版社と連絡を取ってくれている段階。そろそろ退職も視野に入れた活動をしておいたほうがいいかもしれない。

「ヴィル。私は現実逃避することにするよ」

「では私の胸の中でお休みになられますか？」

「やだ」

とにかく今は連中の理性に期待するしかない。嫌なことは忘れてはやく執務室に行きたい。暖炉にあたって仕事をするフリしながら昼寝をしたい――そんな感じで宣言通りに現実逃避

をしていたとき、

「――もし。『血濡《ぬ》れの間』はどちらでしょうか」


声をかけられた。

異界から響いてくるような不思議な声音《こわね》。

驚いて振り返る。そこには一人の少女が立っていた。

冷たい月のような金髪をツインテールにした吸血鬼。年齢は私と同じくらいだろうか――

しっとりした空気感がアンティークドールのような静謐《せいひつ》さを感じさせる。頭に被《かぶ》っているのはつばのない奇妙な帽子である。斜め十字に矢が突き刺さったような紋章が描かれていた。

しかし私がいちばん気になったのは、彼女が棒にくっついた飴《あめ》を舐《な》めている点である。

そういうのを食べ歩きをすると転んだとき危ないと思うんだけど。

「あ。えっと……どちら様？」

「ごめんなさい。私はスピカ・ラ・ジェミニ。ユリウス6世とも呼ばれています」

口から飴を取り出しながら言った。リンゴみたいな色の飴だった。

星のような瞳《ひとみ》でジッと見つめられる。名前を聞いても全然わからなかった。

宮廷に仕える貴族の娘さんだろうか？　お父さんが忘れたお弁当を届けに来たとか？　まあ

詮索《せんさく》してもしょうがないな——そんなふうに考えながら私は彼女の瞳を見つめ返した。

「血濡れの間ならあっちだよ。案内しようか?」

「ありがとうございます。ですがお手を煩《わずら》わせるわけには参りませんので」

「でも……えっと。宮廷の誰かに用事?」

「はい。用事があって来ました。しかしムルナイト宮廷は私が思っていたよりも賑《にぎ》やかな場所のようです。というよりもトラブルに見舞われているのでしょうか。テラコマリ・ガンデスブラッド七紅天《しちぐてん》大将軍は何が起きているのかご存知《ぞんじ》ですか?」

いきなり名前を呼ばれて驚いてしまった。しかし別段おかしなことではない。私の顔はカオステルが作った広告やメルカによる捏造《ねつぞう》新聞などで世界的に知られているのだ。

「……確かにみんな忙しそうだな。教皇が来るって聞いたから、たぶん色々と準備をしてるんじゃないかな?」

「大変そうですね。教皇とはどんな方なのでしょうか」

「聞いた話によるとめちゃくちゃ短気なバーサーカーらしいぞ。きみも遭遇したときは気をつけたほうがいい。神を冒瀆《ぼうとく》したら一発で殺されるそうだ」

少女——スピカの目つきが少し変わった気がした。

しかし彼女は何事もなかったかのように「へえ」と相槌《あいづち》を打った。

「恐ろしい方なのですね。ガンデスブラッド将軍だったらどうやって切り抜けますか?」

「うーん……まあお世辞を言いまくるしかないな。適当に『神ってすごいですね！』って連呼しておけばなんとかなると思う」

「それは自分の首を絞めることになりませんか？」

「まあ確かにな……でも無用な軋轢《あつれき》を避けるためには方便も重要だろうし……」

くすりと笑みがこぼれた。

手に持った飴をくるくると回しながら言う。

「――やっぱり大物ね。私の同胞が注目する理由がわかったわ」

「え？　何か言った？」

「いえなんでも。場所を教えてくださりありがとうございました」

スピカはそう言って踵《きびす》を返そうとした。しかし途中で何かを思い出したらしい。不意に私のほうに向き直って何気ない調子で口を開いた。

「――神を、」

「え？」

「あなたは神を信じますか？」

いきなり何を言いだすんだこの子は。

「さ、さあ……神がいるかいないかは人それぞれじゃないか？」

「あなた自身はどうお考えですか」

「まあ、神も仏もいればいいなあって思うけど。でも会ったことがないから全面的に信じることはできないな。ツチノコと同じだよ」

「目に見えるものしか信じないということですか。それはいささか視野が狭いと思いますけれど」

「そんなこと言われても……」

もし神聖教で説かれるような全知全能の神が存在するならば、世界はもっと住みやすい場所になっていたはずである。具体的には誰もが働かずに引きこもれる理想郷になっていなければおかしい。でも現実は土曜日も日曜日も戦争しなければならない労働地獄。まさに月月火水木金金。つまり私にとっては神は存在していないようなものなのだ。仮に存在していたとしてもそいつは怠け者の神に他ならない。

そういう旨のことを端的に告げると、スピカは「そうですか」と小さく呟《つぶや》いた。

「あなたのような考え方の人もまだまだ大勢いるのですね」

「どういうことだ？」

「浄化作業に思いを馳《は》せていたのです。では私はこれにて失礼いたします」

ぱくりと飴を口に含んで『血濡れの間』のほうへと去っていく。

いま浄化作業って言ったか？　どこかお掃除でもするのだろうか……？

それにしても不思議な空気の子だったな。おそらくただの吸血鬼ではないだろう。

雰囲気からして別の種族の血も混じっているのではないか。とりあえず無事に目的地に辿《たど》り着けるといいのだが――そんなふうに少し心配になっていると、隣のヴィルが「さすがですねコマリ様」と意味不明な賛辞を述べてきた。

「まさに殺戮《さつりく》の覇者《はしゃ》といっても過言ではない振る舞いです。神聖教の教皇を前にして神を否定する過激発言をぶちかましあそばされるとは。しかも本人を前にして『短気なバーサーカー』呼ばわりなんて――私にはとうてい真似《まね》できません」

「へ？　今なんつった？」

「はい？　コマリ様のふとももを撫《な》でたいなあと」

「一言も言ってねえだろそんなこと!!　教皇がどうとか言わなかったか!?」

「言いましたね。ユリウス6世ことスピカ・ラ・ジェミニは聖都レハイシアにおわす教皇猊下ですよ。まさかコマリ様が気づいていないとは思いもしませんでした」

「……は??」

「彼女の帽子に『斜め十字と光の矢』の模様がついてましたよね。あれは神聖教を示すエンブレムですよ。――ちなみに、皇帝陛下との会談が行われるのは『血濡れの間』だそうで」

目が点になってしまった。――え？　あの子が教皇だったの？　ヘルデウスみたいな壮年のおじさんを想像していたのに――私と同年代くらいの吸血鬼が神聖教のトップ？　というか何で普通に宮殿の廊下歩いてたの？　道に迷ったの？　それとも幻だったとか？

私は恐る恐る「マジなの？」とヴィルに聞いた。

ヴィルは淡々と「マジです」と答えた。

そうして私は地雷を踏み抜いてしまったことを悟った。

「――教えてくれよおおおおおお⁉　どうするんだよ⁉　失礼にもほどがある発言をしてしまったぞ⁉　知らないうちに争いの火種を撒《ま》いたよな絶対‼」

「ユリウス6世は容姿《ようし》こそ可憐《かれん》ですが生粋《きっすい》の強硬派として有名です。彼女の著書『神の国の便り』を読めばわかりますよ。神を信じない野蛮人は〝浄化〟すると明言してますからね」

「……嘘《うそ》だろ？」

「嘘ではありません。コマリ様は宗教というものを甘く見ていますね」

「よしわかった！　今日から私は神聖教徒になる！　悔い改めた姿を見せれば教皇も『まあそこまで反省してるのなら』って許してくれるだろうしな！　どうすれば入信できるんだ⁉」

「神聖教の根本理念は『愛』です。まずは己《おのれ》の胸に手を当てて目を瞑《つむ》りましょう。そうして心の奥底に眠る真実の愛を自覚するのです」

「なるほどな……愛……愛……愛……なんかわかった気がするぞ！」

「愛が芽生えましたか？　その愛はもっとも身近な人間に向けるとよいでしょう。というわけで日頃《ひごろ》の感謝も込めてメイドの頭を撫でてください」

「了解だ！　なでなで……」

「ありがとうございます。愛はだんだんと成長していくものです。次はハグですね。さあ私の胸に飛び込んできてください――」

「わかった!!――って絶対嘘だろこんなの!!」

私はヴィルを突き飛ばして距離を取った。

油断も隙《すき》もあったもんじゃねえ。己の願望を実現するための道具として宗教を利用しやがって！　こういうヤツこそ教皇に怒られるべきだろうが！

「最悪だ……また戦争が始まってしまう……」

「大丈夫ですよ。そのあたりは皇帝陛下がフォローを入れてくださるでしょうから」

「え、そうなの？」

「老獪《ろうかい》な陛下のことですからコマリ様が無礼を働くことは想定済みのはずです。もちろん第七部隊の暴走も些細《ささい》な問題でしょう。それら全《すべ》てをひっくるめて上手《うま》くまとめてくださるはずですよ」

「そうか……まあそうだよな……」

あの金髪巨乳美少女は変態ではあるが辣腕《らつわん》でもある。六国大戦とか天舞祭でも上手くことが運ぶように根回しをしていたらしいし。それにお父さんが「あの人に任せておけばだいたいなんとかなるから宰相なんていらないよね」って自嘲《じちょう》気味に言ってたし。

そう考えると余裕な気がしてきたな。スピカも皇帝に説得されて「しょうがないなあ」と矛を収めることだろう。まあ私も後で正式に謝罪をしておくつもりだけど。

「よし。都合の悪いことは忘れようじゃないか」

「その意気です。ではさっそく執務室へ参りましょう」

「うん」

そんな感じで気持ちを切り替えながら歩き出したときのことだった。

廊下の奥から誰かが早歩きで近づいてくるのを見つけた。

今日は本当に騒がしい日だなあ――と呆《あき》れながら歩を進めていた私だったが、そいつと目が合った瞬間に回れ右。類《たぐい》まれなる危機管理能力を発揮して柱の陰に隠れようとした。

しかし無駄だった。

いきなり腕をギュッと掴《つか》み上げられてしまった。

「――ちょっとガンデスブラッドさんっ！　どうして隠れるんですの⁉」

「違う！　柱の陰にハムスターがいたような気がしたから確認していただけだ！」

「いるわけないでしょうが！　あなた最近私を避けていますわよね⁉」

最近どころか最初から避けている。

切れ長の瞳と木耳《きくらげ》みたいな髪の毛が特徴的なザ・貴族――七紅天フレーテ・マスカレールである。彼女はいつものように高圧的な態度で私を睨《にら》み下ろしてきた。ムルナイト宮殿においてもっとも会いたくない人物の一人である。一難去ってまた一難ってレベルじゃない。

「はーなーせー！　私と決闘したいのならまずはヴィルとサクナとネリアとカルラを倒してさ

らにサイコロを振って六の目が連続で六回出たら考えてやらないこともない！」

「どれだけ予防線を張るんですか！　べつに決闘なんかするつもりはありませんわ！」

「でもお前ってすぐに殴りかかってくるバーサーカーの筆頭じゃないか！　七紅天が野蛮人の集団って言われる理由の大半はお前にあるだろ絶対！」

「なんですってえええええええええ⁉」

「コマリ様。火に油を注《そそ》ぐスキルが向上していて素敵です」

フレーテはそのまま剣を抜いて斬《き》りかかって――こなかった。

意外にも「はあ」と溜息《ためいき》を吐いて私の腕をはなしてくれた。

なんだかいつもと様子が違う気がする。余裕たっぷりのノーブルな雰囲気が崩れて疲労がにじみ出ていた。夜更かしでもしたのだろうか。ヴィルが不思議そうに問いかける。

「マスカレール殿、いったい何があったのですか。皺《しわ》が増えてますすよ」

「殺されたいんですの？」

「おいやめろヴィル煽《あお》るな」

「失礼いたしました。数えてみたら皺の数は変化ありませんでした」

ブチギレの波動を感じて私はその場に縮こまった。

あーあ。これまた七紅天闘争が始まるやつだよ。最終的に殺されるやつだよ。

フレーテのやつ、顔を真《ま》っ赤《か》にしてプルプル震えてるじゃねえか――と嵐の予感を察知したのだが、彼女はすーはーと深呼吸をして怒りを鎮めようとしていた。相手が大人な対応をしているると煽りまくっている私たちが邪悪な存在に思えてきて恥ずかしい。

やがて私のほうを見据えると落ち着いた口調で言う。

「――カレン様を見かけませんでしたか？」

「え？　いや……見てないけど」

フレーテは苦々しい表情を浮かべた。

そうして私にとっては死活問題となる事実を明かしてくれるのだった。

「実は姿が見えないのです。これでは教皇猊下を歓待することができませんわ」

文官たちが大慌てしていた理由は皇帝が忽然《こつぜん》と姿を消したからだったのだ。

フレーテに聞いた話によれば彼女はここ一週間ほど部屋に引きこもっていたらしい。

公には風邪をひいたことになっているが――しかしそれが事実とは思えなかった。馬鹿は風邪をひかないのだから、変態だって風邪をひかないに決まっていた。

「カレン様ー!?　カレン様ー!?　どこにいらっしゃるんですのー!?」

しんしんと雪の降《ふ》るムルナイト宮殿。

私とフレーテは一緒になって皇帝を捜していた。というか宮殿総出で彼女の行方《ゆくえ》を捜していた。そこここで「陛下～陛下～」という叫び声が聞こえてくる。しかし目当ての人物は一向に姿を現す気配がなかった。

「……駄目です。影も形もありません」

ヴィルが焼却炉の扉を開けながら言った。

そんなところに影や形があったら逆に怖いだろ。

「この様子だとムルナイト宮殿にはいませんね。空間魔法で捜索している方々もいるようですが、現時点で見つかっていないことから察するに帝都にもいないのでしょう」

ちなみに第七部隊の連中も一緒に捜索をしてくれていた。

彼らは「どこ行きやがったんだ皇帝陛下ァ！」「閣下のお手を煩わせやがってェ！」「今すぐ出てこねえと殺すぞオラァ！」「出てこなくても殺すぞオラァ！」とヤクザのように怒鳴り散らしながら徘徊《はいかい》していた。というかヤクザそのものだった。

「――やっぱ見つからねえよ。テロリストに暗殺でもされたんじゃねえのか？」

不意に金髪の男――ヨハン・ヘルダースが物騒《ぶっそう》なことを言い出した。

いや暗殺って。確かにテロリストが活発化していることは事実だけど……でもあの天下無双の変態皇帝がそう簡単に死ぬはずもないと思うのだが。

「なあヴィル。皇帝はお父さんにも何も言わずに出て行ったのか？」

「何か言っていたら今頃《いまごろ》見つかっているはずだと思いますが――ところでマスカレール殿。陛下が勝手に姿を消すことはよくあるのでしょうか？」

「よくあるはずがないでしょう」フレーテは吐き捨てるように言った。「カレン様はエキセントリックな性格ですが皇帝の責務を放り出すような方ではありません。きっと何か深い事情があるに決まっていますわ」

「でも教皇猊下を待たせているわけですよね。これはもう外交問題かと思いますが」

「そうですね……聖都がトップを寄越してきたのですから我々も皇帝が出迎えなければなりませんのに！　ああカレン様！　あなたは今どこにいらっしゃるのですか……⁉」

「寝坊かな？　私もよく寝坊するけど」

「カレン様をあなたのようなグータラ吸血鬼と一緒にしないでくださいっ！」

それもそうである。皇帝の私生活なんて知らないけど、あの人が「あと五分～！」とか言ってベッドから出てこない様子なんて想像もできなかった。

それにしても寒いな。

私は両手をこすり合わせて「はー」と息を吐いた。天からフワフワと降《ふ》り注ぐ綿のような雪を見つめながら私は思う――はやく室内に戻って暖炉にあたりたい、と。

ムルナイト帝国の軍服の防寒性能が低すぎるせいか身体の芯《しん》まで冷えてしまっている。私は暑さにも寒さにも弱いダメダメ吸血鬼なのである。このまま外で皇帝を捜索していたら確実に凍え死んでしまうだろう。

だいたいあの人はどこに行ったんだ？　そのへんに買い物に行ってるだけだったりしないの

か？――そんな感じで内心文句を垂れていたとき、ふと、ヨハンがジーッと私のほうを見つめていることに気づく。

「……どうした？　お腹《なか》でもすいたの？」

「い、いやべつに！　よかったら僕の火炎魔法で温めてやろうかと思っゴベァッ!?」

何故かヨハンの身体が吹っ飛んでいった。吹っ飛ばしたのは彼の部下たちだった。ゴロゴロと転がっていく己の上司に向かって「くたばれスカシ野郎！」『抜け駆けは許さねえって言ってるだろうがオラァ！』『地べたを這《は》いつくばって三回くらい死ね！』『ワタクシの身体も温めてくれませんかねェ？　お前のぬくい血液でなッ！』――何故かリンチが始まってしまった。

怖すぎるので見なかったことにしておこう。

にわかにヴィルが「あらまあ」と呟いて手を握ってきた。

「かじかむといけませんね。本格的な冬に備えて手袋を作って差し上げましょう」

「え？　クローゼットの中にあったような気がするけど」

「ありましたけど私が作りたいのです。あとはマフラーも必要ですね。でも今は残念なことに用意がないので専属メイドによる人肉マフラーで我慢してください」

「なんだよ人肉マフラーって――おいくっつくな！　はなれろ！　抱きしめるな！　温かいのは理解できるけどこれは流石に恥ずかしい……いやでも温かい……でも恥ずかしい……」

「白昼堂々何をやってるんですのッ!!」

フレーテに怒鳴られて我に返った。

慌ててメイドの戒めから脱出する。本当に何をやってるんだ私は。

「いいですか。いま我々はムルナイトの看板に傷がつくかどうかの瀬戸際にいるのです。是が非でも陛下と連絡を取らなければ――」

「フレーテ様！　一大事でございます！」

遠くから見覚えのあるようなないような吸血鬼が駆けつけてきた。

確かフレーテの副官だった気がする。彼は顔面を真《ま》っ青《さお》にしながら彼女の前までやって来ると、そのまま片膝《ひざ》をついて、

「教皇が。教皇猊下が……」

「落ち着きなさいバシュラール。いったいどうしたのですか」

「申し訳ありません……ガンデスブラッド宰相が時間稼ぎをしていたのですが、どうやら教皇猊下の堪忍袋《かんにんぶくろ》の緒が切れてしまったようで……皇帝が無理なら今すぐそれに準ずる位の者を連れてこいと仰《おお》せで。拒否すれば断交するとまで言い出しています」

「何ですって……？」

私は嫌な予感を覚えた。

ムルナイト帝国においては文官よりも武官のほうが権力を持っている。

七紅天上がりの皇帝がナンバー1。内閣を率いる宰相は（文官のトップではあるのだが）帝

国においてナンバー3にすぎなかった。

皇帝に次ぐ存在――それは七紅天に他ならない。つまり私とかフレーテとかである。明らかに権力構造がおかしい気がするのだが昔からの伝統らしいので文句を言っても仕方がない。

まあ大丈夫か。七紅天なんて私以外に何人もいるんだし――

「つまり教皇猊下は七紅天を連れてこいと仰《おっしゃ》っているんですの？」

「はい……そのようです。誰でもいいから位の高い者を呼べといった具合のようで」

「おっと仕事を思い出した。フレーテ、私のかわりに何とかしておいてくれ」

私はさりげなくその場から離脱しようとした。

しかしヴィルに腕をがっしりと摑まれて止められた。

「何を仰っているのですかコマリ様！　さっそく教皇のもとへうかがいましょう！　皇帝陛下の尻拭《しりぬぐ》いをできるのは次期皇帝最有力候補であるコマリ様だけです！　フレーテ・マスカレールごときに務まる仕事ではありません！」

「放せえええええ！　息を吐くようにフレーテを煽るなああああ！」

「カレン様の尻拭い⁉　次期皇帝最有力候補⁉――愚かしいにもほどがありますッ！　そのような戯言《ざれごと》を公然とのたまう人間には任せられませんッ！」

「公然とのたまったのは私じゃなくてメイドだろうが‼」

「おっと。コマリ様の行動にケチをつけるおつもりですか？　いいでしょう、ならばどちらが教皇猊下のご機嫌《きげん》をとれるか勝負です。まさか恐れをなして逃げたりはしませんよね？」

「おいやめろ挑発をするんじゃない」

「わかりましたッ！　ガンデスブラッドさんに任せておいたらムルナイト帝国が危機に晒《さら》されることは必至！　ここは私も一緒に教皇猊下のお相手をいたしますッ！」

「おいやめろ挑発に乗るんじゃない」

「だそうですコマリ様。さっそく勘違い教皇に一発ぶちかましてやりましょう」

「ちょっと待てヴィル――おい引っ張るなぁあああああ!!」

「では抱っこします」

「抱っこするなぁあああああ!!」

そのまま私は荷物のように運ばれていった。

何故人生は思い通りにいかないのだろうか？　決まっている。メイドが私のことを無理矢理連れ回すからだ。せめて一日でいいからこいつが存在しない日常を体験したいものである
――ってお前どさくさに紛《まぎ》れて服に手を突っ込むなよ!?　泣き喚《わめ》くぞこら!!

☆

そもそも教皇の目的はいったい何なのだろうか。

ヴィルの予想では親睦《しんぼく》を深めること。しかし話によればユリウス6世――スピカ・ラ・ジェミニは異端の存在を許さない超過激派であるらしい。先ほど私が過激な発言をした際にも「浄化する」みたいなことを言っていた。あれは単純なお掃除を意味するわけではなかったのだ。

「……なあヴィル。NGワードとかあるかな」

「とりあえず神を否定するのはやめておいたほうがいいです」

「あれ？　もう否定しちゃったんだけど……」

「なので最初から印象最悪です。これは土下座した程度ではすみませんね」

「どうしよう⁉　冷蔵庫からプリン持ってくればよかったかな……⁉」

「静かにしてくださいッ！　教皇猊下の前ですよ！」

フレーテに小声で怒られて私は口を噤《つぐ》んでしまった。

ムルナイト宮殿『血濡れの間』である。

巨大な長方形のテーブルをはさんで二つの勢力が相対していた。

一方はムルナイト帝国政府。私とフレーテとお父さん。そして何故か背後には第七部隊の連中が百人くらい突っ立っている。私が教皇に会いに行くとなった瞬間アリの行列のようについてきたのである。この時点で破滅の未来しか見えない。

そしてもう一方は聖都レハイシアからやってきた神聖教の方々だった。

二人の枢機卿《カーディナル》に左右を護衛されるようにして金髪の少女・スピカが座っている。夜空に浮かぶ青い星のような瞳がじっとこちらを見据えていた。私は雪だるまのように固まってしまった。何から話せばいいのか全然わからなかったからだ。とりあえず天気の話題で探りを入れようかな——と思っていたら隣に座っていた父が耳打ちをしてきた。

「じゃあコマリ。後のことは頼んだよ」

「ふぇ？」

とんでもないことを言われた気がした。

そして父はそのままとんでもないことを言った。

「教皇猊下はたいそうお怒りみたいでね……お父さんが何を言っても聞いてくれないんだよ。さっきからお茶菓子にも全然手をつけてくれないし。たぶん彼女が本当に話したいのは次代を担っていく若者なんだと思う。というわけでお父さんはこれで失礼するよ」

「待ってよ！　いきなり任されても困るよ！」

「大丈夫大丈夫。マスカレール閣下もいるし。ああそうだ！　年も近いだろうし、ついでに友達になっちゃいなよ。コマリならできるできる！」

「ちょっ——」

じゃあ後はよろしくね——父は笑いながらどこかへ行ってしまった。

あまりの出来事に愕然《がくぜん》としてしまった。教皇の相手が面倒くさくなったに違いなかった。

それにしても「友達になっちゃいなよ」だって？　簡単に言ってくれる。友達になろうと思ってなれるのなら今頃私は妹にも負けない輝かしい青春を送っているわ！　毎週友達と一緒に部屋に引きこもって読書会を催しているわ！

いやそんなことはどうでもいいのだ。

今はいかにしてこの場を切り抜けるか考えなくては――

「――やはり皇帝陛下はいらっしゃらないようですね」

異界から響くような不思議な声色《こわいろ》。

教皇ユリウス6世――スピカは冷ややかな視線を私に向けてきた。

真っ赤な棒付きキャンディをゆらゆら揺らしながら言う。

「お手紙を出したはずなのですが。本日お昼から会談だとお伝えしたはずなのですが。皇帝陛下から承諾のお返事をいただいたはずなのですが――なんなのでしょうかねこれは。この仕打ちだけでムルナイトにおける神聖教の地位の低さがよくわかります」

「そ、そんなことはありませんわ！」

隣のフレーテが似合わない愛想笑いを浮かべて言った。

「帝都にもたくさん教会はありますし。何より国家を代表する武官の頂点・七紅天には神聖教の神父がおりますので！」

「ヘルデウス・ヘブンですか？　あれは昨年私が破門した異端ですけれど？」

「「破門⁉」」

私とフレーテの声が重なった。

衝撃の事実である。あの人いったい何をやらかしたんだよ。

「ヘブン卿は聖都の方針に従わない無法者でした。再三の召集令状にも応じず将軍としての仕事を優先していたようです。神のために働かず人殺しに精を出すなど言語道断《ごんごどうだん》。ムルナイト帝国を代表する聖職者があの様子では、国家の宗教意識の程度が知れますね」

いやたぶんヘルデウスは本当に忙しかったのだと思う。サクナとか逆さ月とかの件で色々あったのだろうし。しかしスピカは頬《ほお》を膨らませて怒り心頭といった様子だった。

背後の部下たちが「あいつ態度でかくね？」「少しわからせてやるか？」などと言葉を交わし始めた。このままだと暴動が起きるな——危険を察知した私は慌てて口火を切った。

「そ、それよりも！　ようこそムルナイト帝国へ！　皇帝がいないのは本当に申し訳ないけれど、私とフレーテがお相手をさせていただくからご容赦《ようしゃ》してくれると助かる！」

「七紅天の筆頭といえばペトローズ・カラマリア閣下では？　どうして経験の浅いお二方なのでしょうか？　これは神聖教が軽《かろ》んじられている証拠のような気がしてなりませんね」

「おいヴィル文句言われてるぞ。私じゃ不適格なんだよ。他の七紅天を呼んでこようよ」

「無理です。第一部隊隊長は行方不明。第二部隊隊長は孤児院のみんなとホームパーティー。第四部隊隊長は核領域で訓練中。第五部隊隊長は欠番。第六部隊隊長は有給休暇です」

「なんでサクナってそんなに休めるの？　私に有給休暇という概念はないの？」

「ありません」

「あれよ‼　私が過労死したらお前のせいにするからな！　遺言に『メイドのせいです』って書いておくからなぁーっ！」

「何を密談しているのですか？　それが客人をもてなす態度なのでしょうか？」

「申し訳ありません教皇猊下！　ほらガンデスブラッドさん謝ってくださいっ！」

「すみません」

私は言われるままに頭を下げた。

やばい。初対面のときのカルラよりもやり辛《づら》い。

背後の連中が「閣下に頭を下げさせるだと？」『ふざけやがって』『許せない……あの太々《ふてぶて》しい態度』『ねえねえアイツ殺しちゃっていい？』『駄目よ。あなたが殺《や》ったら一瞬で肉塊になっちゃうでしょ？』『えー。仕方ないなぁ』などと騒ぎ始めた。最後のやつらは何なんだ。

スピカが飴を舐めながら「まあよいです」と言った。

「――あなた方を責めたところで時間が巻き戻るわけではありません。ゆえに我々が本日この場を訪れた理由を端的に述べましょう」

星のような瞳がきらりと輝いた。

そうして彼女はとんでもない爆弾発言を投下した。

「ムルナイト帝国の国教を神聖教に変えなさい」

場に衝撃が走った。フレーテが眉《まゆ》をひそめる。ヴィルがおとがいに指を添える。第七部隊の間にどよめきが走る――そして私はわけがわからず首を傾《かし》げていた。

「昨今六国ではエンタメ戦争ではない戦争が盛んになっています。この原因は明々白々――人の心が闇《やみ》に覆《おお》われているからです。ならばこそ神聖教の光によって世界を照らさなければならぬと我々は判断いたしました」

「お待ちください猊下！　いくらなんでもそれは――」

「黙りなさいフレーテ・マスカレール」スピカは棘《とげ》のある声でフレーテを制止した。「ムルナイト帝国が六国大戦や天舞祭で活躍したことは認めましょう――しかしその活躍は武力という野蛮なエネルギーに基づいたものでしかない。これでは根本的な解決になりません。地上に真の平和をもたらすためには人々の心が変わる必要がある。そしてそれは世俗を超越した勢力である我々にしか成し得ぬのです」

「その志は素晴らしいと思います。けれども思想を押しつけるのは考えものですわね。いきなり『国教にしろ』と言われて素直に頷《うなず》けるはずもありません」

「素直になることが平和への第一歩なのですよ。地上は愛で満ち溢《あふ》れるべきなのです。たとえ政府が拒否しようともいずれムルナイト帝国は神の光に包まれるでしょう――何故なら我々はすでに聖職者を帝都に放って思想の矯正を行っているからです。民衆からの強烈な突き上げがあれば皇帝がどれだけ神を否定しようとも無駄でしょう」

確かに最近帝都では聖職者たちが目につくようになった。

実際に妹も入信してしまったわけだし――あれはヘルデウスが原因だけど――とにかくスピカによるムルナイト帝国侵略はすでに始まっていたのだ。

いや、これは侵略なのだろうか？

よくわからない。しかしいきなり乗り込んできて「私の宗教を信じろ！」と強制するのは何かズレているような気がした。それは他人への思いやりが欠如した行為ではなかろうか。

「実はこの勧告をするのはムルナイト帝国が初めてではありません。すでに天仙郷《ようせんきょう》の天子に謁見《えっけん》したのです」

「そうですか。天子はなんと仰ったのでしょう？」

「前向きに検討するというお返事をいただきました。これは口約束などでは断じてありませんよ。実際にこれから天仙郷の京師には新しい教会が十ほど建つことになりましたので」

「天仙郷は外交的に弱腰の国と聞きますわ。何か姑息《こそく》な手を使ったのではないですか」

「ふ。わかっていませんね――我々は神の理《ことわり》に則《のっと》って行動しているだけなのに」

スピカは呆れたように嘆息《たんそく》した。

「我々の誘いを断ることは神に反逆することと同義。つまり異端。異端には天罰が下ることでしょう。具体的にいえば神の軍隊が出動して連中の住みかを火の海にするのです。天仙の皆様方もそれは避けたかったのでしょうね」

「…………」

「さあ、神を信じなさい。ムルナイト帝国の野蛮な吸血鬼たちよ」

スピカはキャンディの先端をこちらに向けながら自信満々にそう言った。

つまり――こいつは天仙郷に対して「要求を吞《の》まなきゃ殺すぞ」と脅しをかけたのだ。

なんだかとんでもない人間と出会ってしまった気がする。彼女は自分の行動が間違っているとは少しも思っていないのだ。隣のヴィルが真剣な声色で囁《ささや》いてきた。

「天仙郷の判断はおそらく正しいと思われます。聖都は〝第七の国〟と呼ばれるほどの一大勢力です。そして全盛期のアルカ共和国をしのぐほどの軍事力も持っており、かつ宗教的な情念に裏打ちされた行動力には容赦という概念がありません。敵とみなした相手はこの世から消えるまで徹底的に叩《たた》きのめす、聖都とはそういう連中なんですよ」

なんだそれ。第七部隊なんて比じゃないくらいヤベエやつらじゃねえか。

私はフレーテの顔をちらりとうかがった。

彼女は「わかっていますわよね？」みたいな視線を向けてきた。このときばかりは彼女と心が通じ合った気がした。つまりあれだ。教皇の要求を吞むことはできない――しかしこれは私やフレーテの一存で決めてしまっていいレベルの問題ではない。とりあえず「はいはいわかりました考えておきますね」みたいな感じで適当にあしらっておいて、後日皇帝が帰ってきたときに意見を仰《あお》げばいいのだ。この場で下手《へた》に反抗するのは愚策だろう。

私は「ごほん」と咳払《せきばら》いをしてから厳かに口を開いた。

「うむ。まあ神も大事だよな。我々も前向きに検討しておこうじゃないか。とはいっても皇帝が不在だからこの場で勝手に決めることはできない。とりあえず一緒にお茶でも――」

「――ムルナイトに対する数々の狼藉《ろうぜき》。これは許せませんねぇ」

そうして私は瞬間的に災厄の到来を察知した。

いつの間にか私の斜め後ろにカオステルが立っていた。

カオステルどころではなかった。第七部隊のバーサーカーどもが怒りのオーラを発しながら私の後ろにズラリと並んでいた。おいやめろ。マジでやめろ。洒落《しゃれ》にならないんだぞ。

「なんですか？　神の決定に文句があるのですか？」

「いやいや文句はない！　こいつらのことは気にせずお茶でも飲んでくれ！」

「文句がない⁉　閣下、いったいどうされたのですか！　ムルナイトをコケにされて黙っているなど殺戮の覇者らしくもない！」

「文句ならあるに決まってるだろうが！　おいスピカ！　いきなり宗教勧誘なんて礼儀がなってないぞ、やるならもっと仲を深めてからにしろ！」

「ちょっとガンデスブラッドさんっ⁉　頭でも打ったんですの⁉」

むしろ頭を打って気絶したかった。

部下どもが「そうだそうだ！」「閣下の言う通りだ！」「引っ込め詐欺師どもめぇ！」とヤジを

飛ばし始めた。やばい。完全にいつものパターンに入ってしまった。

　フレーテが泡を食って詰め寄ってくる。

「自重してくださいガンデスブラッドさんっ！　べつに聖都と矛を交えることになってもムルナイト帝国が負ける道理はありません。しかし戦争が起きればわが国は多大な損害を被《こうむ》ることになります！　何よりカレン様に何の相談もなく話を進めることはできませんわ！」

「わかってるよ！　でも口が勝手に動いちゃうんだ！」

「ではその口を削ぎ落としてくれますッ！」

「口を削ぎ落とされたらご飯が食べられないだろぉおお!!」

「――確かに、」

　スピカが怒りを押し殺したような声を漏《も》らした。私とフレーテは同時に教皇のほうを振り向いた。彼女は心を落ち着けるように深呼吸をしてから言った。

「――確かにそうですね。神聖教を少しも知らない相手に改宗を要求するのは早急だったかもしれません。まずは聖典を百万冊ほど贈りましょうか。そして法で定めてしっかり国民に知らしめてください。特に子供たちには聖典の文句を暗誦させること」

「ありがとうございます。漬物石のかわりに使いましょうかね」

「おいヴィル！　お前はどっちの味方なんだよっ⁉」

「役に立たない本の山など必要ありませんねえ！　寒さも増してくる季節ですし暖炉の薪《まき》とし

て使って差し上げましょうか！」

　地雷を踏み抜くんじゃねえええええええええ‼

　もう駄目だ。スピカの瞳に殺意が宿り始めている。

　あれはムルナイト帝国を滅ぼすための算段を立てているに違いない。なんとかして弁解しなくては――と思っていたら隣のフレーテが引きつった顔をして立ち上がった。

「お……おほほほほ！　申し訳ありません教皇猊下！　第七部隊はムルナイト帝国の中でもモラルの低さには定評があるのです。野蛮人の戯言に耳を貸してはいけませんよ――そうですわ、紅茶のおかわりでもいかがですか？」

「だそうですよメラコンシー。教皇のカップに紅茶を注いでやってください」

「イエーッ！」

　テーブルの下からサングラスの奇人がぬるりと現れた。第七部隊の爆弾魔・メラコンシーである。彼は軽《かろ》やかな動作でテーブルの上に飛び乗ると、タップダンスを踊りながら教皇に近づいていった。悪夢のような光景だった。私は慌てて叫んだ。

「――おいカオステル！　やめさせろ！」

「やめさせる？　それでは第七部隊の怒りが収まりませんが……」

「やめ……なくていいから……手加減をしてやってくれ……怒らせない程度に……」

「閣下のお許しが出ました！　さあメラコンシー！　お客人にお茶を」

「ラッジャッ！」

彼の手にはいつの間にかティーポットがあった。

スピカがそこで初めて慌てた様子を見せた。

「な……なんですかこの狼藉者は⁉　ガンデスブラッド閣下！　今すぐ止めてください！」

「おいメラコンシー！　爆発《ばくはつ》だけはやめろよ！　わかってるよな⁉」

「イエーッ！　ご機嫌ナナメなユリウス6世、それを宥《なだ》める方向性。笑顔のほうが望ましい、それがオレの至上のポリシー。みんなでお茶会楽しいかい？」

そう言って彼はティーポットを傾けた。

超高所から。教皇の目の前に置かれているカップに向かって。

ルビーのように綺麗《きれい》な色の液体が重力に従って落下して——

じょぼぼぼぼぼぼぼぼぼぼぼぼぼぼぼぼぼぼぼぼぼぼぼぼぼぼぼぼぼぼぼぼぼぼぼ‼

めちゃくちゃ汁が飛び散った。

飛び散った汁は教皇の高そうな服にびちゃびちゃと付着して染《し》み込《こ》んでいった。カップから溢れ出た紅茶がテーブルにこぼれる。隣にいた枢機卿たちが「なんてことを……！」と悲鳴をあげる。そうしてメラコンシーは硬直して動けない教皇に向かって静かに囁いた。

「レディ。召し上がれ」

誰かあいつを止めてくれ。

しかしもう手遅れだった。世界が終わる音がした。

だんっ!!――とテーブルをぶっ叩いてスピカが立ち上がった。

絶対零度の視線が私に注がれていた。あまりの恐怖にそのまま凍え死ぬかと思った。彼女は手に持っていた飴をバキバキと握《にぎ》り潰《つぶ》しながら言った。

「――わかりました。わかりました。神の威光を理解しようとしない蛮族には何を言っても無駄ということがよッくわかりました。言葉で語り合うフェイズは終わったようですね」

「お待ちください教皇猊下!」フレーテが慌てて立ち上がった。「その狼藉者は我々のほうで火炙《ひあぶ》りの刑に処しておきますわ! とりあえず落ち着いてくださいませんか……?」

「いいえ。ここまで愚弄されたら黙っていることはできません」

「イエーッ! おかわりいるかい?」

「いりませんッ! 本当にムルナイト帝国は未開国家ですね。やはり神の力によって浄化して差し上げなければ――」

その瞬間である。

不意に巨大な爆発音が聞こえた。

どうやら外で何かがあったらしい。しかも一回では終わらなかった――何度も断続的に響いてくるのである。宮殿を揺るがすほどの衝撃。

枢機卿たちが「なんだ!?」とどよめきをあげる。

私は嫌な予感を覚えた。爆発音を聞いて事態が好転した経験などないからだ。

「な、なんですの？　この音は……」

「ようやく撤去作業が開始されたようですねぇ」

カオステルが得意顔でそう言った。

「おいどういうことだ？　まさか――」

「部下に粗大ゴミを破壊するよう指示しておきました。テラコマリ・ガンデスブラッド像を設置するのに邪魔でしたからね。ちなみに残骸《ざんがい》は売り払って部隊運営費に回す予定です。閣下も解体現場をご覧になりますか？」

「…………」

終わった。何もかもが。


第七部隊の連中が神像に向かって魔法をぶっ放しまくっていた。

魔力の奔流が神にぶつかるたびに壮絶な爆発音が響き渡る。銅像が破壊されてどんどん瓦礫《がれき》の山と化していく。ボキリと腕が折れたのを見た瞬間私は「もう駄目だな」と思った。

神をも恐れぬ所業とはこのことである。

フレーテなんぞは絶望のあまり表情が能面みたいに固定されていた。

そして当のスピカは――まるで競馬で有り金をすべて失ったギャンブラーみたいな顔をし

て突っ立っていた。

「あれは……私が……神聖教を広めるために……ムルナイト帝国に贈った神像なのに……それを……あんなガラクタを扱うかのように……」

「いや。その……ごめんスピカ。悪気はなかったんだ」

「ごめんで――済むと思ってるのかああああああああああ!!」

いきなり胸倉《むなぐら》を掴まれてガクガクと揺さぶられた。

彼女は涙を流しながら激怒《げきど》していた。これは殺されるタイプの展開だな――そう思ったけどあまりの剣幕に気圧《けお》されて逃げ出すこともできなかった。

「教皇になってからこれほど酷《ひど》い仕打ちを受けたのは初めてだわっ！　どうしたらこんな無作法なことができるの⁉　常識というものがないの⁉　ねえねえねえ！　あんたどういう教育を受けてきたの⁉　ラペリコ王国の野蛮人でもこんな野蛮なことしないわよっ！　今すぐ神の光に照らされてそのまま蒸発して地上のシミになるのがお似合いだわっ！」

「ごめんごめんごめん！　本当にごめんっ！　あとなんか口調変わってないっ⁉」

「誰だって口調も変わるわこんなもん!!」

力いっぱい突き飛ばされた。すかさずヴィルが受け止めてくれる。

スピカは盛大に舌打ちをしてポケットから棒付きキャンディを取り出した。

それを口に含みながら「……失礼。取り乱しました」と謝罪をする。

神の像の破壊作業は絶賛継続中である。今更止めたところで取り返しがつかないのは誰の目にも明らかだった。どかんどかんと響き渡る爆発音をバックにスピカは溜息を吐く。

「……甘味は脳に冷静さを付与します。あなたも一本どうですか」

そう言って別の飴を差し出してきた。

血のように真っ赤な色をしていた。私は慌てて一歩引いた。

「い、いいよ。お前のだろ」

「賢明ですね」

言葉の意味がよくわからなかった。

彼女は再び大きな溜息を吐いてから瓦礫の山を見つめた。

「それにしても遥々参上した甲斐《かい》もありません。宰相はヘラヘラと不気味に笑うだけ。七紅天は無礼の極《きわ》みのような野蛮人。やはり皇帝陛下がお越しになるのを待つべきでしたか」

「ああ……うん。もう少しで来ると思うから……」

しかしヴィルがコソコソと耳打ちをしてきた。

「コマリ様。どうやら陛下はムルナイト帝国にはいないみたいです」

「え？　まじで？」

「はい。今日はたぶん戻らないかと……」

「聞こえてますよ。まあ想定の範囲内です。ムルナイトの雷帝といえばエキセントリックな吸血鬼として有名ですからね。踏み込んだ話はまた後日ということで――」

スピカはそこで私のほうをじっと見つめて言った。

「しかしこのまま手ぶらで帰るわけにもいかない。外交的成果の問題ではありません――あなた方のおかげで私の心に傷がつけられたのです。その責任を取ってもらわなければこちらも相応の対応をさせていただきますよ」

「ぐぬぬ……私は何をすればいいんだ……？」

部下のやらかしは上司の責任である。

しかしスピカが何を考えているのかよくわからない。これがネリアだったら「メイドになってご奉仕してくれる？」とか言われるだけで済むのだろうが――相手は異端を絶対に許さないバーサーカーである。腕を一本寄越せと言われても驚きはしなかった。

スピカは「そうですね」と無表情で呟いた。

「あなたは愛のなんたるかを知らないのでしょう。ゆえに他者の大事なものを――この場合は私にとって大事な〝神聖教そのもの〟を――傷つけて憚《はばか》らないのです。そういう方を天罰によって正しい方向へ導いてあげるのも聖職者としての務めです。あなたには愛について学んでいただくとしましょう」

「……つまりどういう意味だ？」

「つまり。あなたがもっとも大切に思っているモノを私に差し出しなさい」

そう来たか。

理不尽な要求だな——と思いはしたが、しかし、ここで断れば戦争に突入するのは目に見えていた。反抗的な態度をとるのは控えよう。

だがそれにしても、私の大切なモノって何だろう？

私にはあまり物欲というものがない。もちろんお金にもそんなに興味がない。

休日とか昼寝をする時間とかは大切だけれど、それはスピカに渡せるものでもない。

あとは……たとえば『アンドロノス戦記』をはじめとした本は大切である。しかしそれを失ったからといって心の底から困るということはない。愛とはまったく関係がないのだ。

ということは——残されたモノはただ一つ。

「わかったよ。冷蔵庫のプリンはスピカにあげるよ」

「いいえ。プリンなどいりません。あなたがもっとも大切に思っているモノは——そこのメイド。ヴィルヘイズです」

「「え？」」

私とヴィルの声が重なった。

あまりに予想外の指摘だったので返す言葉が見つからなかった。

「愛とは失ったときにその存在に気づくもの。ヴィルヘイズを失ったとき、あなたは自分の罪に気づくことでしょう。というわけでメイドは私が引き取ることにします」

「…………」

私は何を言われているのだろう。

ヴィルを引き取るだって？　そんなことが許されると思っているのか？

だってこいつは第七部隊の実質的な副隊長なんだぞ。私の専属メイドなんだぞ。

まあ確かに私にとっては迷惑極まりない変態メイドであるが、むしろいなくなったほうが平和なのかもしれないが、本人が承諾するはずもないだろうに。

私はヴィルの横顔をちらりと見た。彼女は目を瞑って何かを思案している様子だった。しかし返答は聞かなくても明らかだ。こいつなら駄々を捏《こ》ねてでも拒否するに決まって――

「――わかりました。教皇猊下についていきます」

私は自分の耳を疑った。

ヴィルのやつは何気ない足取りでスピカのほうへ近づいていった。

「ちょっと待てよ！　いったいどうしたんだ⁉」

「教皇の要求だからです。拒否すれば戦争になってしまいますよ」

口を噤んでしまった。客観的に考えれば正論である。

しかし。しかしそうはいってても納得できないものがあった。

「それがいいですわね！」フレーテが満足そうに頷いて言った。「メイド一人で争いが避けられるものなら安いものです。さあ行きなさい。ムルナイト帝国のためですわ」

「お、おいヴィル！　お前は……それでいいのか？」

「はい。コマリ様のためを思ってのことです」

「あ――」

私は思わず腕を伸ばしかけ――しかし彼女に触れることはできなかった。

メイドの背中はあらゆる呼びかけを封じる硬質のオーラをまとっていた。

こいつが私から離れていくなんて思いもしなかった。ゆえにかけるべき言葉が脳内に蜷局《とぐろ》を巻いたまま口から出てこない。スピカが笑って言った。

「それでは、ヴィルヘイズは今日から私のメイドになっていただきます」

階段から突き落とされたような気分だった。

ヴィルの顔を見つめる。あまりに突然すぎて頭が追い付かなかった。

やがて彼女はいつものように怜悧《れいり》冷徹な無表情を浮かべたままこう言うのだった。

「――お世話になりました。私は明日から聖都で働くことにしますので」

1.5　帝都を狙う者たち

Hikikomari the Vampire Countess no Monmon

ムルナイト帝国帝都に雪が降《ふ》り注《そそ》いでいる。

白極連邦《はっきょくれんぽう》とは違って年明け前に根雪になることはまずない。しかし建物と建物の間を吹き抜けていく寒風は南方生まれの人間を震え上がらせるには十分だった。

「なんで私がこんなところに来なくちゃいけないんだ……」

逆さ月の幹部〝朔月《さくげつ》〟の一人、ロネ・コルネリウスは思わず悪態を吐いてしまった。

帝都下級区の酒場『暁の扉』。客のほとんどいない店内でコルネリウスはワインをちびちび飲んでいた。今日はシイタケの品種改良に関する研究を進めようと思っていたのに予定が台無しである。それもこれもすべて両隣にいるテロリストどものせいなのだった。

「――おやおや？　表情が晴れませんなコルネリウス殿！　せっかくの遠出なのですから楽しまないと損！　ほら私の油揚げをお裾分《すそわ》けしましょう」

「いやいやいらないって。お前が食べればいいじゃないか」

「いえいえ遠慮なさらずに。毒など入っていませんゆえ。はいあーん」

「むぐっ⁉」

いきなり口に油揚げを突っ込まれた。

突っ込んできた少女は人を食ったようにケラケラと笑っていた。

もぐもぐと咀嚼《そしゃく》しながらコルネリウスは思う――マジで毒が入ってそうで嫌だな、と。

狐の耳と狐の尻尾《しっぽ》を持った獣人の少女である。名前はフーヤオ・メテオライト。おひい様に気に入られて最近朔月に昇進したという超危険な殺人鬼だった。こないだの天舞祭《てんぶさい》ではテラコマリやアマツ・カルラにボコボコにされたようだが、少しも懲りていないらしい。

「――しかし天照楽土《てんしょうらくど》とは空気がずいぶん違いますなあ。なんというか、ムルナイト帝国は殺伐としている。道行く一般人ですら心の奥底に殺意を秘めています。これが和魂《わこん》と吸血鬼の差なのでしょうか？　攻略には骨が折れそうですぞトリフォン殿」

「骨が折れても関係ありません。ムルナイトの魔核《まかく》を獲得できるのならば過程はどんなものでも構いませんからね」

今度は左隣の男――トリフォンが淡々と言った。

背の高い蒼玉種《そうぎょく》である。フーヤオとは違って酒も料理も注文していない。極度の吝嗇家《りんしょくか》であるトリフォンは自分の認めた店以外では金を使わないのだという。

この男も朔月の一人なのだが、コルネリウスは彼に対して苦手意識を持っていた。

目的達成のためなら手段を選ばない合理主義者。今回もこいつに引っ張り出されたせいでムルナイトくんだりまでやって来る羽目になったのだから。

フーヤオが稲荷寿司《いなりずし》を食べながら「その通りですな！」と相槌《あいづち》を打った。

「しかし私は裏方ばかりで退屈ですぞ。この調子だと今回はテラコマリ・ガンデスブラッドに再戦を申し込む機会もないのでは？」

「今のフーヤオでは【孤紅《ここう》の恤《とむらい》】を打ち破ることはできませんよ。今回あなたはサポートに徹するべきです――実際、あなたのおかげで計画は順調なのですから」

ずょん。何かが切り替わる気配がした。

「――ふん。教皇猊下《げいか》は無事ムルナイト帝国と仲違《なかたが》いしたようだな。これでムルナイトと聖都を対立させる構図はできあがったというわけか」

雰囲気が豹変《ひょうへん》しすぎてワイングラスを落としそうになった。

この狐の烈核解放《れっかくかいほう》は【水鏡稲荷権現《みずかがみいなりごんげん》】という変身能力である。色々な人物の演技をしているうちに人格まで分裂してしまったのだという。現在は「元々の武人らしい人格」と「傾国を企《たくら》む奸臣《かんしん》の人格」の二つに収束しているらしいが、昔は十個以上もあったとかなんとか。

「私たちが狙うのは漁夫の利ってわけか」

「ええ。そしてテラコマリ・ガンデスブラッドの腹心を引きはがすことにも成功しています。烈核解放は心の力。意気消沈した彼女に本来の【孤紅の恤】の力は発揮できないでしょう。そしてこの隙《すき》をついて神聖教の信者たちを動かします」

「ムルナイト皇帝の動きも封じてある。主を失った七紅天《しちぐてん》どもは何もできんだろうな。というか一人一人暗殺していけばいいんじゃないか？」

「そのような驕慢《きょうまん》は死を招きますよ。彼らは腐っても帝国最強の将軍ですからね――」

そんな感じでトリフォンとフーヤオが活発に意見を交わしている。

ようするに逆さ月は今回も色々と暗躍しているのだ。コルネリウスとしてはさっさと部屋に引きこもって研究に戻りたいのだが――いや。そもそも何故《なぜ》自分が呼ばれたのだろう。

「なあトリフォン、」コルネリウスは恐る恐る名を呼んだ。「私は何をすればいいんだ？　アマツとかは今何をしてるんだ？」

「天津覺明《あまつかくめい》は今回ハブることにしました」

ハブられてるのかよあいつ。

「あの男だけ腹の内が読めないからです。この間の天舞祭でもフーヤオの邪魔をしに来たそうですから。不確定要素はできるだけ排除しておいたほうがいい」

「じゃあ私は」

「あなたには兵器の試し打ちをしていただきたい」

「へ？」

「計画の終盤では帝都が戦場になることでしょう。おそらく亡国を目前にした吸血鬼たちは決死の抵抗を見せるはずです――それを魔力兵器で一網打尽にしてほしいのですが」

「………………………………」

それはまあ。面白《おもしろ》そうな話ではある。

人殺しには興味がない。国家の存亡にはもっと興味がない。しかし自分の研究成果が現実においてどれほどの効力を発揮するのか確かめてみたくはあった。

「……そうだな。せっかくテロリスト集団に所属してるんだからな。たまにはシイタケや小説以外の活動もしないとな」

ずょん。

またしてもフーヤオの人格が切り替わった。

「――コルネリウス殿のシイタケも食べてみたいものですなあ！」

「そ、そうか？　じゃあ今度私の研究室来る？」

「本当ですか⁉　いやあ楽しみです！　聞くところによればアマツ殿は『まずいまずい』と逆さ月内で言いふらしているようですが」

「え……あいつそんなこと言ってたの……？」

「私が実際に聞いたわけではありません。でもそういう噂《うわさ》は耳にしますねえ」

「…………」

許さない。もう作ってやらない。

目に涙が浮かんでくるのを必死で堪《こら》える。自分は酔っているのかもしれない。

トリフォンが呆《あき》れたように口を開いた。

「――フーヤオ。嘘《うそ》はやめなさい。所かまわず離間の策を弄するのは悪い癖《くせ》ですよ」

「おっと！　これは傾国の狐の癖が出てしまいましたな――いやいや申し訳ございませぬ。ついつい人の関係を探ってしまう癖がありまして。アマツ殿はそんなこと言ってないので安心してくだされ」

「……ふん。お前はロクでもない狐のようだな」

コルネリウスは溜息《ためいき》を吐いた。

レイゲツ・カリンもこんな感じで騙《だま》されたのではなかろうか。いやべつに自分は騙されてないけれど。そもそもアマツがシイタケをどう思っていようが全然関係ないことだけれど。

まあとにかく。

しばらくはトリフォンの思惑通りに行動してみようじゃないか。思うに今回ムルナイト帝国はかなりの苦境に立たされることだろう。だからこそ人の心は震えて燃え上がる。そういうときに烈核解放は真の力を発揮するのだから。

「――おや？」

ふとトリフォンが何かに気がついた。

「血の気配がする。おひい様が到着したようですね」

「おひい様？　あの子も来るのか？」

「ええ。今回の最終目標はムルナイトの魔核の奪取、であると同時におひい様をムルナイト帝国皇帝に据えることです。この国を乗っ取るためには彼女の存在は欠かせません」

とんでもない計画を聞いた気がした。とはいえ別に驚きもしなかった。アマツやトリフォンがどんな悪辣《あくらつ》な計画を企てていたとしてもコルネリウスの研究には関係ないからだ。

「こちらですぞ！　おひい様！」

フーヤオが声をあげる。

酒場の扉が開いて外の冷たい風が忍び寄ってくる。おひい様――〝神殺しの邪悪〟がこちらに気づいた。彼女は無邪気な子供のような足取りで近づいてくると、まるで友達に挨拶《あいさつ》でもするかのような笑みを浮かべて血まみれの死体を床に放り捨てた。

「――みんな揃《そろ》ってるわね！　さっそくランチを楽しみましょう！」

コルネリウスは床に視線を走らせた。

二人ぶんの死体。いや死体ではなかった。まだかすかに息がある。

あれは確かテラコマリ・ガンデスブラッドにつきまとっている新聞記者の二人だった。

顔の割れているフーヤオを尾行してきたのだろう。そしておひい様に見つかって始末されたと。

コルネリウスは溜息を吐きながら二人のもとへ近寄った。

蒼玉と獣人がムルナイト帝国で死んだら蘇《よみがえ》らない。だからこその半殺しなのだろう。

まったくおひい様も慈悲深い吸血鬼だなあ――そんなふうに呆れながらコルネリウスは傷の手当てを開始した。

2　メイドが消えた日

Hikikomari the Vampire Countess no Monmon

一日目はまだ平気だった。

むしろ「これで変態メイドの変態攻撃に悩まされなくてすむな」とせいせいした気持ちでいた。しかしその夜から何かがおかしいことに気づく。自分の部屋が恐ろしいほど静まり返っていたのだ。私の部屋ってこんなに寂《さび》しかったっけ？――言いようのない不安に駆られてしまった。でも引きこもり時代はこれが普通だったのだ。将軍になる前の静謐《せいひつ》な時間が戻ってきただけだ。ならばこの機会を利用して希代の賢者らしく孤高の創作活動に勤《いそ》しもうじゃないか――そう思って私はペンを執った。たぶんこの時点で強がりだったのかもしれない。

二日目から徐々に歯車が狂い始める。

まず寝坊をした。毎日ヴィルが起こしてくれていたので自分で起きる癖《くせ》がついていなかったのだ。さらに朝ごはんも準備されていなかった。普段はヴィルが私の好きなトーストを用意してくれているのに。仕方ないので一階のダイニングでロロと一緒にサラダを食べた。妹が面白《おもしろ》そうな顔をして「どうしたの？　失恋でもした？　ねえねえ」と嬉《うれ》しそうに絡《から》んできたけど構っている余裕はなかった。

さらに出勤してからも問題は山積みだった。いったい何の仕事をすればいいのかサッパリわからないのである。そうして私は気がついた。今まで仕事は全部ヴィルが持ってきてくれていたのだ。彼女の「ああすればいいですよ」「こうすればいいですよ」という的確な指示に従って辛《かろ》うじてこなしてきただけ。ゆえに私が自発的に何かをすることは不可能だった。

一応部下の訓練の監督もした。しかし部下とのコミュニケーションが上手《うま》くいかなくなってしまったのだ。何か質問されても頓珍漢《とんちんかん》な言動しかできない。いや今までも頓珍漢だったのかもしれないが、少なくとも部下たちから「⁇」とマジの困り顔をされることはなかった。さらに突如として勃発《ぼっぱつ》した喧嘩《けんか》を止めることができず七紅府《しちぐふ》の屋根が爆発《ばくはつ》するという事件が発生してしまった。もしヴィルがここにいたら機転を利《き》かせて被害を最小限に抑えてくれたことだろう。不審に思ったらしいベリウスに「お疲れですか？」などと心配されてしまったのは不覚だった。これ以上みんなの前にいるとボロが出ると思った私は「急用ができた」と苦《くる》し紛《まぎ》れに言って早退することにした。早退なんてできるんだ——なんだか不思議な気分だった。

三日目は驚くべきことに有給休暇を消費した。

しかし手放しで喜ぶことはできなかった。念願の引きこもりライフを獲得したはずなのにモヤモヤが止まらなかった。気晴らしにと思って小説を書いても文章がふにゃふにゃになってしまう。読書をしても内容が全然頭に入ってこない。

自分はどうなってしまったのだろう。あれほど待ち望んでやまなかった孤独な時間が灰色に思えてならなかった。メイドの一人がいなくなった程度なのに――元の一人ぼっちに戻っただけなのに――どうしてこんなにも心が痛むのだろうか。

無為な時間をやり過ごしているうちに夕食どきになってしまった。ガンデスブラッド家では引きこもり時代の名残《なごり》で私だけ食卓が別である。冷蔵庫を見ると卵があった。ヴィルが買ってきてくれたものだろうか。放っておくと悪くなってしまうのでオムライスを作ることにした。

ヴィルが残したレシピ通りに作業をしていく。しかし完成したのは彼女がよく作ってくれた美味《おい》しそうなものとは異なり、形の悪い不出来なものだった。静まり返った部屋の中、スプーンですくって食べてみると、何故《なぜ》だか居た堪《たま》れなくなって涙が込み上げてきた。

くそ。冷静になれテラコマリ・ガンデスブラッド。

私は孤独を愛する希代の賢者ではないか。変態メイドの一人や二人が消えたくらいで何をメソメソしているんだ。むしろ芸術活動に費やす時間が増えたのだから諸手《もろて》を挙げて狂喜乱舞するべきだろうに――そんなふうに言い聞かせながらその日はそのまま就寝した。夢の中ではヴィルがオムライスを作ってくれた。

四日目。土曜日。私は無我の境地に達していた。

宗教に入る人間の心情がわかったような気がした。みんな寂しいんだ。寂しいから神に祈るのだ。どうにもならない現実を打破しようとして神の光を追い求めるのだ――いやいや何を考えているんだ私は。これではスピカの思い通りじゃないか。

でも心が死にそうだった。さっきからずーっとベッドに仰向《あおむ》けになって天井《てんじょう》の模様を見つめている。前々から思ってたけどあの模様ゾウとキリンに見えるんだよね。ああ動物園に行きたいな。ヴィルを誘ってみようかな。ヴィルはいないんだっけ。あはははは。

そんなふうにだんだん幻と現実の区別がつかなくなってきたとき――

にわかに声が聞こえた。

「――コマリさん？　起きてますか？」

「⁉」

私は銃弾で撃たれたかのような勢いで飛び上がった。

部屋の入口のところに白銀の少女が立っていた。

サクナ・メモワールである。彼女は心配そうな顔をして私を見つめていた。

「あの……大丈夫ですか？　なんだか様子がおかしいってケルベロ中尉に聞いたので……体調はどうでしょうか？　ご飯でも作ってあげられたらいいなと思ってるんですけど」

「――さ、」

「はい？　あ、お菓子買ってきましたよ。よければ一緒に食べ――」

「サクナぁああああああああああああああああああああああああっ‼」

「きゃあああああああああああああああああああああああああああっ⁉」

いてもたってもいられずサクナに抱き着いてしまった。

何故か涙が溢《あふ》れて止まらなかった。久方ぶりに人肌に触れたような気がした。

私は彼女の胸に顔を埋《うず》めながら、恥も外聞もかなぐり捨てて絶叫していた。

「サクナぁあああ‼　ヴィルが……ヴィルがいなくなっちゃったんだよぉおおお‼」

「へぇあ⁉　えっと……そうですね！　いなくなっちゃいましたね……」

「そうなんだよぉっ！　あいつ前代未聞の薄情者だろ⁉　ちょっとスピカに脅されたからって私のもとを離れやがって！　ちゃんとお給料払ってるのに！　待遇だって悪くなかったはずなのに！　プリン食べたのも許したのに！――うわあああああああああああああ‼」

「あああああああああああああああああああああああああああ‼」

「あの……その……抱きしめてもいいでしょうか……？」

「ご、ごめんなさいっ！　では失礼しますね……ふへへへ……」

そう言ってサクナは私の背中に腕を回してくれた。

ヴィルのやつ、少しはサクナを見習ったらどうだ。この子は私の様子がおかしいことを察してわざわざ来てくれたんだぞ。しかも私を抱きしめながら慰めてくれるんだぞ。なんか息が荒いような気もするけどお前と違って最後の最後まで私を見捨てなかったんだぞサクナは！

――そんなふうに内心でメイドに対する文句を唱えながら私はしばらく慟哭《どうこく》した。溜《た》まっていたものが一気に溢れ出してしまったのだ。

「……ごめん。取り乱してしまった」

「いえ！　気にしないでください……」

約五分後。私とサクナは部屋の中で向かい合っていた。

彼女は私の異変をベリウスから聞いて駆けつけてくれたらしい。お菓子や本などを持ってきてくれた。サクナもそうだけどベリウスにも感謝しなければならないな。あいつは他の連中とは違って気遣いができるタイプの犬だったのだ。

「でも……まさか教皇がヴィルヘイズさんを連れ去るなんてびっくりですよね」

「そうなんだよ。スピカのやつ何を企《たくら》んでいるのかな。あんなメイドを攫《さら》ったところでメリットなんかないはずなのに。いるだけで風紀が乱れるって評判なのに」

「メリットですか……」

サクナはチョコレートを齧《かじ》りながら呟《つぶや》いた。

「たぶんメリットとかデメリットの問題じゃないと思います。教皇はコマリさんに対して嫌がらせをしたかったんじゃないかなあって……ご、ごめんなさい。ただの予想ですけど」

それは十分に考えられる話だった。

そもそも教皇は第七部隊の非礼に対する報復としてヴィルを所望《しょもう》したのだから。

メイドが消えたせいで私の私生活がぐちゃぐちゃになったことを考えると、認めるのは癪《しゃく》だが、スピカの作戦は効果覿面《てきめん》だったといえよう。

しかし私の怨念《おんねん》はスピカに向けられていたわけではなかった。

毎日のように「ずっとおそばにいます」とか言っていたくせに。口を開けば「将来の夢はコマリ様と結婚することです」とかほざいてたくせに。

あいつは嘘《うそ》つきだったのだ。

いや今まで散々騙《だま》されてきたので知ってたけど。

「ヴィルのやつ……あんな平気な顔をして教皇についていきやがって……少しは名残惜《なごりお》しさとかないのか？　まぁないよな……よく考えたら私はあいつに何もしてないしな……こんなことなら給料の他にもボーナスを出せばよかったよ……あいつ毒薬が好きだからさ……なんかヤバそうなキノコとか草とかを日頃《ひごろ》からプレゼントしておけば…………」

「な、泣かないでくださいっ！　ほらビスケットもありますよ～っ！」

「ううぅ……」

サクナの手からビスケットを食べる。

情けない。何が希代の賢者だ。こんな姿を妹に見られたら「コマ姉子供みたい～！　だから背が伸びないのよ！」とか罵倒されることだろう。想像しただけで涙が出てきた。

サクナが不意に「大丈夫ですよ」と冷静な声色《こわいろ》で言った。

「ヴィルへイズさんがコマリさんと離れたがっているとは思えません。だってあの人って……こう言ってはなんですけど、コマリさんのストーカーみたいなものなんですよ？」

「そうなの？」

「はい。だからきっと何か考えがあるんだと思います。あの人は頭がいいので私には想像もつきませんけれど……」

確かにその可能性も否定はできない。しかし人と人の繋《つな》がりは簡単に断ち切れてしまったりするものだ。百年の恋が冷める瞬間も案外素朴なことが原因だったりするっていうし。

いつまでもメソメソしている私に痺《しび》れを切らしたらしかった。不意にサクナが私の手を握って笑みを向けてきた。

何故だかドキドキしてしまった。

「コマリさん。ヴィルヘイズさんのことを信じてみたらいかがでしょうか？」

「でも……あいつの心の中なんて誰《だれ》にもわからないぞ」

「私が殺せばわかるんですけどね」

「物騒《ぶっそう》な発言はやめろ」

「す、すみません。でも……仮にヴィルヘイズさんがいなくなったとしても、コマリさんは一人じゃありませんよ」

「どういうことだ……？」

「えっと……私がついていますから。いつでも頼ってください」

サクナは少しだけ恥ずかしそうにそう言った。

そうして私はハッとした。

確かに――確かにそうだ。べつにあのメイドだけが世界のすべてではない。私はこの一年で多くの出会いに恵まれた。引きこもり時代では考えられなかったことだ。私には支えてくれる人がたくさんいる。その筆頭が目の前の少女、サクナ・メモワールなのだ。くよくよしていても仕方がないではないか。

「……そ、そうだな！　こうしてサクナも私のもとに来てくれたしな」

「はい。困ったことがあったら言ってください。何でもしますから」

「じゃあ……ヴィルのかわりやってくれる？」

「え？」

サクナが頭の上にハテナマークを浮かべた。

思えばこのタイミングで既に理性が失われていたのかもしれない。

私は部屋のクローゼットを指差しながら言った。

「あそこにヴィルが残していったメイド服があるんだ」

「……え??」

「何でもするって言ったよね？」

「…………………」

べつにネリアみたくメイド趣味に目覚めたわけではない。しかし部屋にメイドの姿がないと落ち着かなかったのだ。いやまあメイドに興味なんてないんだけど。本人が少しでも嫌がる素振りを見せたら撤回するつもりだけど――そんなふうに考えながらサクナの姿を見つめる。

彼女はしばらく無言で何かを考えていた。しかしすぐに覚悟が決まったらしい。私のほうをまっすぐ見据えて「わかりました！」と宣言した。

「よ、喜んで、やらせていただきます……！　えへへへへ」

満面の笑みを浮かべて――というよりも満面のにやけ顔で――サクナはクローゼットのほうへと歩いていった。

☆

七紅天《しちぐてん》フレーテ・マスカレールは途方に暮れていた。

聖都レハイシアとの軋轢《あつれき》。そして帝都で徐々に勢力を増している神聖教の勢力――今のところ破滅的な展開には至っていないが、明らかに好ましからざる方向へと向かっていた。本来なら皇帝と相談して対処するべき事態なのだが、その皇帝が煙のように消えてしまったので対処のしようもなかった。

「雲行きが怪しいな。空が破滅の色をしている」

ムルナイト宮殿のレストラン『沃野《よくや》の果実』。対面に座っている仮面の吸血鬼――デルピュネーがパスタをくるくるしながら不吉な呟きを漏《も》らした。

「また雪が降《ふ》るという話ですけれど」

「違う。ムルナイトの雲行きが怪しいんだ。テラコマリ・ガンデスブラッドもメイドを失って腑《ふ》抜けた有様《ありさま》なのだろう？　秘密兵器があのザマではどうにもならん」

「デルはガンデスブラッドさんを過大評価していますわね」

「正当な評価だ。認めたわけではないが、あの力はすさまじかったからな」

そう言ってデルピュネーはパスタを口元へもっていき――仮面をつけていることを思い出していったんフォークをおろした。

確かにテラコマリ・ガンデスブラッドという存在は未知数だった。

あの小娘のことは今でも気に食わない。

だが六国《りっこく》大戦や天舞祭《てんぶさい》で見せた能力は絶大だった。あれが皇帝の言っていた〝烈核解放《れっかくかいほう》〟に他ならないのだろう。いったい何故あの小娘にあんな力があるのだろうか。本人が無自覚らしいのがさらにフレーテの苛立《いらだ》ちに拍車をかける。

「この国も皇帝の独裁みたいなところがあるからな――」デルピュネーは仮面を外しながら言った。「その独裁者が消えたら一気に脆弱《ぜいじゃく》になるのは当然の理屈だ」

「でもムルナイト帝国には栄光ある七紅天がいますわ」

「私とフレーテはともかく、他の七紅天は信用するべきではないだろう」

「どういう意味ですか」

「忘れたか？　ベテランの七紅天、オディロン・メタルは逆さ月の刺客だった。ずる賢い連中は七紅天という鉄壁の枠内にさえ入り込んでくるのだ」

デルピュネーはフレーテが相手だと途端に饒舌《じょうぜつ》になるのだ。

こないだ皇帝と二人きりになったときは一言もしゃべれなかったと聞いたのに。

「サクナ・メモワールは逆さ月出身。ヘルデウス・ヘブンは神聖教の関係者だ。べつに彼らがそのまま反旗を翻《ひるがえ》すとは考えていないが、」

デルピュネーがフォークでトマトを潰《つぶ》す。赤い汁が皿の上に広がっていった。

「――敵は身近なところにいるかもしれない。注意は怠らないほうがいい」

「そうですわね」

フレーテは首肯《しゅこう》しながら考える。

諸々《もろもろ》の問題は皇帝陛下が帰還すればすべて解決するはずである。自分たちの使命は国家を護《まも》ること。たとえテロリストや宗教勢力が攻めてきても全身全霊を尽くして戦えばいい――そんなふうに決意を改めていたときのことだった。

不意にレストランの扉が勢いよく開かれた。

「フレーテ様！　一大事です！」

第三部隊の副隊長・バシュラールが大慌てで近づいてきた。帝国貴族の三男坊でそれなりに優秀なはずなのだが、「一大事」が起きると冷静さを失うのが玉に瑕《きず》である。

「どうしたのですか。ランチタイムは優雅に、ですよ」

「失礼しました。ですがご報告を申し上げます――どうやら帝都郊外の教会勢力が暴動を起こしているようで」

フレーテは思わず立ち上がった。

「……なんですって？」

「彼らは『帝国を浄化する』という声明を出しております。帝都まで辿《たど》り着くのも時間の問題かと思われますが……いかがいたしましょう」

☆

白銀のメイドが壁際に立ち尽くして恥ずかしそうにしている。

あまりにも美少女すぎて立ち眩《くら》みを覚えてしまった。ヴィルの服はサクナにぴったりだったのだ。私にとってメイドといえば変態メイドだけだったため、サクナのように清楚《せいそ》な（たぶん清楚だと思う）少女がメイドとしてそばにいるのは新鮮な気分だった。

彼女はモジモジしながら「あのぉ」と声を絞り出した。

「ヴィルへイズさんっていつもこんな服着てて恥ずかしくないんでしょうか……？」

「わからん。あいつの感性は常人には理解できないからな」

「ですよね……あ。せっかくなので何かメイドのお仕事しましょうか?」

「え? ああそうだな……べつに無理しなくていいんだけど……」

「無理じゃないですよ! コマリさんの役に立ちたいですから。私でもヴィルへイズさんのお仕事ができるってことを証明します」

「うーん……」

サクナがヴィルのお仕事か。なんか背徳的な気がするが——しかしジンワリと温かいものが広がっていくのを感じた。この少女の無限大の優しさが傷口に沁《し》みていった。これで私の心にぽっかりと空いた穴も塞《ふさ》がるのだろうか。

「そ、そうだな……じゃあヴィルのかわりにしっかり働いてくれると嬉しい」

「えへへ……かしこまりました、ご主人様」

「ヴィルはそんなこと言わない」

「ごめんなさいっ!! コマリ様っ!!」

サクナは慌てて仕事を開始した。

まず取り掛かったのは部屋の片付けである。この数日で私の部屋は見るも無残なほどに散らかっていたのだ。サクナはまるでヴィルのようにテキパキとした動作で整理整頓《せいとん》を進めていった。その手際に驚嘆《きょうたん》しているうちに周囲はピカピカになってしまった。

さらに今度は「お昼ご飯を作りますね」と言い出した。サクナって料理できたの？——と疑問に思っているうちに備え付けのキッチンに足を運ぶ。予《あらかじ》め買ってきたという材料で調理を開始。あっという間に美味しそうなオムライスが完成してしまった。

「どうぞ。食べていただけますか？」

「あ、うん。いただきます」

私はスプーンでオムライスをすくって口に運んでみた。

ほっぺたが落ちるかと思った。甘くてふわふわでクリーミー。

ここ数日枯れ果てていた味覚が一瞬にして元気になってしまった。

いやなんだこれ。サクナってこんなに料理が上手かったの？　いや料理だけじゃない。掃除だって非の打ちどころがなかったし——こいつはなんでもできる完璧《かんぺき》人間か⁉

「どうですか？　上手くできてますか？」

「お……美味しい⁉　サクナがこんなに美味しいオムライスを作れるなんて……！」

「実はこっそり練習していたんです。コマリさんに喜んでもらいたくて」

「すごいよ。お店で出てきても不思議じゃないよ」

「えへへ。ヴィルヘイズさんのより美味しいですか？」

「…………むぅ」

サクナが小声で「惜しい」と呟いた。なんだか寒気がしたのは気のせいか。

それから私は夢中になってオムライスに舌鼓《したつづみ》を打った。サクナは終始にこにこ笑顔で私の食事を見守っていたが、やがて私がすべて平らげてしまうと「コマリさんは休んでいてくださいね」と言って積極的に後片付けを始めるのだった。

「――はい、食器洗いも終わりです。他に何かやることはありますか？」

「いや……特にないな……」

「そうですか。何かあったら何でも言いつけてくださいね」

そう言って私の隣に腰を下ろす。

あまりの完璧メイドっぷりに頭が上がらなかった。

明らかにヴィルよりも働き者である。サクナが一人いれば私の私生活は安泰だった。何よりこの子はあのメイドのように私を無理矢理労働へと誘《いざな》ったりしないのだから。

「あの、コマリさん。私ではヴィルヘイズさんのかわりにはなれませんか……？」

不意にサクナが問いかけてきた。

私は腕を組んで考え込んでしまった。客観的に見れば十分に代役を果たせている。掃除も料理も完璧だ。私の専属メイドとして申し分ない。

しかし――しかしである。彼女にはどこか物足りないものを感じてしまうのだ。

変態メイドを変態メイドたらしめる最重要項目。

それがサクナには欠落しているのだった。

「足りない……」

私は思わず口に出していた。

サクナがこの世の終わりのような顔をした。

「えっと……味付けが薄かったでしょうか？」

「違うんだ。変態成分が……足りないんだ……」

サクナの目が点になった。

私も自分自身が何を言っているのかわからなかった。しかし心の内から湧《わ》き上がる不満はどうしようもなかった。私はぎゅっと拳《こぶし》を握りながら訴えた。

「サクナはヴィルにはなれない……だってサクナは変態じゃなくて清楚だから……」

「⁉⁉⁉」

べつにヴィルのセクハラを望んでいるわけではない。しかしヴィルがヴィルである理由は私に見境のない変態行為を全力で仕掛けてくるからに他ならなかった。サクナは絶対にそんなことはしない。だから私を襲う壮絶な喪失感が癒えることはない。

いつの間にか涙が出てきた。

なんで私はこんなことで悩まなくてはいけないんだ。普段ウザいと思っていたものが急になくなるとこんなにも恋しくなるのか。いやべつに恋しいわけじゃない。ただ虚《むな》しいだけだ。私の七紅天大将軍としての人生はあいつの変態行為なくしては語れないから。

「あ……あの……コマリさん、」

サクナが震える声で言った。何故かめちゃくちゃ緊張している様子だった。

「その……私はコマリさんが思っているような吸血鬼じゃないですよ？　だからヴィルヘイズさんのかわりはできる……と思います」

「いいんだ。無理しなくてもいい。お前に変態は似合わないよ……」

「コマリさん……！」

サクナが驚愕《きょうがく》に目を見開いた。

誰だってこんなこと言われたら「え？　この人ヘンなのかな？」って思うよな。

でも私は大真面目《まじめ》なんだよ。大真面目にわけのわからんことを考えているんだよ。わざわざオムライスを作ってくれた人に対して「お前は変態じゃないから偽物《にせもの》だ」発言。これは幻滅されて当然だよな――と思っていたら、

「わかりました。コマリさんのために変態になります」

サクナが熱意のこもる瞳《ひとみ》を私に向けてきた。

「え……ちょっと意味わかんないんだけど……」

「私がヴィルヘイズさんのかわりになります。だからどうか泣き止《や》んでください。コマリさんの悲しそうな顔を見ていると、胸が痛くなってしまうんです」

「サクナ……」

彼女は顔を真《ま》っ赤《か》にしながらこちらを見つめている。

本来ならばサクナにヴィルの幻影を追い求めるなど唾棄《だき》すべき行為であった。サクナはサクナであってヴィルではない。そんなことは誰の目にも明らかだった。だが――私は彼女の真摯《しんし》な言葉にときめいてしまった。その真っすぐな覚悟を受け止めたくなってしまった。

「……わかったよ。私のために変態になってくれ」

「はい！」

サクナは花が咲くように破顔した。

「で、でも。具体的にどんなことをすればいいんでしょうか？」

「あいつは私の身体を触ってくるんだ。無遠慮に。だから……ヴィルの真似《まね》をしたいなら、そんなふうにするのがよろしかろうと思います……」

言葉がおかしくなってしまった。隣にいるサクナを直視することができない。

しかし彼女は「わかりました」と厳かに頷《うなず》いて言葉を続けた。

「……それでは、触ってもよいでしょうか」

私はしばらく身を固くしてから、こくり、と頷いた。

ゆっくりと白い手が伸びてくる。

ちらりと彼女の表情をうかがう。サクナはトマトみたいに顔を真っ赤にしていた。

うわあサクナって至近距離で見ると本当に美少女だなあ――と、そんな感じで感心しながら彼女のアステリズムのように輝く双眸《そうぼう》を眺めていたとき、ふと、なんだか自分はめちゃくちゃぶっ飛んだ領域に足を踏み入れているのではないかという疑念が芽生えてきた。

いやちょっと待て。

ヴィルってこんな感じだったっけ？

あの変態メイド以上に変態な感じがするんだけど……？

「さあコマリさん。じっとしててくださいね……」

「あの……どこ触るつもり？」

「いちばん変態的な部分を触るつもりです」

「す――ストップストップ！　私が言うのもなんだがいったん落ち着こう！」

寸前で冷静さを取り戻した私はわずかに後退した。

しかしサクナは聞いちゃいなかった。まるで変態の如《ごと》く頬《ほお》を赤らめて私に近づいてくるのである。これでは本当に変態になってしまうではないか。やっぱりサクナには花も恥じらう感じの清楚な立ち居振る舞いが似合っているんだ。だからキャラが崩れるようなことはやめろ。これ以上近づくな。おい聞いているのか？――そんなふうに本能的なヤバさを感じて逃げ出そうとした瞬間、

「？」

サクナが何かに気づいたように動きを止めた。

彼女の視線が窓の外に向けられる。

そのときだった。不意に何かが爆発するような音が連続して聞こえた。魔法と魔法がぶつかり合うような衝撃がここまで響いてくる。サクナは冷や水を浴びせられたような様子で立ち上がった。

「なんでしょうか？　これ」

「さあ……」

外が騒がしくなってきた。ガンデスブラッド邸の使用人たちが「なんだなんだ」と走り回り始めた。異常事態が発生したことは明らかだった。

不意にサクナの通信用鉱石が光を発した。

彼女は私から離れると、魔力を込めて通話に応じた。しばらく無言で相手の言葉に耳を傾けていたが、だんだんとその表情が険しいものになっていくのが不吉だった。

「コマリさん、」

通話を終えたサクナは震える声で言った。

「七紅天会議が招集されました。一緒に行きましょう」

「え？　な、なんで……？」

「帝都が攻撃を受けています。これから情報の共有と作戦会議をするそうです」

己《おのれ》の耳を疑ってしまった。そんな馬鹿《ばか》げた話があるかと思った。しかしサクナはさらに馬鹿げた情報を投下してくるのだった。

「敵は……おそらく神聖教」

☆

サクナに手を引かれる形でムルナイト宮殿へやってきた。

ヴィルがいなくても私が七紅天であることに変わりはない。緊急招集されたらどんなに精神が凸凹《でこぼこ》でも馳《は》せ参じる義務があるのだった。正直あらゆる意味で行きたくないけど行かなければフレーテに激怒《げきど》されるので渋々重い腰をあげることにした。

先日教皇と一悶着《ひともんちゃく》があった『血濡《ぬ》れの間』である。

私が到着したときには既に七紅天の方々が勢揃《せいぞろ》いしていた。

部屋に入るなりフレーテが「遅いっ！」と鋭い声で叱《しか》りつけてくる。

「七紅天たるもの招集がかかったらすぐ参上してくださいっ！　時間は有限です。今この瞬間もムルナイト帝国は不埒《ふらち》者の魔手によって脅かされているのですから——」

「ごめん……」

「…………。……素直に謝るとは気色悪いですわね。まだ引きずってるんですの？」

「べつに……」

将軍様モードでフレーテに反論する気力もなかった。

ここには下克上を企む部下もいないわけだし好きにやらせてもらうとしよう。

私はとりあえず空いてる椅子《いす》に座ることにした。すると隣のデルピュネーが困惑したような雰囲気でこちらを見つめてきた。

「おい。そこは第五部隊隊長の席だが……」

「ああそっか。あっちか」

私はのろのろと立ち上がって別の席に移動した。なんだか注目を浴びているような気がするけどそれどころではない。今の私の最大目標は会議をやり過ごして引きこもることなのだ。

フレーテが「ごほん」と咳払《せきばら》いをして声をあげた。

「ガンデスブラッドさんは腑抜けているようですが会議を始めましょう——さて。先ほど衛兵からもたらされた報告によれば、ムルナイト帝国帝都にて暴動が発生しているそうです」

隣のサクナが「お水飲みます……?」とコップを差し出してきた。

お礼を言いながら受け取る。この時間は水を飲むだけの観葉植物のような存在と化そう。ヴィルのいない私がしゃしゃり出たところで意味はないのだ。メッキの剝《は》がれたテラコマリ・ガンデスブラッドは将軍としての力など皆無のダメダメ吸血鬼なのだから。

「連中は魔法を使用して建築物を破壊しています。人数は百人程度。そのほとんどが帝都下級区に存在する教会の信者たちだとか。そして彼らの要求は単純明快——『神を信じよ』。つまり宗教的な動機から暴《あば》れているようです。ヘブン様、この辺りについてどう思われますか」

「どう思われますか？　もちろん今すぐ鎮圧したほうがよろしいと思いますな！」

「第五部隊がいま出向いているところです。――そうではなく、ヘブン様には神聖教の神父としての意見をうかがいたいのですが」

ヘルデウスは「ふむ」と頷いて視線を上空に彷徨《さまよ》わせた。

「もとよりムルナイト帝国は宗教に否定的な国です。たとえば帝国に存在する教会の数はアルカの十分の一程度。聖都における吸血種の聖職者も全体の5パーセントにすぎません。ゆえに此度《こたび》の宗教的な蜂起《ほうき》は正直なところ驚いておりますよ。神もびっくりの所業でしょう」

「連中はいったい何者なのですか？　ヘブン様と関《かか》わりのある人間なのでしょうか」

「関わりなどありませんな。帝都の教会は横のつながりがあるのですが、破門以降、私は他の聖職者から迫害されておりましたゆえ」

「破門って本当だったんですのね」

「ええ破門してやりましたとも！　私が教皇をね！」

ヘルデウスは甲高い声で文句を垂れ流し始めた。

「今の教皇――ユリウス6世ことスピカ・ラ・ジェミニは神のなんたるかを理解していない野蛮人ですよ。教えを広めるためならどんなに汚い手段を使うことも厭《いと》わない。神聖教の根本精神である〝愛〟を忘れてしまった残念な方なのです」

「聖都の事情はよくわかりませんが……何故そんな方が教皇になったのですか？」

「わかりませんな。権力闘争には興味がないので」

フレーテが「相変わらずですわね」と溜息《ためいき》を吐いた。

「ヘブン様。今回の件に聖都が関連している可能性はあるのでしょうか」

「大いにあり得るでしょうな――そもそもムルナイト帝国で強引な布教活動がなされていたのも教皇の命令だそうです。そして洗脳にも似た手段で融通のきかない信者を生み出してしまった！」

「第四部隊からも報告が上がっている。首謀者は『教皇の思《おぼ》し召し』と明言しているそうだ」

デルピュネーが腕を組みながら言う。ヘルデウスが「まったくもって愚かしい！」と忌々《いまいま》しそうに叫んだ。

「あの邪悪教皇はムルナイト帝国を内側から〝神の国〟に変貌《へんぼう》させるつもりなのです！」

「神の国がなんなのか知りませんけれど。つまりこれは報復なのでしょうか？　先日ムルナイト帝国が――特に第七部隊が非礼を働いたことに対する復讐《ふくしゅう》？」

「わかりませんな！　野蛮な人間の考えなど理解できません。それにしても許せない――あ許せない！　ガンデスブラッド殿もそう思いませんか⁉」

いきなり話を振られてビクリとしてしまった。

ヘルデウスは情熱のこもった瞳で私を見据えてきた。

「あなたはユリウス6世に大切なものを奪われたと聞きます。珍しく覇気《はき》が欠けているのは神の名を騙《かた》る不埒者のせいで愛を失ったからなのでしょう？」

「っ……」

勘の鋭い人にはバレバレだったらしい。

私が何かを言う前にフレーテが立ち上がって声を張り上げた。

「ガンデスブラッドさんのことはどうでもいいでしょう。それよりも話をまとめさせていただきます。どうやら教皇ユリウス6世は姑息《こそく》な手を使ってムルナイト帝国を内部から破壊しようとしている。そして今回の暴動もその一端である――さらに今後も暴動は続く可能性がある。となれば我々が取るべき行動はただ一つ」

フレーテは七紅天の面々を見渡してからこう宣言した。

「帝都に存在する教会勢力の取り締まり。これを徹底すれば万事解決ですわ」

「――カレンだったら、そんな回り諄《くど》いことはしないと思うけどなぁ」

私の隣に座っていた人物が声をあげた。

全員の視線が一点に集中する。

椅子の上で膝《ひざ》を抱えながら羊羹《ようかん》をかじっている小柄な少女。寝ぐせのついた金髪と気だるげな瞳が印象的な吸血鬼である。

こうして顔を合わせるのは初めてなので「誰だこいつ？」感が否《いな》めないが、座っている位置からして彼女こそが帝国最強と謳《うた》われる七紅天――通称〝無軌道爆弾魔〟に違いなかった。

「カラマリア様。それはどういう意味でしょうか?」

「どうもこうも。敵がわかってるんだから爆破《ばくは》すればいいって話だよ」

そう言いながら第一部隊隊長ペトローズ・カラマリアは「よいしょ」と椅子からおりた。

そのままぺたぺたと歩いて(何故か裸足《はだし》)窓のほうへと近寄ると、外の様子を眺めながら大きく欠伸《あくび》をする。

「教会の取り締まりなんてやってたら日が暮れる。七紅天って何のためにいるの? 殺すためでしょ。だったら教皇を暗殺してしまえばいい」

「は……はあ⁉」フレーテが目を丸くして立ち上がった。「そ、そんなことをしたら聖都との間に決定的な溝ができてしまいます! 本当の殺し合いが始まってしまいますわ!」

「殺し合いならすでに始まってるじゃん。カレンが消えたのはそういうことだよ」

「な……」

私は驚いてペトローズのほうを見る。

それはつまり――皇帝が殺されたということなのか?

「あり得ませんっ‼ カレン様ともあろうお方が……」

「勘違いしないでよ。死んだかどうかはわからない。でもあいつが私に何も言わずに出て行ったんだ。何かおかしなことが起きているのは確かだ」

「おかしなことが起きているのは誰もが承知していますわ！――まったくもう。我々の方針は教皇暗殺ではなく教会の取り締まりです。今すぐ軍を帝都のあちこちに派遣して……」

「キミは甘いね」

ペトローズが眠そうな声で言った。このいかにも無気力そうな吸血鬼がアルカの大統領府を爆破した張本人であるとは到底思えなかった。

「ムルナイト帝国は侵略を受けている。さっさと動かないと明日の晩ご飯が食べられなくなるのは幼子でもわかることだと思うけど」

「ではどうすればいいのですか。ご高説を拝聴したいものです」

「売られた喧嘩は全力で買うものさ。コマリちゃんもそう思うでしょ？」

またしても急に話を振られて心臓がドキリとした。

しかも「コマリちゃん」である。そんな呼び方をする人は私の周りにはいなかった。

ペトローズがぺたぺたと私のほうに近づいてくる。

「キミは第七部隊を率いる殺戮《さつりく》の覇者《はしゃ》として頑張ってきたよね。いつものように売り言葉に買い言葉で大暴れすればよくない？」

「……それは」

この人は私の事情を知っているのだろうか。

しかし虚勢を張る元気もなかった。そもそも私が虚勢を張って無事でいられるのはヴィルがいたからなのだ。いま下手《へた》に将軍様モードを発揮しても簡単に論破されて化けの皮が剝がれるに決まっている。隣のサクナが「あの！」と慌てて口をはさんできた。

「コマリさんは……ヴィルヘイズさんがいないから……」

「よくわかんないけどさあ。私はコマリちゃんのことをすごいって思ってたんだよね」

遠くから爆発音が断続的に聞こえてくる。

暴動は未《いま》だに継続しているらしい。鎮圧に向かった部隊は大丈夫なのだろうか。

ペトローズは新しい羊羹を取り出しながら言う。よく見れば包み紙に〝風前亭《ふうぜんてい》〟という文字が書かれていた。

「キミはすごい烈核解放を持っているから。つまりキミの心は誰よりも強いから。ムルナイトの武官は軒並み蒟蒻《こんにゃく》のようにヤワな連中だけど、キミのことは唯一認めていたんだよ。たとえば就任早々テロリストに襲われたとき、コマリちゃんは一人で帝都下級区の教会に乗り込んだよね。あのときはカレンと一緒に『ユーリンみたいだな』って笑ったものだけど」

思わずペトローズの顔を見上げてしまった。

やる気のなさそうな瞳に射貫《いぬ》かれた。

「でも今のキミは枯れた花のようだ。現実が気に食わないのなら動けばいい。キミのお母さんだったらそうすると思うけどね」

「…………」

私はすっかり閉口してしまった。

現実が気に食わないのなら動けばいい――その飾り気のない綺麗事《きれいごと》が傷ついた心に塩を塗りたくっていった。最初からわかっている。私の日常を奪っていったのはスピカを始《はじ》めとした神聖教の連中だ。いま帝都で教会勢力が暴れ回っているのもやつらの仕業《しわざ》。ヴィルがいなくなったのもやつらの仕業。皇帝がいなくなったのも十中八九やつらの仕業。

だからといって私にはどうすることもできない。

私が今まで曲がりなりにも将軍職を務めることができたのは、メイドのおかげなのだ。

行動しろだって？　ダメダメ吸血鬼の私一人に何ができるというのだ。それこそ神に祈るくらいしか解決方法が見つからない。いや祈ったところで解決はしない。

私に残された道はただ一つ。将軍なんか辞めて引きこもることだけだ。

そのとき――再び巨大な爆発音が聞こえた。

次いで部屋の扉がバーン!!　と勢いよく開かれた。フレーテの部下が駆け込んできたのである。

「フレーテ様！　暴動が広がっています！　べつの教会も蜂起したとか……」

「ちっ――第五部隊だけでは足りなかったようですわね」

「私が行こう」

デルピュネーが風のような速度で駆けていく。

辺りが騒がしくなってきた。本格的な戦いが始まろうとしている。

不意にペトローズが溜息を吐いて言った。

「どうでもいいけど。キミのそんな姿を見たらあの子は激怒するだろうね。倒すべき相手がセミの抜け殻みたいな有様じゃあ張り合いがないし」

「え――？」

「や。噂《うわさ》をすれば」

皇帝や大神《おおみかみ》ほどではないがペトローズの発する言葉も少々具体性に欠けていた。

しかし何を言われても関係ないのだ。今回の騒動における私の存在意義なんてスイカの種にも劣るほどちっぽけなものだから――と諦念《ていねん》を抱いていたときのことである。

「な……なんだお前」

私の背後でデルピュネーが声をあげた。彼女は何故か入口のところで立ち尽くしているらしかった。

誰かが近づいてくる気配がする。

ヘルデウスが「おや」と眉《まゆ》をひそめる。サクナが目を丸くして立ち上がる。私は特に気にすることもなくコップに口をつけていたのだが、いきなり円卓の上に放り投げられたそれを目にした途端、驚きのあまり悲鳴をあげてしまった。

死体である。祭服をまとった死体が力任せに捨てられたのである。

いったい何が――そう思って振り返ろうとした瞬間、

「安心しなさい。首謀者は殺して捕まえたから」

今度こそ度肝《どぎも》を抜かれてしまった。

記憶の奥底にこびりついて忘れることのできない冷たい声音《こわね》。思い出すたびにチクリとした痛みをもたらす刺々《とげとげ》しい空気感――私は身体の震えを無理矢理抑えつけて背後を確認した。

そこに立っていたのは青い少女だった。

かつて私を引きこもりに追いやった吸血鬼。

ミリセント・ブルーナイト。

「――じきに暴動は治まる。第五部隊の連中が虱潰《しらみつぶ》しに殺しているところよ」

「ブルーナイト将軍……帝都の被害はどれほどなのでしょうか?」

「被害なんてないわ。死んでも生き返ることができる場所で何を言ってるんだか」

ミリセントはシニカルに笑っていた。

私は驚愕のあまり開いた口が塞がらなかった。

今フレーテは彼女のことをブルーナイト〝将軍〟と呼んだ。ここから推察されることはただ一つ。オディロン・メタルが抜けて将軍不在となっていた第五部隊の隊長に就任したのは、他でもない、青きテロリスト、ミリセント・ブルーナイトだったのだ。

思い出されるのは今年の春に起きた事件。こいつのおかげで私とヴィルは大きな傷を負うことになり――そして新しい一歩を踏み出すことになった。

「ブルーナイト殿！」ヘルデウスが叫んだ。「それよりもこの死体は何なのですか？　見たところ神聖教の聖職者のようですが。あしらわれた紋章を見るに位階は私と同じで司祭ですな」

「だからこいつが首謀者なのよ。信者どもを率いて政府関連施設を襲っていた。でもそれはさして重要じゃない――こいつの右腕を見なさい」

死体の右腕に視線が集中する。

衣服が破れて素肌がむき出しになっていた。そこには月を象《かたど》ったような紋章がくっきりと浮かび上がっている。見たことがあった。サクナのお腹《なか》に刻まれていたものと同じなのだ。

ミリセントは憎悪に満ち溢れた声でこう言った。

「――逆さ月とつながっているのよ。この騒動の裏ではあの組織が暗躍している」

場がどよめく。ヘルデウスとフレーテが喧々囂々《けんけんごうごう》と言葉を交わし始める――しかし私はそれどころではなかった。この青い少女がいるだけで胃《い》の腑がキリキリして仕方なかった。

不意にミリセントがこちらを向いた。

私は蛇に睨《にら》まれた蛙《かえる》のように動けなかった。

「テラコマリ。久しぶりね」

「……元気だった？」

「ひ、久しぶり……」私は辛うじて言葉をひねり出す。「……元気だった？」

「元気なわけあるか。あんたのせいで私は地獄の苦しみを味わってきたんだから」

言葉が出てこない。ここで「ご愁傷様《しゅうしょうさま》です」などと言っても殺されるだけだろう。

もちろんミリセントと会ったときのための練習はしていた。しかし——よりにもよって今じゃなくていいだろう。もっと気分や体調が万全のときに再会したかったのに。もっと穏やかに会話を重ねてお互いの理解を深めていくつもりだったのに。

「——ねえ。あんたはいつまで愚図愚図《ぐずぐず》しているわけ？」

「な、何が……？」

「逆さ月が謀略を巡らせているのよ。殺戮の覇者はどこへ行ったの？　全世界をオムライスにするんじゃなかったの？　それとも将軍職に嫌気が差しちゃった？」

ミリセントが鋭い言葉で私の心をずたずたにしていく。

サクナが慌てて私と彼女の間に割って入った。

「ミリセントさん！　コマリさんは疲れているんです。込み入った話は後にしませんか？」

「どきなさいサクナ・メモワール」

「あっ……」

ミリセントはサクナを突き飛ばして私の目の前に立ちはだかった。

サクナが隣であわあわと慌てている。他の七紅天たちも何事かとこちらに注目してくる。青い少女は心底失望したかのような表情で私を見下ろしていた。

「ヴィルヘイズが攫われたんだって？　どうしてあんたは黙って俯《うつむ》いてるのよ」

「だって……だって。私には力がないから……」

「力がない？　なに勘違いしてるの？」

「だってヴィルがいないんだもん！　あいつがいなきゃ私はどうしようもない劣等吸血鬼なんだ！　黙って俯いてることしかできないんだよっ！　だから私は——」

「——甘ったれてんじゃないわよッ!!」

視界に火花が散った。

サクナが悲鳴をあげた。

あまりの衝撃で上半身がのけぞってしまった。

おでこの辺りで痛みが弾《はじ》けていた。

遅れて理解する——ミリセントが瞬時に強烈なデコピンを放ったのだ。唖然《あぜん》として固まってしまった。すぐさま岩をも砕くような怒鳴り声が降ってきた。

「お前には力があるだろうに！　何故振るわない！　今更自分の能力に無自覚だなんて言わせないわ！　六国大戦も天舞祭もお前は自分の力で勝ち抜いてきたんだから！」

「…………う、」

「この国は滅亡に向かってひた走っているんだ。それでいいのかお前は」

「………………うぅう、」

「なんとか言えよテラコマリ・ガンデスブラッド！　お前がメソメソしているとこっちの気分まで悪くなってくるんだよ!!」

「――うぁあああああああああああああああああ!!」

「泣いてるんじゃないわよ!!」

「デコピンされたら誰でも泣くだろおおおおおおおおお!!」

「うるさいッ!!」

いきなり胸倉《むなぐら》を摑《つか》まれた。涙が引っ込んでしまった。

ヘルデウスが立ち上がる。ペトローズが口の端に笑みを浮かべている。デルピュネーは気迫に吞《の》まれて硬直。あのフレーテでさえ「ブルーナイトさんそれは流石《さすが》に……」と引いていた。サクナなんぞは顔を真《ま》っ青《さお》にして震えている。しかしミリセントはまったく意に介さずこんなことを言うのだった。

「私がヴィルヘイズを攫ったとき！　お前は自分が非力であることを理解しながら単身で立ち向かってきた！」

「っ……」

「そういう人間だからこそ烈核解放が使えるんだよ！　そういう心を持っているから人はついてくるんだよ！　あのときのお前はどこへ行ったんだ!?　ヴィルヘイズを自分の力で取り戻そ

うとは思わないのか⁉　答えろテラコマリ・ガンデスブラッド‼」

あまりの剣幕に茫然《ぼうぜん》自失してしまった。

しかし心に纏《まと》わりついていた靄《もや》が徐々に晴れていくのを感じた。

確かにミリセントの言う通りだった。奪われたのなら取り返せばいいのだ。私は今までもそうやってきた。もちろん自分一人だけじゃなく――協力してくれる仲間たちと力を合わせてのことだったけれど。ミリセントのときも。七紅天闘争のときも。六国大戦のときも。天舞祭のときも。私は不当に搾取《さくしゅ》されることに対して反抗してきたはずではないか。

「テラコマリ。目は覚めたかしら？」

「…………」

正直悪夢の中にいるとしか思えなかった。

だが今回だって六国大戦や天舞祭のときと同じなのだ。スピカは私からヴィルを奪っていった。確かに神を冒瀆《ぼうとく》したり紅茶で服を汚したり銅像を壊したりとムルナイト側にも落ち度はあったかもしれないが、だからといって私の大切な部下を掠《かす》め取っていい道理がどこにあるのだろうか。

「えっと……大丈夫ですか……？　コマリさん……」

大丈夫ではない。しかし私は涙を拭《ぬぐ》ってミリセントの顔を見つめ返した。

ここ数日の私はおかしくなっていたのだ。襲いかかる絶望をジッと耐え忍ぶばかりで何もしなかった。だがそれは正しくなかったのだ――絶望感なんて真正面から叩《たた》き潰してやればいいのだ。平穏な引きこもりライフを獲得するためには一にも二にもヴィルが必要だ。奪われたのなら取り返してやろう。

それに、あいつだって私から離れたいはずがないのである。

今までの献身的な態度を考えれば簡単にわかる。何か事情があるに違いなかった。たとえば聖都へ行ってスパイ活動をする必要があったとか。とにかく会いに行って確認しなければ始まらないな――そんなふうに考えながら立ち上がろうとしたときのことだった。

『――ムルナイト帝国の皆様。こんにちは』

不意に聞き覚えのある声が響き渡った。

円卓の上の死体がしゃべった――わけではなかった。死体のポケットに入っていた通信用鉱石が勝手に動き出したのである。

『こちら聖都レハイシアのユリウス6世です。皆様におかれましてはいかがお過ごしでしょうか。そろそろ神の偉大さを思い知っていただけると嬉しいのですが』

「ユリウス6世⁉　なんですのこれは⁉」

フレーテが泡を食って立ち上がった。

スピカがくすりと笑う気配がした。

『予め通信用鉱石を仕込ませていただきました。そろそろ暴動が鎮圧される頃合《ころあ》いだと思ったのですが――皆さん無事に難を乗り越えられたようですね。おめでとうございます』

私は愕然《がくぜん》としてしまった。

この口ぶりからして、スピカが信者に暴れ回るよう指示をしていたことは明らかだった。

彼女は『これちゃんと届いてますよね？　大丈夫？　ああはいわかりました』などと背後の誰かに確認してから言葉を続けた。

『――先日ムルナイト帝国は神に対して無礼な振る舞いをしました。これは必ず罰せられるべきであり許されるべきではありません。そこで我々は野蛮な吸血鬼に対して神の裁きを下すことにいたしました』

「な――」私は思わず立ち上がって叫んでいた。「何言ってんだよ！　お前はヴィルを攫ったじゃないか！　まだ謝罪が足りないっていうのか⁉」

『謝罪？　いつ誰が謝罪をしたというのですか？』

スピカがとぼけたように言った。

呆然《ぼうぜん》とする私にかわってフレーテが怒鳴り声をあげる。

「教皇ユリウス6世！　此度の暴動はあなたの指示によるものですね⁉」

『暴動は私の指示ではありませんよ。我々聖都がムルナイト帝国に下した裁きは単純。〝天罰が下りますように〟と神に祈禱《きとう》しただけです。その結果として民衆の蜂起が起きたのであればそれは私の仕業ではなく神の御業《みわざ》。あなた方に怒りの矛先を向けられる謂れはありません』

「ッ――そんな理屈が罷《まか》り通ると思っているのですか！」

『世の中にはそういう理屈が存在するのです。ムルナイト帝国がこのまま横暴な振る舞いを続けるならば、やがて帝国に散っている神の信徒たちが革命を起こすことでしょう』

「ふざけないでくださいッ！　あなたの目的はいったい何なのですか⁉」

『それは最初から申し上げているはずですよ』

スピカは冷笑しながら堂々と言ってのけるのだった。

『ムルナイト帝国が神の傘下に入ること。それだけなのに』

「このッ――――」

「やめなってみっともない」

剣を抜きかけたフレーテをペトローズが制止する。

彼女は羊羹を齧りながらめちゃくちゃ面倒くさそうに言った。

「なあユリウス6世。なんか裏があるんでしょ？　マトモなやつだったら国家に対して改宗しろだなんて無理筋だってわかるだろうに」

『何を仰《おっしゃ》っているのですか。私はどこまでも真剣ですよ』

「その通りですな！　スピカ・ラ・ジェミニはマトモな思考を持たない野蛮人です。教えとは押し付けるものではなく自覚するもの。それを理解していないからこんな暴挙に出るのです」

『ヘルデウス・ヘブンですか。破門されたくせにまだ聖職者のフリをしているそうですね』

「破門されたのはあなたでしょう？　まだ教皇のフリをしているのですか？」

「とにかくッ！　そんな要求を受け入れられるはずありませんわッ！　カレン様がお帰りになられたら再び会談の場を設けましょう！　徹底的に話し合いをするのです！」

『話し合いなど必要ありません。何故なら――』

『スピカ様。飴《あめ》のおかわりをお持ちしました』

『おや。これはありがとうございます』

頬を引っ叩《ぱた》かれたような気分に陥《おちい》った。いま明らかにヴィルの声が聞こえたのだ。私は思わず死体に向かって大声をあげていた。

「――ヴィル！　そんなところで何をやってるんだよっ！」

『ガンデスブラッド将軍？　いったい何の御用でしょうか』

「お前じゃないっ！　ヴィルを出せ！」

しばらく沈黙の時間が続いた。集音機能を切って相談をしているのかもしれなかった。しかしすぐに音がつながって聞き慣れた声が私の耳に届けられた。

『……はい。こちらヴィルへイズです』

「ヴィ……、」目から涙が出そうになった。拳を握ってぐっと堪《こら》える。「……ヴィル！　お前無事なのか⁉　スピカに変なことされてないか⁉」

『大丈夫ですよ。スピカ様は私によくしてくれますので』

『その通りです。寛大な心を持つ私がメイドを惨《むご》く扱うはずがないでしょう。ヴィルヘイズは私が大事に使ってあげますからご安心を』

「な……」

『聞くところによればガンデスブラッド閣下はメイドの扱いがなっていないようですね。彼女が恨み言を漏らしていましたよ。ねえヴィルヘイズ』

「何言ってるんだ……嘘だろヴィル……」

『はい。コマリ様は私の求めに応じてくれませんでした。私がどれだけコマリ様のことをお慕い申し上げていても冷たくあしらうのです。こないだもゆっくり湯船に浸かっていた私を無理矢理お風呂《ふろ》場から追い出しました。こんなに酷《ひど》いことがあるでしょうか』

「いやいや違うだろ！　それはお前が勝手に入ってきて変態行為に及《およ》んだからだ！」

『それだけではありません。コマリ様はすやすやと眠っている私を強引にベッドから突き落とすのです。毛布を剝がれた私は冷たい床の上で打ち震えました。身も心もコマリ様のために捧《ささ》げてきたつもりだったのに……身も心も凍えてしまったのです』

「それも違うっ！　お前がいきなりベッドの中で抱き着いてくるからだろっ！」

『これはいけませんね。でも今はどうでしょうか』

『はい。身も心も回復いたしました。スピカ様は私に優しくしてくれますので』

『昨日は一緒にお風呂に入りましたね』

『またお背中を流させていただきたく存じます』

『よろしい。そういえば昨晩の夕食も美味しかったですよ。あなたの作るオムライスは一流のシェフにも引けを取らないレベルでした』

『お褒めに与《あずか》り光栄です。スピカ様の好みを調査してスピカ様のために作りました』

『なるほど。あなたはメイドとしてパーフェクトですね――ガンデスブラッド将軍のもとから抜け出せてよかったです。あなたの才能は然《しか》るべき場所で発揮するべきですから』

…………………。

…………。

……おい。こいつら。

私のいないところで何やってんだ?

何でヴィルは私以外の人間にオムライス作ってるんだ?

『――さて、話が逸《そ》れてしまいました。我々の要求は先ほど述べた通りです』

「ふ……ふ、ふ、ふ、」

『これが呑めないようなら神の裁きは継続することでしょう。手始めにムルナイト帝国全域の教会に声をかけて――』

「ふざけんなああッ!!」

ばんっ‼　と私はテーブルをぶっ叩いた。

隣のサクナが「ひいっ⁉」と悲鳴を漏らして後ずさった。

周囲の目など気にしている余裕はなかった。私はテーブルに身を乗り出す勢いで死体に向かって絶叫した。

「おいヴィル！　お前散々私にべったりだったくせにどういうことだ⁉　鞍替《くらが》えするにしても唐突すぎるだろ！　こんな掌返《てのひらがえ》しは初めて見たわ！　お前のことは嘘吐きメイドだと思っていたけどここまで薄情者だとは思わなかったしお前がいなくなった程度でここまで生活習慣が乱れた自分自身にもびっくりしすぎて自分でも何を言ってるか全然わかんないよもう！　全部お前のせいだ、どうしてくれるんだよこの変態メイド‼」

『コマリ様。私は――』

「言い訳なんて聞きたくないっ‼　私を天下無敵の七紅天大将軍に仕立て上げたのはほとんどお前だろうが‼　その責任を取らずに私の前からいなくなるなんて絶対に許さない――たとえ神が許したとしてもテラコマリ・ガンデスブラッドが絶対に許さないいっ‼」

『落ち着きなさいガンデスブラッド将軍。神はヴィルへイズの帰依を歓迎しており――』

「そんな神は私がデコピン食らわしてやるッ‼」

スピカが気圧《けお》されたように口を噤《つぐ》んだ。

私は構わずに言葉を続けていた。そうしてそれが事実上の宣戦布告となってしまった。

「待ってろヴィル、必ずお前を連れ戻してやるからな！　ムルナイトを取り巻くよくわからん宗教勢力も全部私がなんとかしてやる！　聖都の軍隊なんて私が追っ払ってやるっ！」

「ガンデスブラッドさんちょっと黙ってください勝手に戦争を始めないでください」

「まあいいじゃんフレーテ。ここはコマリちゃんに任せよう」

バックで言葉を交わすフレーテやペトローズのことなど眼中になかった。

私は思ったことを遠慮会釈《えしゃく》なしにそのまま口に出していた。

「だから——そこで静かに待っていろ!!　私がそっちに行くまでスピカにオムライス作ったりするんじゃないぞ!!　絶対だからな!!　わかったなっ!!」

『…………………………………………………………』

通信用鉱石の向こう側はしばらく無音だった。

気づけば『血濡れの間』も沈黙に包まれていた。

サクナはびっくり仰天しているし、デルピュネーはいつも通りの無言だし、フレーテは顔面蒼白《そうはく》になってワナワナ震えているし、ヘルデウスは満足そうに頷くだけで何も言わないし、ペトローズは暢気《のんき》に羊羹を食べているし、ミリセントにいたっては何故か私に背を向けているので顔色もわからないし。

そうしてだんだんと頭が冷えてきた。

あれ……？　もしかして自発的に戦争を仕掛けてしまったのでは……？

そんな感じで不安に押し潰されそうになっていたとき。

ふと押し殺したような笑い声が漏れ聞こえてきた。

スピカである。スピカが愉快そうに笑っているのである。いったい何がおかしいのだろうか
――疑問に思っているうちに彼女は落ち着きを取り戻したらしかった。

虫程度なら圧力で死んでしまうような声色でこう言った。

『自ら破滅の道を選ぶとは哀《あわ》れな方々ですね。わかりました――天罰続行です。神の御心《みこころ》に
よって聖都の聖騎士団も動くことでしょう』

「ッ……！」

破滅が確定した。

やはり頭を冷やす必要などないのだった。

これだけ好き放題にやられて黙っている必要はなかった。私は踵《きびす》を返すと大股《おおまた》で『血濡れ
の間』を飛び出していった。サクナやフレーテの引き止める声は無視することにした。

ムルナイト宮殿の中庭。

私は雪の降り注ぐ寒空に向かって大声をあげた。

「カオステル！　ベリウス！　あるいはメラコンシー！　いるか⁉」

「ここに」

枯れ木男がいきなり柱の影から現れた。まるで変態のような待ち伏せの仕方である。時と場

合によっては逮捕されていてもおかしくはないだろう。

しかし驚いている暇もなかった。

私はずんずんと彼に近寄って――少しだけ迷ってから指示を出すのだった。

「第七部隊のみんなを集めてくれ。ちょっと話があるんだ」

☆

五分もしないうちに連中は集まってきた。

私は未だに撤去されていない神像の瓦礫《がれき》の上に立って彼らを見下ろしていた。

ムルナイト帝国軍第七部隊、総勢五百名。

私の命を脅かす迷惑極《きわ》まりない連中であり、それでいてピンチのときには獅子奮迅《ししふんじん》の活躍を見せてくれる頼もしいバーサーカー。

サクナだけじゃない。私にはこいつらもいるのだ。

「閣下。本日はどのようなご命令でしょうか」

カオステルは興奮を抑えきれないといった様子で口を開いた。

他の連中も似たようなものだ。私がこんなふうに招集をかけることなど今まで殆《ほとん》どなかったからだろうか――みんな心なしかソワソワしているように見受けられる。

「うむ。よく集まってくれたな」

私はなるべく威厳のある声を心がけながら語り掛ける。

失敗は許されなかった。サポートしてくれるメイドはいないのだから。

「諸君も知っていると思うが、帝都にて暴動が起きた。これは神聖教の教皇ユリウス6世ことスピカ・ラ・ジェミニの指示だと思われる。というか先ほどスピカのやつが白状した。しかも第五部隊隊長からもたらされた情報によれば、やつらはテロリスト集団〝逆さ月〟と手を結んでムルナイト帝国を脅かそうとしているらしい」

ざわめきが広がっていく。

「なんだって⁉」「ふざけたことを……」「第五部隊隊長って誰だ?」「これだから宗教ってやつは」『またあのテロリストかよ!』『許せねえ』――私は大声で言葉を続ける。

「皇帝が不在なのも連中の仕業に違いない。このままではムルナイト帝国は未曾有《みぞう》の危機に晒《さら》されるだろう。手を拱《こまね》いているわけには当然いかない。わかるな?」

「もちろんですとも!　我々は断固とした態度で臨まなければなりませんッ!」

カオステルに呼応するかのごとく「そうだそうだ!」と叫び声が反響する。

こいつらは常人には理解できない思考回路を持った戦闘バカどもだ。おそらく私が命令すれば喜んで剣を握るのだろう。しかし――だからといって彼らに甘えるのは気が引けるのだ。だってこれは私の我儘《わがまま》みたいなものだから。

私は場が静かになるのを待ってから躊躇《ためら》いがちに言葉を紡《つむ》いだ。

「実はだな……お前らに言っておかなければならないことがあるのだが……」

吸血鬼たちが不思議そうに見上げてくる。

「私はここ数日、ちょっと参っていたんだ」

「閣下。それはどういう意味でしょうか」

「も、もちろん大したことじゃない！　でもずっと心ここにあらずといった感じで、お前らに変な指示を出してしまうことがあった——その点については申し訳なく思う」

そう言って私は頭を下げる。すると部下たちは恐縮した様子で「いえいえ全然大丈夫ですから頭をお上げください閣下！」「むしろいつも以上に覇気のある閣下でしたよ！」などとらしくもない気遣いをしてくれるのだった。私は何故だか胸が熱くなるのを感じた。

「ありがとう。……私があんなことになったのはな、まあ、察しているやつもいるかもしれないが、第七部隊の特別中尉、ヴィルヘイズが消えたからなんだ。あいつは私の大事な仲間だ。でも教皇に攫われてしまった。今は聖都でメイドとして働いているらしい……」

私は少し俯いてしまった。帝国が危機に直面しているのに私情で悩んでいるのが後ろめたく思えてしまったからだ。しかしこれだけは伝えなければならなかった。

「だから……私はヴィルを奪い返してやりたいんだ。でも私一人じゃたぶん無理だ。い、いくら私が天下無敵の最強七紅天大将軍だとしても、一度に殺せる人数には限りがあるからな。だから……こんなことをお願いするのはあれだけど、場違いかもしれないけど、その、」

顔を上げて部下たちを見渡す。

そうして私は勇気を振り絞って言った。

「私は聖都の問題をなんとかしたい。そしてヴィルを連れ戻したい。だから……諸君も私と一緒に来てくれないか……？」

「「「…………………………………」」」

痛いほどの沈黙が舞い降りた。

吐く息が白い。降り注ぐ雪のかけらが軍服に落ちて溶けていった。

思えば私が自分の正直な感情を部下に吐露するのは初めてな気もする。ましてやそれを「お願い」として訴えるなんて。さらに言えば、自分一人でみんなの前に立って堂々と宣《のたま》うなんて――これまでの私の行動から考えると明日隕石《いんせき》が降ってもおかしくないくらいの珍事だった。

彼らはどう思っているのだろうか。たかがメイド一人のために必死になっている殺戮の覇者を目の当《ま》たり《あ》にして失望しているのだろうか。

「――閣下。お願いなどなさらず命令をしてくだされぱいいのですよ」

不意にカオステルがそう言った。

困惑する私をよそに嬉しそうに言葉を続けた。

「しかし聖都の連中は許せませんね。宗教を盾にしてやりたい放題です」

「ああ。ムルナイト帝国のことを舐《な》めているとしか思えないな」

「しかも我々の大事な仲間のヴィルヘイズ中尉を攫っていく暴挙！　これは閣下でなくても激怒して当然でしょう！　皆さんもそう思いませんか⁉」

「その通りだ！」『閣下に悲しい思いをさせやがって！』『ゆるせねえぜ神聖教……！』『殺してやる』「『今日から神に向かって中指を立てることにします』「『特別中尉のかわりはいない』「イエーッ！　閣下の側近カオステルに非《あら》ず。ヴィルヘイズのはず』『あの人がいなけりゃウチの隊はただの脳筋じゃねえか！』『実は俺《おれ》ヴィルヘイズさんのこと好きだったんだよね』『とにもかくにも神は許さない』『神に裁きを……‼』『ぶっ殺してやる……‼」

いや。ちょっと待って。べつに私は宗教を滅ぼすつもりはないんだけど。ヴィルを取り返せればそれでいいんだけど。あとスピカと仲直りできればそれで満足なんだけど——しかし彼らに人間の言葉は届かなくなってしまったらしい。

「閣下！　何も心配することはありません！　我々が力を合わせればどんな敵も一瞬で消し炭になるはずです。不埒な聖職者どもに鉄槌《てっつい》を下してやりましょう！」

「あ、ああ——」

部下たちは期待のこもった目で己が将軍を見つめていた。

お腹の底から勇気が湧いてくるのを感じた。冷たい雪など気にならないほど身体が熱くなってくるのを実感した。

てっきり「力を借りたいだと？　殺戮の覇者なら一人で解決できて当然だろうがボケ！」みたいな感じで殺されるかと思っていた。

しかしそうはならなかった。こいつらはどうしようもない殺人鬼の集団だけれど——なんだかんだで私のことを支えようとしてくれているのだ。それが嬉しかった。

ならばこちらも精一杯頑張らなければならない。

私は深呼吸をしてから彼らの顔を見つめ返した。そうして右手を挙げて高らかに宣言をするのだった。

「——さあ行くぞ親愛なる兵士たちよ！　戦いの始まりだ‼」

一拍おいて——

うおおおおおおおおおおおおおおおおおおおおおおおおおお——‼

お決まりの雄叫《おたけ》びが冬空に炸裂《さくれつ》した。鼓膜が破れるかと思った。もはや様式美となっているコマリンコールが「コマリン！　コマリン！　コマリン！」と連呼される。

かくしてムルナイトと聖都の対立は確定した。

戦争の気配はすぐそこまで近づいていた。

2.5 常世《とこよ》の迷い人

Hikikomari the Vampire Countess no Monmon

雷鳴がとどろく森の中が人生のスタートだった。

世界を滅ぼすような雷の音。それがいちばん最初に覚えているモノ。

今でも雷は怖い。トラウマになっているのかもしれない。これだけは何をどうやっても克服できる気がしなかった。あの日――あの雷雨の日、泥だらけになって森の中に座り込んでいる自分を助けてくれたのは、シルクハットを被《かぶ》った背の高い老人だった。

「驚いた。大神《おおみかみ》さんは本当に未来人だったのか」

老人は心底驚いたようにそう言った。

「傷が治ってない。こりゃ魔核《まかく》にも登録されておらんな」

「ぁ……の……」

「ん?」

乾いた唇を必死に動かして声を発した。

「わたしは……誰《だれ》……」

「そりゃあこっちが聞きたいくらいだ。……が、未来人曰《いわ》く、お前さんはのちのち大きな事件を解決するための大事なピースになるんだとか。すまん、ピースとか言われたら気を悪くするかもしれんが……」

「………？」

老人の言うことは何一つ理解できなかった。しかし目の前の吸血鬼が――彼は自分と同じ吸血種だったのだ――敵ではないことは本能的に知れた。

もしもこのとき彼と出会わなかったら、自分は森の中で獣の餌《えさ》になって死んでいたのだろうなと思う。

記憶は大雨に流されて空っぽだった。

どこから来たのかもわからない。自分の素性すらもわからない。行く当てもないので暫《しばら》くは老人の孫として生活することになった。この男が子供を攫《さら》って食べてしまうような怖い人間だったらどうしよう？　そういう気持ちも確かにあったと思う。

でも森の中で野垂れ死にするのは嫌だった。騙《だま》されたっていい。とにかく人の優しさを信じてみよう。そう思って老人――クロヴィスについていくことにしたのである。

クロヴィスはムルナイト帝国の七紅天《しちぐてん》大将軍だったらしい。

弱そうに見えて意外と強いんですね、と素直に褒めたら、彼は「七紅天といっても数合わせみたいなもんだ。いつ下克上されるかヒヤヒヤしておるよ」と笑っていた。

そうして穏やかに日々は過ぎていった。

もともと引っ込み思案な性質だったので会話はそんなに弾《はず》まなかったが、クロヴィスは気を遣って色々と話を聞かせてくれた。とはいっても話題はほとんど〝毒〟に関することだった。彼は生粋《きっすい》の毒薬マニアのようで、野山を駆け回っては貴重な植物だのキノコだのを採取して回り、それを薬に応用して戦争で使用しているのだという。

「いいかね。アオコケムシダケをすり潰《つぶ》した粉にクロテングチョウのエキスを混ぜて一晩寝かせるんだ。そこからさらに毒液Aと薬液Cを混ぜ合わせることで、どんな人間でも飲めば一瞬で爆発《ばくはつ》四散する秘毒が――」

「ごめんなさい……よくわかりません……」

「ふむ。まだ難しいか」

しかし話に置いていかれたくはなかった。

クロヴィスの研究室に忍び込んで資料を読み込んでいくうちに、だんだんと毒薬の知識が身についていった。一カ月もしないうちに殺人用の毒を調合して見せたとき、クロヴィスが「これは天才やもしれんなあ」と驚いていたのが印象深かった。

決して刺激的な日々ではなかった――しかし傷だらけで雷雨の森を彷徨《さまよ》ったときと比べれば天国のような時間だった。やがてクロヴィスは「そういえば」と思い出したように言った。

「いつまでも『お前』とか『きみ』では恰好《かっこう》がつかんな。名前をつけてあげよう」

「名前……は、憶《おぼ》えています」

「ん？　覚えているのか？」

「はい。服のタグに書いてありましたので……」

クロヴィスに名前を告げた。

彼は感心したように笑みを浮かべた。

「なるほど『ヴィルヘイズ』か。ムルナイトの古語で〝天上の宝石〟、あるいは〝帝の宝石〟といった意味だな。これは大物だ」

「はあ」

「しかし家名が記されていない。……どうだね、これから帝都の学院に通うことになるわけだし、お祖父《じい》さんと一緒のものを使わないかね。私が『クロヴィス・ドドレンズ』だから、お前は『ヴィルヘイズ・ドドレンズ』」

「やだ」

「何故《なぜ》だ」

「響きが可愛《かわい》くないから……」

「…………」

クロヴィス――祖父の悲しそうな顔は今でもはっきりと思い出すことができる。

とにかくそういう理由で家名は使わずに生きていくことになった。

これがヴィルヘイズにとっての最初の記憶。

テラコマリ・ガンデスブラッドと出会って新しい生き方を見つける前の、まだ何色にも染まっていない真《ま》っ白《しろ》な、雷に怯《おび》えるだけの少女だった頃の記憶。

※

皇帝陛下から言い渡された勅命《ちょくめい》は「諜報《ちょうほう》活動をせよ」だった。

教皇ユリウス6世は巨大な悪事に手を染めている疑いがある。もっと言えば逆さ月と手を組んで六国《りっこく》を支配しようとしている邪悪な気配がある――ゆえに聖都に潜入して調査する必要があるらしかった。勅命に際して皇帝はこのように言った。

「方法は問わない。次の会談でユリウス6世に面会したとき、何が何でも彼女についていってくれたまえ。たとえばそうだな――『改宗』はもっとも手っ取り早い手段だろうな」

というわけでヴィルヘイズは鞍替《くらが》えの準備を進めていた。

神聖教に入るために必要な聖水だの祭服だのを帝都の教会で購入していたのである。

しかし実際に教皇と遭遇したらすべての準備が無駄となった。第七部隊はあれよあれよという間にユリウス6世と仲違《なかたが》いを果たし、最終的には迷惑料として自分の身柄が引き取られることになってしまったのだ。

さすがに都合がよすぎる気もした。しかしこの好機を逃す手はなかった。

ゆえにヴィルヘイズはろくに抵抗もすることなく聖都行きを承諾したのであった。

さらにユリウス6世はお側《そば》付きのメイドとしてヴィルヘイズを手元に置いておく心づもりらしかった。これならスパイ活動も捗《はかど》るだろう——そう思っていたのだが。

なんというか。これは予想外の展開としか言いようがなかった。

「——ガンデスブラッド将軍は面白《おもしろ》い方ですね」

すぐ近くに座っている教皇ユリウス6世が棒付きキャンディを揺らしながらそう言った。間近で見るとわかる——あれは人血《じんけつ》を砂糖で煮て固めた飴《あめ》だ。

「存外あなたのことを大切に思っているようです。あの様子だと聖都に乗り込んでくるのではないでしょうか。最強の聖騎士団を突破することなど不可能に決まっているのに」

「まさか……コマリ様があんなふうに啖呵《たんか》を切るなんて」

「勇ましくてよいではないですか。まあ匹夫《ひっぷ》の勇《ゆう》というものなんでしょうけれど」

ヴィルヘイズは珍しく焦《あせ》っていた。

ちょっとした出来心のつもりだった。教皇の目の前では口が裂けても言えないが、本気でコマリから心が離れたわけではない。むしろ今すぐ会いたくてしょうがなかった。そろそろ禁断症状によって絶叫しながら廊下を爆走したくなってくる頃合《ころあ》いだった。

ようするに『押して駄目なら引いてみろ作戦』だったのだ。

最近あまりにも主人がつれないものだから、「もうコマリ様なんて知りませんよ」みたいな空気を醸《かも》して気を引こうとした。それがこんなことになるなんて。

――待ってろヴィル、必ずお前を連れ戻してやるからな！

正直めちゃくちゃ嬉《うれ》しかった。

だからこそ罪悪感が募ってしまう。すぐさま「嘘《うそ》です大好きです」と叫びたかった。もし彼女がここに来てくれたとして、いったいどんな顔をして会えばいいのだろうか。というかそもそも第七部隊が攻めてきたら勅命のスパイ活動が達成できなくなってしまうではないか。

こうなったら早いところスピカ・ラ・ジェミニの秘密を追求するとしよう。そしてコマリと一緒にムルナイト帝国へ帰るとしよう――そう決意してジーッと金髪ツインテ吸血鬼の姿を見つめる。彼女は飴を舐《な》めながら「ほういへは」と吐息《といき》を漏《も》らした。

「――そういえば、あなたはムルナイトのどこ出身なのでしょうか？」

「はい？　えっと――帝都ですけれど」

「そうですか。私と一緒ですね」

ユリウス6世は親しみのこもった笑みを浮かべた。

「あの街は本当によい場所でした。私が生まれたときには今ほどの活気はありませんでしたけれどね。平原の上に小ぢんまりと浮かぶ城塞《じょうさい》都市でした」

「失礼ですが……スピカ様はおいくつなのでしょうか」

「私は神仙《しんせん》種の血も混じっていますので。正確な数字は忘れましたが、おおよそ六百と少しだったと思います」

どう考えても嘘だった。

いくら神仙種が長寿とはいえ、彼らの寿命は他の種族の三倍に満たない程度のはずだった。しかもユリウス6世は吸血種の血も引いているらしいから、六百年も生き長らえているなんて普通に考えれば有り得ない。あるいは長生きする特殊な能力でも持っているのだろうか。

そんなふうに猜疑心《さいぎしん》を募らせていると、ユリウス6世は例によって飴をくるくると回しながら長広舌《ちょうこうぜつ》を振るい始めた。

「あなたは知らないでしょうけれど、昔は……だいたい六百年前までは、魔核というものは存在しませんでした。人は心臓を抉《えぐ》られたらそのまま冥界《めいかい》に誘《いざな》われるほかない。そういう弱肉強食の世界だったのです。自分の力だけでは生きていけるかわからない、だから人々は神に祈りを捧《ささ》げたのです。そういう状況では当然のことですが、当時、神聖教は今よりも遥《はる》かに隆盛を極《きわ》めていました。信者の数でいえば現代の十倍ほどでしょうか。教会の数も今とは比べ物になりません」

「はあ……それで魔核ができたら信者の数が減ってしまったというわけですか」

「ご明察の通りです。あの特級神具が作られたおかげで人々は死への恐怖を忘れました。人は神の威光を忘れて放逸な振る舞いをするようになってしまったのです。軍人のあなたはよくご存知《ぞんじ》でしょうが、各国はエンタメ戦争なる野蛮なイベントを開催して殺し合っています。つまり人々は命の尊さを忘れてしまっている。これは由々しき事態だと思いませんか？」

「そうかもしれませんね。命は大事ですからね」

適当に返事をしながらヴィルヘイズは思う――なんだか雲行きが怪しくなってきたな、と。

ユリウス6世の語る思想はどこかで聞いたことがあるような気がした。

不意に教皇が「すみません」と笑って謝罪した。

「長々とした演説は私の悪い癖《くせ》です。修行者時代に血眼《ちまなこ》になって布教したときの習慣が抜けきらないのでしょう」

「はあ」

「それと一つだけ聞いておきたいのですが――あなたは神を信じますか？」

答えは決まっていた。ヴィルヘイズは主人曰く〝嘘吐きメイド〟なのだ。

「もちろん信じていますよ。私は神様のことが大好きですので」

「わかりました。ではお仕事に戻ってください」

ヴィルヘイズは一礼してその場を辞した。

この後は夕餉《ゆうげ》の支度《したく》をすることになっている。しかし素直に厨房《ちゅうぼう》に赴こうとは少しも思わなかった。教皇は日没前に枢機卿《カーディナル》を伴って祈りの時間に入る。その隙《すき》を狙《ねら》って大聖堂を物色してやろうではないか。あと少しで決定的な証拠が摑《つか》めそうな気がするから――

「――ああそうそう」不意に教皇が声をあげた。明日の天気を尋ねるような何気ない調子で言う。「あなたは大聖堂に来てから色々な部屋を嗅《か》ぎ回っているそうですね」

「ッ――――、」

「べつに構いませんけれど。そういうのを許さない方々はいると思いますよ」

鼓動が速まる。星のような瞳《ひとみ》に射竦《いすく》められて動けなくなる。

ヴィルヘイズは呼吸を整えてから言った。

「――何のことでしょう。私はスピカ様のメイドとして誠心誠意働いておりますのに」

スピカが笑みを浮かべる。

「殺してはいけないそうです。あなたの烈核解放《れっかくかいほう》【パンドラポイズン】は色々と役に立つみたいですから。彼らがこれほど迂遠《うえん》な手法を採ったのはあなたの身体が必要だったからなのでしょう――理解できなくはないですけれどね」

「何を――、、」

言葉が止まってしまった。

腹部に激痛。涎《よだれ》を垂らしながらその場に膝《ひざ》をついてしまう。

視線を下に向ける。床にぼたぼたと血が垂れて流れていった。どこからともなく飛んできた短剣が脇腹《わきばら》に突き刺さっていた。ありえない。魔力の反応もなかった。

いったい何が――痛い。痛い、痛い――、

「――困りますね。あまりうろちょろされると計画が狂ってしまいます」

男の声が聞こえた。必死で振り返る。

いつの間にか背の高い蒼玉種《そうぎょく》が立っていた。瞳が紅色に輝いている——あれは烈核解放に他ならなかった。ユリウス6世が溜息《ためいき》を吐いて言った。

「……メイドとしての腕前を確かめたかったのです。ほんの遊びですよ」

「お戯《たわむ》れが過ぎます。このメイドはもともと牢獄《ろうごく》に放り込んでおく手筈《てはず》だったのに」

歯がかちかちと鳴る。痛みは灼熱《しゃくねつ》の炎となってヴィルヘイズの体内を焼いている。

ユリウス6世が「すみませんねヴィルヘイズ」と心のこもっていない謝罪を口にした。

「彼はトリフォン・クロス。私が教皇に就任したときから聖騎士団の団長を務めていただいております。ちなみにテロリスト集団逆さ月の幹部〝朔月《さくげつ》〟でもあるそうですよ」

愕然《がくぜん》とした。ここまで明け透けに暴露してくるとは思わなかった。

やはり神聖教はテロリストと癒着してムルナイト帝国を滅ぼそうとしていたのだ。

高速で頭が回転する。動機は簡単に想像がついた。先ほどユリウス6世は言っていたではないか——魔核があるから神への信仰が失われていくのだと。

こんなところで屈するわけにはいかなかった。震える手で懐《ふところ》から痛み止めの劇薬を取り出した。そのまま少しも躊躇《ためら》うことなく嚥下《えんか》する。だんだんと痛みが消えていく。

ここで二人を始末してしまえば何も問題はない——そう思って立ち上がろうとした瞬間、足首に別の刃物が刺さっていることに気づいた。

「え――」

「手遅れですよ。あなたの力は我々が悪用させていただきます」

目にもとまらぬ速さで剣が振るわれた。

避けることはできなかった。

ヴィルヘイズは音もなく絶命した。

※

かくしてテロリストの暗躍は続いていく。

しかしそれと同じ速度で対抗する者たちも動き始めていた。

※

同刻――天照楽土《てんしょうらくど》の東都・桜翠宮《おうすいきゅう》。

アマツ・カルラはいつものように御簾《みす》の奥で昼寝をしていた。

べつにサボっているわけではない。休んでいるだけだ。

大神に就任してからというものの、カルラのプライベートな時間はほとんど消えた。しかも風前亭《ふうぜんてい》との掛け持ちなので寝る暇もない。お菓子を食べる暇もない。

このままでは身体を壊してしまう。

そう確信したカルラは大神の仕事に『昼寝』という項目を付け加えた。休むことも立派な仕事。だからこれは決してサボっているわけではないのだ。とりあえず夕飯まで休もうかしら——そんなふうにダラダラと考えながら枕《まくら》を胸元《むなもと》に手繰り寄せたとき、

「——何をやっているカルラッ！」

「わひゃあああ⁉」

いきなり耳元で怒鳴られて飛び上がってしまった。

頭がくらくらする。鼓膜がじんじん悲鳴をあげている。

寝ている人間を怒鳴りつけるだって？　誰だそんなことをした鬼のようなやつは——涙目になりながら振り返ったとき、カルラは本当の鬼を見たような気がした。

鬼のような顔をしたレイゲツ・カリンが立っていた。

「神聖なる御簾の内側で何をやっている！　さっさと仕事をしろ仕事を」

「ちょっと待ってください引っ張らないでください服が脱げますからっ‼」

ずるずると引きずられながらカルラは絶叫する。

しかしカリンはまったく容赦《ようしゃ》をしなかった。今度はカルラの足首を掴むとそのまま執務室のほうへ運搬しようとするのである。

「はなしてくださいっ！　私はこれから火鉢にあたりながらお昼寝をするんですっ！」

「それどころではないっ！　壊れた東都を再建するための事業計画書が山のように積み上げられているのだ！　全部しっかり目を通してもらうからな」

「だからって荷物みたいに引きずらないでくださいっ！　これが神聖なる大神に対する仕打ちですか⁉」

「神聖なる大神は御簾の向こうで昼寝などしない！」

「御簾の向こうで昼寝をする大神がいなかったと思いますか⁉　いいえ、いました絶対！　歴代のうちで半分くらいはたぶん昼寝していたに決まってます！　だって御簾の向こうを無遠慮に覗こうとする臣下は普通いませんからねっ！　カリンさんを除いては！」

「やかましい‼　寝たければ仕事が終わってからにしろ‼」

「じゃあいつ終わるの⁉」

「やれば終わる。お前のカタツムリのようなペースだと年単位はかかるだろうな」

「地獄ですっ‼　睡眠不足で目の下に隈《くま》ができてしまいますっ‼」

　床の上の攻防は続く。

　天舞祭《てんぶさい》以降、レイゲツ・カリンはカルラの側近として働くことになった。地位としては五剣帝《ごけんてい》兼右大臣。家柄も相まって名実ともに天照楽土のナンバー2である。

　ナンバー2のくせして何故ナンバー1をコキ使おうとするのだろうか。面倒な仕事は全部カリンに押しつけようと思っていたのに、何故か彼女はカルラのことを猛烈に働かせようとするのである。賄賂《わいろ》のお菓子を贈っても全然靡《なび》かなかった。やっぱりこの人怖い。

「名案を思い付きました！　宮廷に仕える人たちは一日五時間お昼寝をするよう強制しましょう。そうしたら疲れも取れて仕事の能率が上がるはずです。これは勅命ですよ」

「言ってもわからぬようなら真っ二つにするぞ」

「さぁて今日も元気にお仕事をしましょうかね」

刃物をちらつかせられたら従うほかなかった。

この少女は相手が大神でも容赦なく切って捨てそうなので油断はできないのだ。

執務室に入ると本当に山のように書簡が積み上げられていた。これではいつ終わるのかもわからない。土日が潰れて風前亭が営業できなくなってしまうかもしれない。

「……これ全部確認するんですか？」

「それが大神の仕事だ。お前は私のかわりに引き受けたのだろう」

「まあそうですけど……」

天舞祭を勝ち抜いたカルラは圧倒的支持率を誇る大神として東都に君臨している。

これは多くの人々から望まれたことであり――何より自分自身で望んだことでもあった。さすがに「いやだいやだ」と駄々を捏《こ》ねまくるわけにはいかなかった。国民にも、祖母にも、先代大神にも――そしてあの勇敢な吸血鬼の少女にも申し訳が立たない。

「……まったく大変ですね。大神というものは」

「私もできる限りサポートしよう。やはりお前だけでは頼りないからな」

「そうですね。私は自他ともに認めるダメダメ和魂《わこん》種ですからね」

とりあえず仕事にとりかかろう――そう思って書簡を手に取る。

しかし初《しょ》っ端《ぱな》から呆《あき》れてしまった。

「――これは駄目ですね。景観が損なわれてしまいます」

「そうか」

「あんなところに浴場なんか作ってどうするんですか。東部区画の人口分散から考えて明らかに必要ないでしょうに。せっかく東都が壊れたのですからただ再建するのではなく無駄を省いた都市にするべきですよ。そしてこっちの計画書はピンハネするために作られています。取り締まりをするための特別部署を立ち上げておきますね。それと戸部省の財布の紐《ひも》が固すぎるという文句が上がっているので私が後で文句を言っておきましょう」

「そ、そうだな」

「報告によると工部省の人員が足りてません。人足の雇用について確認させます。それとストライキが起きているようなので国庫を開いて一年間だけ賃上げをしますが反対意見は受け付けることにします。そしてこっちは驚くべきことに不正な助成金を申請してますよ。どこの民間企業ですかまったくもう。私が睡眠時間を削って働いているというのに……」

「……おい。読んだ端から放り捨てているが、いいのか？」

「問題ありません。すべて記憶していますし、随時指示も出していますので」

カルラは魔法石【式神】によって関係部署に文言を飛ばしながら確認しているのだった。

だがこんな仕事はうんざりだ。はやく帰って新作和菓子でも開発したいところである――そんなふうに辟易《へきえき》した気分を味わっていたとき、ふと魔力の流れを感じた。

部屋の隅の影からヌッと人影が現れた。

「――カルラ様。お手紙が届いている」

黒装束《くろしょうぞく》の少女である。カルラお抱えの忍者集団〝鬼道衆《きどうしゅう》〟の長《ちょう》――峰永《みねなが》こはる。彼女が音もなく現れるのはいつものことだった。カルラは書簡から目を離さずに応対する。

「ありがとうございます。そこに置いといてください。後で読んでおきますので」

「でもこれ重要だと思う」

「重要？　砂糖の安売りでもやっているんですか？」

「違う」こはるは首を振った。続く彼女の言葉を聞いて、カルラは血の気が引くような思いを味わった。「――これ、差出人は天津覺明《あまつかくめい》。カルラ様のお兄様」

※

同刻——アルカ共和国の首都・大統領府。

大統領ネリア・カニンガムは椅子《いす》にふんぞり返りながら目の前の男をジッと見つめた。相も変わらず不遜《ふそん》な目つき。しかし今年の夏に比べればいくらか毒気が抜けたようにも思われた。それもそうか——とネリアは思う。こいつは六国大戦が終わってから、アルカ法に基づいて過酷な罰を受けた。少しは改心したのであろう。

「あの……ネリア様。さすがにまだ早すぎるのでは……」

傍《かたわ》らに控えるメイドの少女・ガートルードが不安そうに言った。

しかしネリアは笑みを浮かべて「遅すぎるくらいよ」と一蹴《いっしゅう》した。

「ぶっ壊れたアルカを立て直すのに必要なのは結局武力。最近はどさくさに紛《まぎ》れて無法者が跋扈《ばっこ》しているからね、ちょうど番犬が欲しかったの」

「でも市民が反感を抱くと思います」

「こいつが受けた罰を覚えてる？　全裸で市中引き回しの刑よ。まったく裁判長も容赦がないわ——あれのおかげで憎しみよりも同情が勝ったみたいだし、公職に復帰するくらいは許してくれるはずよ。許してくれなかったらまた牢屋にぶち込めばいいだけの話だし。——あんたも納得してるでしょ？　レインズワース」

目の前の男——かつてマッドハルト政権の走狗《そうく》として悪事を働いていた翦劉《せんりゅう》、パスカル・レインズワースは、「ふん」と仏頂面《ぶっちょうづら》を浮かべて腕を組んだ。

「甘いなネリア。お前はマッドハルト前大統領がどれだけ恨みを買っているのか理解していない。俺《おれ》を登用することは自ら支持率を落としにかかっているようなものだぞ」

「国のことを考えたら必要な処置なのよ」

「お前はあの黄金の平原で言ったじゃないか。アルカに俺は不要だと――」

「黙りなさい。大統領に口答えするんじゃないわよ」

ネリアは椅子から立ち上がるとレインズワースのほうへ歩み寄った。

目を白黒させる彼に向かってニヤリと笑って言う。

「あんたは八英将《はちえいしょう》として復帰するの。拒否権はない。だって大統領の命令だから。まあ――どうしても嫌だというならメイドとして雇ってあげようかしら。ガートルードや他の子たちと一緒に『お帰りなさいませネリア様』って言うのよ。もちろんメイド服で」

「なッ……そんなことできるわけがないだろうッ！」

「裸で引きずり回されたのにまだプライドが残ってるの？　八英将が嫌ならあなたに残された道はメイドか獄中死だけよ」

「いい加減にしろ！　それでは脅迫ではないか――ぐえっ」

レインズワースの身体が一回転して地面に崩れ落ちた。ネリアが魔力を込めて足払いをしたのである。彼は「おいふざけるな！」と叫びながら立ち上がろうとしたのだが――身体がびくともしなかった。まるで床に縫い付けられてしまったかのようだった。

「なっ……、なんだこれは!? 床がべたべたに……」

「上級粘着魔法【エターナルトリモチ】よ! 引っかかったわねレインズワース!」

「き――貴様ぁああああああああ!」

「ごめんなさいお兄様。ネリア様の命令で仕掛けておきました」

「さあ私に泣いて懇願《こんがん》するのよ! 『僕はもうたいへん反省しました。だから八英将にしてください』ってね! 言わなきゃメイドとして雇ってあげるわ。ねえガートルード、こいつの丈に合うメイド服はあるかしら?」

「まあないこともないですけど……」

「おい、話がすり替わっているではないか! 俺は絶対にお前の言う通りになんか――」

「うっさいわねもう!」

ネリアは口答えをする男の顔面を踏みつけようとして――思いとどまった。さすがに土足で踏んだら可哀想《かわいそう》である。というわけで靴を脱いでタイツ越しに踏みつけることにした。

ずむっ! とレインズワースの側頭部にネリアの足が炸裂《さくれつ》する。

「さあ懇願しなさい。泣いて許しを請えばやめてあげるわ」

「ふ、ふ、ふざけるなッ! こんな屈辱……絶対に……絶対に……」

「絶対に――何かしら? あんたの命は私が握っているようなものなのよ。登用してあげるだけでも感謝しなさい。それとも屈辱で死にたくなったかしら? 元同僚に足蹴《あしげ》にされる気分はどう？　無抵抗のまま蹂躙《じゅうりん》される気分はいかがなものかしら？」
「許さん！　許さんぞネリアあああああああああ‼」
「あ……あわわわわ！　ネリア様もうちょっと手加減してあげてください！　羨《うらや》まし――
じゃなくて！　そんなことをしたらお兄様が喜んでしまいますからぁっ！」
「あははははは！　さあ私の言うことを聞きなさいパスカル・レインズワース！　メイドか
八英将、あんたはどっちを選ぶのかしら⁉」
「ぐわあああああああああああああああああ‼」
大統領府に魂の絶叫が響き渡った。
ネリアはレインズワースを弄《もてあそ》びながら冷静に考える――やはり敵対していた人間であって
も能力があるならば積極的に登用するべきなのだ。
アルカは先の騒動のおかげで国力を著しく低下させた。
たとえばアルカの将軍が参加するエンタメ戦争はしばらく開催されていない。
八英将は空席ばっかりだった。前政権からそのままスライドしたガートルードを除けば、本
日付けで新たに着任する（ことになっている）パスカル・レインズワースと、あまりに将軍不
足だったので大統領と八英将を兼任することになったネリア自身だけ。
色々と前途多難なものを感じながらレインズワースを足で弄んでいると、不意にガートルー
ドが「ネリア様たいへんです！」と声をあげた。

「何よ。もう少しでこいつの心が折れるのに」

「心を折ってどうするんですか。それよりも連絡が来ていますよ」

ガートルードは執務室の机の上を指差した。

そこには五つの通信用鉱石が並んでいる。各国の君主とのホットラインである。そのうち紅色の鉱石が、つまりムルナイト帝国皇帝と直通のものが光を発しているのだった。

珍しいこともあるものだな――そんなふうに感じつつネリアは靴を履《は》く。

鼻血を垂らしながら倒れ伏すレインズワースを置き去りにして鉱石のほうへと近寄った。

「はい。こちらネリア・カニンガム」

魔力を込めて応答するとすぐに通信経路がつながる。

しかし相手は声を発しなかった。かわりにひどいノイズが溢《あふ》れ出してくる。

『――――、――――わ――――、――――――――っ』

「もしもし？　皇帝陛下……？」

『――――――――ネリ――――――――こく、』

魔力の接続がおかしいのだろうか。しかし国家間のホットラインに使われる通信用鉱石は市場に流通するものとは違って最上級の一品。並大抵のことでは雑音が混じったりしないものだが――あの人はいったいどこにいるのだろう？

「皇帝陛下。聞こえていますか。いったいどうなされたのですか」

背後で「許さない……許さない……」と恨み言を唱えているレインズワースの頭をガートルードがフライパンで叩《たた》いて黙らせた。あれは死んだかもしれない。

しばらく待っているとようやく音声が安定してきた。

『――――聞こえるか。ネリア』

ムルナイト帝国皇帝の声で間違いなかった。

ネリアはほっと胸を撫《な》で下ろす。

「ええ聞こえます。何の御用でしょうか」

『用件だけを話そう。ムルナイト帝国を手助けしてやってくれないか』

「あの……いったい何が起きているのでしょうか？」

『少々しくじってしまってな。逆さ月の連中が動いているのだ。このままでは厄介なことになりかねん。時が来たらコマリのことをサポートしてやってくれ』

「それは構いませんけれど、事情を話していただけると助かるのですが」

『事情はそちらで探ってくれると助かる』

それは適当すぎやしないか？――――と思っていたら、皇帝は驚くべきことを口にした。

『悪いが時間がない。ユーリンがすぐそこにいるのだよ』

Hikikomari the Vampire Countess no Monmon

3 神の領域

聖都レハイシア。

核領域のど真ん中に鎮座する神聖教の総本山である。

面積はムルナイト帝国帝都の二倍ほど。尖《とが》った屋根の建物が整然と立ち並ぶ様子からは宗教都市らしい厳かさが感じられる。聖都の中央に屹立《きつりつ》するのは教皇がおわす大聖堂だ。天を衝《つ》かんばかりの威容は聖都のどこにいても拝むことができるほどである。大昔の教皇が「神に達せんとする城」を目指して建立したらしいが、なるほど確かに神のいる領域まで届きそうなほどの高さ・大きさを誇っている。

十二月の聖都は一面の銀世界だった。あちこちに建っている教会は雪を被《かぶ》って真《ま》っ白《しろ》になっている。路地を歩くとサクサクと小気味いい音が鳴った。

「——すごい場所ですね。神聖教の人たちでいっぱいです」

右隣を歩くサクナが白い息を吐きながら言った。

路地は様々な種族の人々でごった返していた。しかも見た感じだと視界に映る八割ほどが神聖教の関係者である。祭服を着ていたり、そうでなくても宗教的なシンボル（斜め十字に光の矢が突き刺さったエンブレム）を身につけていたりする。関係のない自分が場違いに思えてきた。

「あんまりきょろきょろしないほうがいいわ。聖騎士団が潜《ひそ》んでるかもしれないから」

今度は左隣のミリセントが棘《とげ》のある声で言った。私は思わず俯《うつむ》いてしまった。

「ご、ごめん」

「まったく。あんたには緊張感ってものがないのよ」

「十分に緊張してるよ。心を解《ほぐ》すために〝Δ〟の字を掌《てのひら》に書いて呑《の》み込《こ》んでたんだけど、何個食べても落ち着かないんだ。そのせいでお腹《なか》がいっぱいな気分になってくるし……」

「やっぱり緊張感がなさすぎる。そんなだからメイドを奪われるのよ」

言葉を返すことができなかった。この少女を前にすると調子が出ないのだ。

ペトローズと父の方針により、六国《りっこく》大戦のときのようなグループ分けがなされた。帝都に残って防御を固めるのはペトローズ、ヘルデウス、フレーテ、デルピュネーの四人。聖都に直接乗り込むのは私とサクナ、そしてミリセントである。とはいっても大挙して攻撃を仕掛けるわけではない。第五部隊と第六部隊の総勢千人は帝都のほうに回されているし、第七部隊の五百人は私たちとは別ルートで聖都に潜入することになっていた。

今回の目的は聖都を滅ぼすことではないのだ。

私たちのやるべきことは――隙《すき》を見て大聖堂に乗り込み、スピカと対話をしてなんとか和解すること。そしてヴィルを奪還すること。

「ミリセントさん、さっそく大聖堂の周辺を調査しましょうか？」

「調査なら先に潜入した第七部隊がやってるでしょ。私たちは情報をいただくだけでいい」

ちなみに聖都に入る際には特に関所のようなものはない。来る者拒まず去る者追わず。それが神聖教における表向きの理念なのだった。しかし、私やサクナの顔は世間一般に知られているため注意が必要である。神聖教の軍隊――聖騎士団にでも見つかったら一大事だ。というわけで一応フードを深々と被って正体を隠している。

ミリセントが不意に立ち止まった。近くにあったレストランの入口を指差して言う。

「カオステル・コントがここにやってくるはずよ。そこで情報共有」

「え？　そうなの？」

「あんたは自分の部下と連絡も取れないの？　これまで七紅天《しちぐてん》として何をやってきたの？まったくこれだから温室育ちの吸血鬼は使えないわね」

「ごめん」

「……謝んじゃないわよ」

ミリセントは眉《まゆ》をひそめて踵《きびす》を返した。

この少女とはまだ腹を割って話せていない。昼食でも食べながら探り合いをしたいな――と思うのだが勇気が出ない。こいつは私のことをどう思っているのだろうか。まだ殺したいと思っているのだろうか。内心でモヤモヤを感じているうちにミリセントは躊躇《ためら》いなく店へと足を踏み入れた。私とサクナは少しだけ躊躇ってから彼女の後についていく。

話し声を拾われないよう店の奥のほうの席についた。

ついた瞬間「ぐう」とお腹が鳴ってしまった。今朝《けさ》は興奮して朝ご飯をろくに食べられなかったのだ。やっぱり掌に書いた文字ではお腹は膨れない。スピカとの悶着《もんちゃく》に備えてしっかり腹ごしらえをしておこうではないか——と思ってメニューを開いたのだが絶望的な現実に直面してしまった。

「どうしようサクナ……！　オムライスがない」

「あ……本当ですね。聖都で有名な『神の光で浄化されたオムライス』がありません」

「そうなんだよ！　楽しみにしてたのに……こないだ読んだ雑誌には『食べた瞬間に口の中が神の国になる』って書いてあったんだ」

「ここってたぶん、聖職者以外をターゲットにしたレストランなんだと思います。メニューを見た感じだと宗教チックな料理はありませんね」

「いまから別の店に変えたら失礼かな」

「ふざけんな。失礼どころか計画が破綻《はたん》するわよ。その程度のこともわからないの？」

ミリセントが刺々《とげとげ》しい視線を向けてきた。まあ確かに、彼女曰《いわ》くここでカオステルと合流する予定らしいので店を変更するのは現実的ではないのだが——しかし。お腹が空いているせいもあったのかもしれない。ちょっとだけ反抗心が芽生えるのを自覚した。

こいつは私の行動にいちいちケチをつけてくるのだ。

彼女の指摘には一理ないこともない。私の行動はおそらく将軍としては的外れのものが多いのだろう。だが——流石《さすが》にいつまでもネチネチ言われ続ければ腹も立つ。

そうだ。ミリセントに尻込《しりご》みしているほうが非効率的なのだ。

だってこいつは私の同僚なんだから。同じ七紅天大将軍なんだから。もっと言えば拳《こぶし》で語り合った、遠慮する必要もない仲なんだから。

「……そこまで言われる筋合いはないいな」

私は腕を組んでミリセントの瞳《ひとみ》を見つめた。彼女の眉がぴくりと動く。

「意見を言うくらい別にいいじゃないか。私はオムライスが食べたかったんだ」

「無駄話は無駄でしかない。声で正体がバレたらどうするのよ」

「そんなこと言って、お前も実は食べたかったんじゃないか？」

「は？」

「半年ちょっと前、私と地下の教会で戦ったときのことを思い出してみろ。お前は確かオムライスが好きだって言ってたよな。後で一緒に食べに行こうじゃないか」

「あんまり戯言《ざれごと》が過ぎると小指の骨を折るわよ」

「そ……そうやってすぐに暴力的な行為に及《およ》ぶのはよくないぞ！　お前も知っていると思うけど私が小指一本で五百人の吸血鬼を殺したっていうのは本当なんだからな！　過去に私の小指を折ろうとした愚か者で天寿を全《まっと》うできたヤツは一人たりともいない」

「このガキ――」

「落ち着いてくださいミリセントさんっ！　喧嘩《けんか》はまずいですっ！」

腰を浮かせかけたミリセントをサクナが慌てて止めた。

射殺《いころ》すような眼光で睨《にら》まれた。死ぬかと思った。

冷静に考えたらこの場でミリセントを挑発する意味もないのだった。

ただ――なんというか、これはただの直感なのだが、私のミリセントに対する態度は弱腰でいるよりも少し強気に圧をかける程度がちょうどいいのかもしれない。

ミリセントは盛大に舌打ちをしてそっぽを向いた。

「変わってないわね。そのムカつく態度」

「こ、こう見えても変わったぞ。最近は早寝早起きができるようになったんだ」

「その腑《ふ》抜けたセンスも変わっていない。賢者を自称してるくせに頭は五歳児のようね」

「はあ!?　私は十五歳児だぞ!?」

「コマリさんも落ち着いてくださいっ！　ミリセントさんはこう見えてもコマリさんのことを尊敬してるんですよ。こないだ会ったときもコマリさんのことばっかり話してたし……」

「え？　そうなの？」

「おいサクナ・メモワール。適当ほざいてると殺すぞ」

サクナが「ひうっ」と悲鳴を漏《も》らした。やっぱり彼女もミリセントのことが怖いらしい。しかし私と違うのは変に高圧的になることもなく優しく言葉を続ける点だった。

「え、えっと。ミリセントさんは、以前の罪を償うために七紅天になったんです。コマリさんにはこんな態度ですけれど、たぶん、心の底では申し訳なく思っているんじゃないかなあって……ご、ごめんなさいっ！　なんでもありません忘れてくださいっ！」

ギロリと睨まれてサクナは萎縮《いしゅく》した。

しかし私は不思議な気持ちでミリセントを見つめてしまった。人の心に敏感なサクナが言うのならば間違いはないのかもしれない。そもそも七紅天に就任している時点で皇帝に認められたということなのだ。こいつも少しは変わったのだろうか――

「なに？　ジロジロ見ないでくれる？」

「……お前はもうテロリストじゃないんだよな？」

「当たり前でしょ。人は変わっていくものよ」

ミリセントは不愉快そうに顔をしかめて言った。

「これからは自分のために生きると決めた。逆さ月を打倒してブルーナイト家を再興すると決めた。――まあ、差し当たっては七紅天として働いてあげようかしら。もちろんムルナイト帝国なんかには恩も義理もないけれど」

「ってことは私やヴィルのことはどうでもよくなったのか？」

「どうでもよくはない。あんたは私の人生を狂わせたから。——でもまあ、」

ミリセントはカップに口をつけて、伏し目がちに、

「あんたには悪いと思っているわ。これはその罪滅ぼしでもあるのよ」

「え……」

心の中に一陣の風が吹き抜けていった。

自分はいったい何を言われたのだろうか。これまでずっと纏《まと》わりついて離れなかったモヤモヤが一気に晴れていくような感覚。私は呆然《ぼうぜん》としながらも辛《かろ》うじて口を動かした。

「あの。えっと……じゃあ、」

「何よ」

「じゃあ私に復讐《ふくしゅう》する気も失せたのか？」

「いずれ殺してやるから覚悟しておきなさい」

嫌すぎる。やっぱり怨恨《えんこん》は根深いらしかった。

とはいえ私自身はミリセントに対して恨みはない。春の騒動でその手の感情には片がついたと思っているからだ。こいつも第七部隊にボコボコにされて痛い目を見たわけだし、ましてや現在はムルナイト帝国のためにこうして聖都までやって来ているのだ。ヴィルがどんな反応を

するかはわからないけれど、私のほうからねちっこく目の敵にするのは控えよう。

そのときだった。不意に誰《だれ》かが近づいてくる気配を感じた。

「閣下。ご無事のようで何よりです」

まったく正体を隠す気もない二人の吸血鬼。カオステルとベリウスである。聖都の事前調査はカオステルが取り仕切っているので私には作戦の概要がよく理解できていない。こういうところがミリセントに怒られる理由なんだろうけど。

不意にカオステルがミリセントに対して含みのある視線を向けた。

そうして私は「あっ」と声をあげてしまった。

「し、心配するな二人とも！　ミリセントはもうテロリストじゃないんだ！　お前らはこいつのことをボコボコにしたくてしょうがないだろうけど一応仲間だから――」

「ご安心ください。仔細《しさい》は聞いておりますので」

「え」

「それよりも今は情報の共有が先決です。憎き教皇を血祭りにあげるための作戦会議といきましょう。さっそくですが我々が見聞きした大聖堂の状況についてご説明いたします」

私は感心してしまった。こいつらも成長しているのかもしれない。

ちょっと前までだったら問答無用で殴りかかっていただろうに――と思ったらベリウスとカオステルがバッ！　と軍隊みたいな動作でその場に片膝《ひざ》をついた。いやまあ軍隊なんだけど。

そんなに畏《かしこ》まらなくてもいいのに。座ればいいじゃん。

「第七部隊総勢五百人は聖都に散って情報収集を敢行《かんこう》しました。諸々《もろもろ》の要素を考慮した結果、我々が大聖堂を爆破《ばくは》して聖都を滅ぼせる確率は二百パーセントと判明しました」

「どこから突っ込めばいいいんだ？」

「まずは大聖堂に突っ込みましょう」

「そういう意味じゃねえよ！　お前らは何の調査をしていたんだ⁉」

「カオステル。あまり閣下を困らせるな」溜息《ためいき》を吐いてベリウスが説明を引き継いだ。「我々は主に大聖堂の警備体制を調査しました。教皇お抱えの勢力――『聖騎士団』は全軍が聖都に駐屯《ちゅうとん》しております。総勢およそ三千人。ムルナイト宮殿のように特殊な結界が張られているわけではありませんが、正面突破は困難かと」

「言ってることが真逆なんだけど？　どういうことよ」

「頭を使いましょうブルーナイト閣下」再びカオステルが得意げに言った。頭を使うという行為はおそらく第七部隊にはもっとも似合わない。「聖都で騒ぎを起こせばいいのです。どこかで暴動でも起きれば、警邏《けいら》も請け負っている聖騎士団は動かないわけにはいかない。大聖堂の防御体制に必ず穴が空くはずです。これほど簡単なことはありません」

理屈としては納得できる。しかしそんなに上手《うま》くいくのだろうか。

「その隙を突いて大聖堂に攻め込んで爆破すれば我々の勝利です。偽りの神は駆逐され、テラコマリ・ガンデスブラッド閣下の威光が聖都を明るく照らすことになるでしょう」

「そこまでする必要はない。――閣下、我々の目的はユリウス6世を脅迫してムルナイト帝国への攻撃をやめさせること。そしてヴィルヘイズ中尉を取り戻すことです」

「そ、そうだな……ベリウスの言う通りだ」

「はい。それとご報告ですが……先ほどフレーテ・マスカレール麾下《きか》のバシュラール大尉から連絡がありました。どうやら帝都の宗教蜂起《ほうき》は激化の一途をたどっているようです」

「は……？　どういうことだ？」

「おそらく聖都は聖騎士団以外にも戦力を保持しており、予《あらかじ》め帝都に送り込んでおいたのやもしれません。警察や帝国軍で対応しているそうですが、もはや内乱の様相を呈していると か」

サクナが息を呑んだ。私も愕然《がくぜん》としてしまった。

暴動は先日の一件で終わらなかったらしい。これがスピカの指示なのかどうかは不明だが――どうやら神聖教はムルナイト帝国のことを完全に敵と見做《みな》しているようだった。

「――面白《おもしろ》いわね。つまり私たちが教皇と話をつけなきゃムルナイトは終わりってわけか」

「面白くねえだろ。ムルナイトが終わったら私はどこに帰ればいいんだよ」

「でもコマリさん、これってたぶん過去最大の危機なんじゃ……」

「ぐぬぬ……仕方ない。私もできる限りのことはしよう……応援とか……」

「閣下に応援して頂《いただ》けたら第七部隊の隊員もいっそう殺意を漲《みなぎ》らせることでしょう！　まあそれはそれとして、ひとまず我々は『雪合戦作戦』を決行することにしました」

「なんだそれ」

「雪合戦をしながら殺し合いをする作戦です」

「どんな作戦だよ⁉」

「どうせ騒ぎを起こすのなら血沸き肉躍るほうが楽しいと思いまして、第七部隊で雪合戦大会を開催することにしました。もちろん何でもありの殺し合いです。たぶん余波で建築物が破壊されるので聖都は大混乱に陥《おちい》ると思いますよ」

「それ完全にテロリストじゃね？　というか何でデフォルトで身内争いなの？　てっきり立ち入り禁止区画とかでバーベキュー大会でもするのかと思ってたのに――」

そのときだった。

不意に遠くから骨に響くような爆発音《ばくはつ》が轟《とどろ》いてきた。

人々の悲鳴もセットで聞こえてくる。全員の視線が窓の外に向いた。神聖教の信者たちが大慌てで走り回っていた。嫌な予感は拭《ぬぐ》えなかったが私はとりあえず確認した。

「……なあカオステル。あの爆発音は私たちには関係ないよな？」

「あれはメラコンシーの爆発魔法ですね。どうやら盛り上がってきたようです」

「…………………………」

反応は様々だった。ベリウスは少しだけ呆《あき》れたような顔をしている。サクナは現実逃避をするように「このお水美味《おい》しいですね」と呟《つぶや》きながら水を飲んでいる。ミリセントですら目を丸くして硬直していた。

次の瞬間である――

ばんっ!! といきなり店の扉が開かれた。

甲冑《かっちゅう》を身にまとった様々な種族の人間たちが無遠慮に入ってくる。

あれがたぶん聖騎士団なのかもしれないな――と思っていたら、先頭にいた男の人（たぶん翦劉種《せんりゅう》か何か）が私たちのほうを向いて大声をあげた。

「テラコマリ・ガンデスブラッドだな！ 神に楯突《たてつ》いたことを後悔しながら死ぬがよいッ！」

え、なんで見つかったの？――と首を傾《かし》げていたとき突然グイッと腕を引っ張られた。

ミリセントである。彼女は左手の指先を聖騎士団に向けながら小さく呟いた。

「光撃魔法・【魔榴弾】」

「おいミリセント！――」

止める暇もなかった。

目にもとまらぬ速さで発射された魔力の塊が敵に着弾して大爆発を巻き起こした。人々が吹っ飛んでいく。そこかしこで悲鳴があがる。私は腰を抜かしてその場にへたり込んで――

しかし力任せに引っ張り上げて無理矢理立たされてしまった。

「行くわよテラコマリ！　最初から私たちの行動は筒抜けだったんだ！」

「嘘《うそ》だろ⁉　ちゃんと正体を隠してこっそり侵入したのに……！」

「とにかく一時退却だ。おいサクナ・メモワール！　ぼうっとしてんじゃないわよ！」

「は、はいっ！　すみません！」

「いやいやちょっと待て！　まだお昼ご飯食べてないし……」

「お昼なんか食べてる場合じゃないでしょうが‼」

ミリセントが魔法で窓を破壊した。

がしゃあああん‼――破砕音と共に硝子《ガラス》の破片が飛び散っていく。悲鳴をあげて身体を固くすることしかできなかった。私はなすすべもなくミリセントに引っ張られていく。

☆

「おひい様はあなたのことを気にかけているようです」

逆さ月の幹部〝朔月《さくげつ》〟のひとり――トリフォン・クロスは感情の読めない声でそう言った。

大聖堂の地下。

かつて異端や背教者を閉じ込めて拷問をするのに使われたという牢獄《ろうごく》。

ヴィルヘイズが魔核《まかく》によって蘇生《そせい》したときには既に手遅れだった。両手首に嵌《は》められた枷《かせ》のせいで逃げることもできなかったのだ。

蒼玉種《そうぎょくしゅ》の男は壁際に設置された薬品棚で何か作業をしていた。隙だらけの背中。しかし襲いかかることもできなかった。痺《しび》れ薬か何かを注入されたせいで身体が上手く動かない。

「ムルナイトの皇帝はあなたに聖都潜入を指示したはずです。覚えていますか?」

「……なんのことかわかりませんね」

「その時点で運命は決まっていたのですよ。あなたに勅命《ちょくめい》を授《さず》けた皇帝はカレン・エルヴェシアス本人ではない。私の同僚フーヤオ・メテオライトが化けた姿だったのです」

「………………」

それは薄々感づいていたことだった。

牢獄の中で記憶を反芻《はんすう》するたびに次々と違和感が噴出した。あのときは本物だと信じて疑わなかったが――右利《き》きのはずの皇帝は左手でティーカップを持っていた。さらに自分のことを一瞬「朕《ちん》」ではなく「私」と呼称したような気がする。それ以外の細かな差異も枚挙に暇《いとま》がなかった。つまり自分は嵌められたのだ。

「何故《なぜ》こんなことをしたのですか。私のような一介のメイドに殺す価値があるとでも?」

「殺したら価値がなくなってしまいますよ」

トリフォンが振り返る。その手には小さな針のようなものが握られていた。

「あなたの動きを封じ込めた理由は二つあります。一つはテラコマリ・ガンデスブラッドの力を削ぐこと。あなたがいなければあの吸血鬼の心は乱れるはずですので」

「卑劣です！　私とコマリ様の底なし沼よりも深い絆《きずな》を利用するなんて……」

「自意識過剰ですね。しかしそれくらいが丁度いいのかもしれません」

「まだまだ絆は深まるばかりです。実際にコマリ様は――」ヴィルヘイズは少しだけ躊躇ってから、「――コマリ様は、私のために聖都に来てくださるそうです。あの引っ込み思案なコマリ様が私に対してあんなふうに怒鳴りつけてくるなんて……」

思い出すだけでもニヤけてしまう。しかし同時に申し訳なくもあった。

自分の仕事を果たせないうちに敵に囚《とら》われるなど主人に顔向けもできない。

しかしトリフォンは無機質な笑みを浮かべて言った。

「それも策略のうちですよ。彼女を帝都から遠ざけることが私の目的でした」

「え……？」

「あれが帝都にいたらテロも暴動も一瞬で鎮圧されてしまうでしょう。ゆえにあなたを餌《えさ》にして誘《おび》き寄せる必要があった」

「わけがわかりません。帝都は今どうなっているのですか……？」

「今年の八月頃から逆さ月の息がかかった信者たちを送り込んでおきました。彼らが内側から帝国を破壊する手筈《てはず》になっておりますので、まあ今頃《いまごろ》は火の海でしょうかね」

ヴィルヘイズは思わず歯噛《はが》みした。

この男の言葉がどこまで本当なのかは不明である——しかし彼の余裕の態度から察するに、ムルナイト帝国側にとって芳しくない状況なのは明らかだった。火の海はさすがに信じられないが、今頃帝都では教会勢力が大暴《あば》れしているのかもしれなかった。

「……私を人質にしてコマリ様を帝都から引き離すこと。それが私を捕らえた二つ目の理由ですか」

「ん？　ああ——そういうことならば違いますね。あなたを捕らえた理由は二つではなく三つです。そして三つ目は個人的な興味なのですよ」

トリフォンが近づいてくる。右手に謎《なぞ》の針を携えながら。

「時にヴィルヘイズ。あなたは神を信じますか？」

「私が信じているのはコマリ様だけです」

「でしょうね。ちなみにおひい様も似たような考えの持ち主です。いえ、もちろん神を信じないという点が似ているのです。あの方は〝神殺しの邪悪〟などと呼ばれていますから」

神殺しの邪悪。たしか逆さ月のボスだったような気がする。

それにしても組織の内部では〝おひい様〟と呼ばれているのか。つまり十中八九女性。

「神聖教以外の文脈において神とは魔核を意味することが多い。あの方は魔核を壊してしまおうと考えているのです——そして壊した先の何かを得ようとしている」

「何かって何ですか。幹部なのに知らないんですか」

「おひい様はどうでもいいことに関しては饒舌《じょうぜつ》ですが重要なことに関しては寡黙です。おそらく組織のスローガンである〝死こそ生ける者の本懐〟というのも建前《たてまえ》にすぎないのでしょう。だから私は彼女の真意というものを知りたいのです」

「聞けばいいじゃないですか。そして私にも教えてください。いい手土産になりそうなので」

「あなたは面白い方ですね――しかし聞いても答えてはくれないでしょう。だから間接的に調べようと思いました」

そう言ってゆっくりと針を近づけてくる。

注射などに使われるものではない。人間の皮膚や肉を抉《えぐ》るために作られたかのような刺々しい一品だった。ヴィルヘイズは震える声で問いかける。

「なんですかそれは」

「うちの技術部長が開発した記憶を視《み》る道具ですよ。【アステリズムの廻転《かいてん》】が失われたので、このようなモノに頼るしかないのです。まったくオディロンにも困ったものですね」

「へ、変態ですか。乙女の記憶を覗《のぞ》き見しようなんて」

「私は二種類の人間を見たことがあります。一つは一般的な人間。もう一つは一般的ではない人間。これはおそらく私しか気づいていないことでしょうが――後者の人間が烈核解放《れっかくかいほう》を発動すると、空間の座標が少しずれる」

「話を聞いていますか？　そんな物騒《ぶっそう》なモノは今すぐしまってください」

「該当するのはおひい様、私の同僚、そしてあなた。この三人には何らかの秘密が隠されていると思うのです。しかしおひい様は殊更《ことさら》に語るつもりもないようですし、私の同僚――フーヤオ・メテオライトは何も知らない様子。となればあなたで実験するしかありませんね」

「だから私の話を――」

「大丈夫です。すぐに終わりますから」

トリフォンは容赦《ようしゃ》なく針を近づけてきた。

鋭利な先端がぶすりと肩口に突き刺さる。

激痛のあまり声が漏れた。そうして悍《おぞ》ましい時間が幕を開けた。

☆

外に出ると一斉に〝視線〟が向けられた。道行く信者たちが私たちのほうを睨みつけているのである。そうして私は瞬時に理解した。なぜ正体がバレていたのか？――簡単である。聖都の人間たちはそのすべてが教皇ユリウス6世の目であり耳だったのだ。

「ちっ――こうなったら大聖堂に乗り込むわよ！」

「はあ⁉　計画と全然違うじゃないか！」

「すでに計画は崩れたんだよッ！　じっとしてたら全滅してしまうわ！」

叫びながらミリセントは【魔弾】で通行人の眉間《みけん》を撃ち抜いていた。

何もそこまでする必要はないだろ！――――とは思えなかった。彼らは各々《おのおの》鉄パイプだのノコギリだのを片手に襲いかかってくるのである。しかも奇声をあげながら。

「神の裁きをォ――――――――――――!!」

「背教者には死の天罰をォ――――――――――――!!」

「わあああああああああああああああああああ!?」

私は悲鳴をあげながらミリセントに引っ張られていく。

「死ね悪魔がァ！――――グベッ」

横から殴りかかってきた男の顔面に氷塊が命中した。振り返るとサクナが杖《つえ》を構えて魔法を次々に射出している。ありがとうとお礼を言っている暇もなかった。信者たちの数は一向に減る気配がない――――何故ならおそらく聖都に存在する人口十万人のすべてが敵だから。

「おいカオステル！　第七部隊の連中は何をやってるんだ!?」

「別の地域で雪合戦を継続しています」

「馬鹿《ばか》だろ!?」

「どうやら白熱してしまっているようですね。すでに半分が死んでいます」

「あああああああああああああああああああああああ!!」

私は頭を抱えて絶叫した。何の頼りにもならない連中である。あいつら仕事をなんだと思ってるんだ。雪合戦ならムルナイト帝国に帰ってからでもできるだろうが――と思っていたら今度はサクナが絶叫した。

「コマリさん！　前っ！」

「え？」

視線を前に向ける。回転しながら飛んでくるナイフの群れを目撃した。

もう駄目だと思った。どうせなら天国へ行けますように――そんなふうに神へ祈りを捧《ささ》げていると傍《かたわ》らのミリセントが「目ぇ瞑《つむ》ってんじゃないわよっ！」と怒鳴り声をあげた。

気づいたら彼女が魔法石を目の前に放っていた。

次の瞬間――どがあああああん!!　とすさまじい爆発が巻き起こった。

爆発魔法の魔法石だろう。灰色の突風に呑まれる寸前、ミリセントが私の身体を突き飛ばした。私は抗《あらが》うこともできずに転倒して雪の坂道をごろごろと転がり落ちていく。このまま雪だるまになるんじゃないかと思った瞬間べしっ！　と壁に激突して停止した。

「コマリさんっ！　大丈夫ですか⁉」

「う、うう……」サクナに助け起こされながら私は歯を食いしばった。泣いている場合ではないのだ。「さ、サクナこそ大丈夫か？　ミリセントは……？」

あいつが突き飛ばして助けてくれたことはわかる。

だがミリセント自身は無事なのだろうか？――そう思って辺りをきょろきょろと見渡す。

彼女は敵に囲まれながらもナイフや【魔弾】で危なげなく対処していた。とりあえずは一安心だが、いつまでもこの状況に甘んじているわけにはいかなかった。

「く、くそ！　どうしたらいいんだ⁉　敵が蟻《あり》みたいに湧《わ》いてくるぞ⁉」

「このまま大聖堂に攻め込むのは非現実的です……ここはいったん退いたほうが、」

「いたぞ！」「テラコマリ・ガンデスブラッドだ！」「天罰を味わうがいい！」――サクナが立ち上がりかけた瞬間、大勢の信者たちが武器を振り回しながら走り寄ってきた。

もはや何が何だかわからない。どっちが大聖堂なのかもわからない。

不意に足元に無数の短剣が突き刺さった。私は悲鳴をあげて尻餅《しりもち》をついてしまった。いつの間にか目の前に甲冑をまとった軍団がいた。どう見ても一般信者ではない――先ほどレストランに乗り込んできたプロの軍人、聖都の聖騎士団だった。

「――年貢の納め時だな、異端の吸血鬼よ。聖都を荒らした罪・そして神を侮辱《ぶじょく》した罪をその身でもって償うがいい」

「な……なんでこんなことするんだよ！」

私はふらふらと立ち上がりながら声をあげた。

声をあげずにはいられなかった。連中のやり方があまりにも苛烈《かれつ》だったからだ。

「ムルナイト帝国はべつに神聖教と敵対するつもりなんてなかったんだ！　確かにスピカには失礼な態度を取ってしまったかもしれないけど……それ以外は何もしてないだろ⁉」

「貴様の部下が聖都の景観を破壊しているのだが？」

「…………」

反論できなかった。

聖騎士団の繭劉は鼻で笑って言葉を続けた。

「これは教皇猊下《げいか》の命令だ。神を冒瀆《ぼうとく》する野蛮な国家は浄化されなければならない」

「ふ、ふざけんな！　ムルナイトの人たちには手出しさせないからな！」

「馬鹿なことを。帝都はすでに神聖教によって火の海になっているのだ。そしてお前が取り返しに来たというメイドは――数日前に処刑された」

「え――」

「といっても魔核で蘇《よみがえ》ったがな。今頃は地下牢に繋《つな》がれてトリフォン・クロス団長から拷問を受けている。いずれあのメイドも苦痛に耐えかねて神を信奉するようになるはずだ」

私は血の気が引いていくのを自覚した。

ヴィルは無事なのだろうか。いや無事であるはずがないのだ。だって敵地のど真ん中に一人きりなのだから。もしかして私が聖地に来たから酷《ひど》い目に遭わされたんじゃないのか？　スピカはいったい何を考えているんだ？　拷問って何だ？　トリフォンって誰だ……？

わからない。心の中に絶望が灰のように積もっていく。

聖騎士団や信者の連中がじりじりと距離をつめてくる。

不意に隣で魔力が動く気配がした。サクナがステッキを構えていた。

「許せません。コマリさんは私が――」

「空間魔法・【四次元の刃】」

「――え？、」

血が飛び散る。ぽたぽたと私の頬《ほお》にかかる。

いつの間にかサクナの右手首に短剣が突き刺さっていた。

ステッキが地面に落ちる。血がぼたぼたと垂れ白い雪が赤く溶けていく。

「あ、ああああっ………、」

「――神には距離の概念がない。レハイシアの聖騎士団は古《いにしえ》より空間魔法を得意とする四次元の軍隊だ。特に我々はクロス団長から手解《てほど》きを受けている歴代最強。野蛮国家の将軍如《ごと》きが相手になると思うなよ」

サクナが崩れ落ちる。彼女は身体を痙攣《けいれん》させて雪の上に倒れ伏していた。

私は瞬時に理解する――短剣に即効性の毒が塗られていたのだ。

騎士団が剣を片手に近づいてくる。私はサクナの身体を支えてその場から逃げようとした。

しかし力が足りずに転倒してしまった。雪に塗《まみ》れながら私は辺りを見渡した。部下たちはどこに行ってしまったのだろうか――そうしてすぐに発見する。ベリウスもカオステルも遠くで信者たちと激戦を繰り広げていた。こちらに構っている余裕などなさそうだった。

べつにそれでいい。みんなは私のことなど気にせず自分の身を護《まも》ってくれれば――

「――おいテラコマリ！　烈核解放を使え！」

ミリセントが敵を殺しながら焦《あせ》ったように絶叫した。

烈核解放。ヴィルは私にそういう力があると力説して憚《はばか》らなかった。

新聞で見た黄金の平原。自然に還《かえ》った天照楽土《てんしょうらくど》の東都。あれらを実現したのが本当に私の力だったのなら、ここまで苦境に陥ることもなかっただろう。

そうだ。やっぱり信じられない。

私は生まれてこの方ずっとダメダメ吸血鬼だった。

ムルナイト帝国が危ない状況でも黙って見ていることしかできない。仲間たちが襲われていても座り込んだまま動くことができない。ヴィルが酷いことをされていると聞かされても――目の前の無法者たちを突破して前に進むことができないのだった。

こんな自分に何ができるのだろうか。

不意にサクナが震える腕を伸ばしてきた。

「コマリ……さん。私の血を……」

「え……？」

「血を飲んでください……そうすれば……」

指先からぽたぽたと垂れる血液に視線が釘付《くぎづ》けとなる。

そうだ。私が記憶を失うのは誰かの血を飲んだときなのだった。ヴィルは無闇《むやみ》に血を飲んではいけませんと釘《くぎ》を刺してきた。飲めば烈核解放が発動するとも言っていた。

だが――本当にそんなことが、

「さあ。神に祈りながら死ぬがよいッ！」

聖騎士団の連中が喊声《かんせい》をあげながら襲いかかってきた。

四の五の言っている場合ではなかった。

赤い血。私の大嫌いな飲み物。

サクナの身体が動く。やがて私は焦燥《しょうそう》感に駆られながら真っ赤《まか》になった彼女の人差し指に口をつけた。

そうして世界が真っ白に染まった。

☆

痛みを止める薬はもうなかった。

呼吸を荒くしながら必死で地獄のような苦しみに耐える。蒼玉の男――トリフォンは鋭利な針でヴィルヘイズの肩口をぐりぐりと抉っていた。しかしそれだけでは飽き足らなかったらしい。今度は首筋。お腹。指の先やふとももなどを次々と突き刺していくのである。

「——おかしいですね。記憶を吸い取ることができない」

トリフォンは困り果てたように肩をすくめた。

溢《あふ》れ出た血が牢獄の床を濡《ぬ》らしていく。痛みのあまり全身が痙攣して涙がこぼれる。何故自分がこんな目に遭わなければならないのか。決まっている、まんまとテロリストに騙《だま》されたからだ。ムルナイト帝国のため、主人のためと思って聖都に潜入した。

しかしそれは裏目に出てしまった。こんなにも情けない話があるだろうか。

「もっとも重要な初期の記憶が欠落している。これではフーヤオと変わりません」

トリフォンは針の先端を眺めながら残念そうに言う。

あの道具がどういう仕組みで動くのかはどうでもよかった。この地獄のような時間を抜け出すための方法を考えなければならない。しかし思いつかない。痛みで思考がまとまらない。

「データによればあなたは帝都下級区出身のはず。これはどういうことでしょう?」

「……私は、」ヴィルヘイズは言葉を紡《つむ》ぐ。なんとかして敵の油断を誘おうと思ったのだ。「私は帝都の生まれじゃない。小さい頃に、当時の七紅天に拾われた、たぶん、捨て子みたいなものなので……」

「つまり記憶喪失ですか。困りましたね」

トリフォンは溜息を吐いて椅子《いす》に腰かけた。

やつは暢気《のんき》に足を組んで天井《てんじょう》を見上げている。その眉間にクナイを突き刺してやりたいところだった。ヴィルヘイズは歯軋《はぎし》りをしながら問いかける。

「あなたの目的は何なのですか。これほど非道なことをして許されると思っているのですか」

「逆さ月の今回の目的はムルナイト帝国の魔核を奪取することです」

「ッ——そんなことはさせません。七紅天や皇帝陛下が……そしてコマリ様が止めます」

「七紅天。皇帝陛下。コマリ様。そのどれもが動きを封じられているはずですよ」

トリフォンが針を背後に放り捨てながら言った。

「あなた方がいくら足掻《あが》いても無駄でしょう。我々逆さ月はすべてが上手くいくように調整していますから」

「テロリスト如きではコマリ様には敵《かな》いませんよ。その調整はすべて無駄になるはずです」

「おや。よほどテラコマリ・ガンデスブラッドのことを信頼しているようですね」

「当たり前です。あの方はどんな逆境でも屈することのない心の持ち主で——」

ふと邪悪な笑みが浮かべられた。

「——背負わせすぎではないですか？　たかだか十五、六の女の子に」

血が頬を滑り落ちていった。何を言われたのかわからなかった。

「新聞を読めば彼女を讃《たた》える声が散見されます。やれ殺戮《さつりく》の覇者《はしゃ》だ、救国の英雄だ、世界の命運を担う最強の吸血姫《きゅうけつき》だ——今年の七紅天闘争を発端として、テラコマリ・ガンデスブラッドの一挙手一投足は世界の趨勢《すうせい》を変えてしまうほどの影響力を持つようになった。そしてムルナイト帝国を始《はじ》めとした国家はこれを利用しようとしている」

「利用ではありません。コマリ様は讃えられるべき吸血鬼ですから――」

「そうですか。しかし彼女の本心はどうなのでしょうかね？　私はテラコマリ・ガンデスブラッドと面識はないのでいい加減なことは言えませんが、報道で語られる彼女の発言を見ていると、何かこう、現状に対する不満のようなモノが見え隠れしているのですよね。世界をオムライスにする、などという投げやりな殺戮宣言などその最たる例でしょう。――側近のあなたなら知っているのではないですか？　彼女は実は『働きたくない』と言ったりしてませんか？」

言葉を詰まらせてしまった。

そういう角度から攻められるとは思いもしなかった。

「図星ですか。ではやはりテラコマリ・ガンデスブラッドは国家の花形となることを強いられているのですね。本人は嫌だと思っているにも拘《かか》わらず。六国大戦でも、天舞祭《てんぶさい》でも、彼女は戦いたくなかったはずなのに――周囲の過激な連中、あるいは過激な世論のせいで戦わざるを得なくなっている。あたなも罪深き人間ですよ。自分の主人に無理をさせているという自覚があるのですか？」

「それは……、」

「人は平等であるべきだ。富豪も貧民もこの世には必要ない。能力の多寡によって人の価値を決めつけるのは愚かしい行為です。おそらくテラコマリ・ガンデスブラッドは同年代の女子のように平穏な生活が送りたかったはずだ。それなのに周りが許さない。戦いを強いている。こんなにも可哀想《かわいそう》なことがこの世にあるでしょうか？」

「…………」

「今回だってそうですよ。あなたが無様《ぶざま》にも我々の罠《わな》にかかったせいで、聖都に乗り込むという危険を冒している。きっと彼女も心の底では周囲の環境を迷惑がっていることでしょう。特にあなたに辟易《へきえき》しているに違いありませんよ」

すぐには否定できなかった。

コマリは優しい。ヴィルへイズがどれだけちょっかいを出しても最終的には呆れたような顔で許してくれる。しかし彼女はいつも言っているではないか――「引きこもりたい」と。

彼女が引きこもりを脱して立派な吸血鬼になれるのならば、これ以上のことはないと思っていた。ゆえに常日頃《ひごろ》から無理矢理にでも外に連れ出そうとしていた。彼女に騒がしい日常の楽しさを知ってもらいたかった。でもそれは本人にとってはいい迷惑だったのかもしれない。口には出さないだけで――いや出しているときもあるけど――心の底ではメイドのことを疎《うと》ましく思っているのかもしれなかった。

思考に黒い靄《もや》がかかってくる。

本当は主人に嫌われているのではないか。いやでも彼女は「ヴィルを取り戻す」と宣言していたはず。いやいやでもあれは周囲の人間に対するポーズ、つまりいつもの虚勢の可能性もあった。第七部隊に押されてあんなふうに勇ましく啖呵《たんか》を切っただけかもしれなかった。

「――まあ、どうでもいいですけどね」

いつの間にかトリフォンが目の前にいた。今度はさらに太い針を持っていた。

「コルネリウスが開発した強化版を見つけました。これなら失われた記憶を取り戻せるかもしれませんね」

「あ、あああぁ……」

「ちょっと痛むでしょうが我慢してください――」

なすすべはなかった。敬愛すべき主人の心情を考えると身も心も苦しくなって震えることしかできなかった。トリフォンの冷酷な眼差《まなざ》しに射貫《いぬ》かれる。肉を抉るための針がゆっくりと近づいてきて――痛みに備えてジッと身体を固くしたとき、
不意に莫大《ばくだい》な魔力の奔流を感じた。

トリフォンが「おや」と天井に視線を向ける。

「――【孤紅《ここう》の恤《とむらい》】か。これは少々困りましたね」

ヴィルヘイズは救われたような気分になって脱力した。

いや。救われた、などと安堵《あんど》するのはおこがましかった。

コマリは戦いたくないのだ。烈核解放なんて発動したいはずがないのだから――

☆

白銀の魔力が暴風雪のように吹き荒れた。

それだけで聖騎士団の面々は紙きれのように吹っ飛んでいった。聖都に降《ふ》り積もった雪を上書きするような勢いで地面が凍りついていく。その魔力の中心部にいるのは白銀の髪を吹雪《ふぶき》に靡《なび》かせる吸血鬼。彼女はどこまでも冷酷な視線を大聖堂へと向けていた。

ミリセント・ブルーナイトは座り込みながらその光景を見つめていた。

今年の春に対峙《たいじ》したときと変わらぬ迫力。いやそれ以上の殺気を含んだ瞳。修羅場《しゅらば》を幾度も潜《くぐ》り抜けるにつれ彼女の精神は強くなっていったのだ。将来自分はこんな化け物を相手取ることができるのだろうか――とミリセントは場違いなことをぼんやり考える。

「で……出た！　烈核解放だ！」

「怯むな！　我々には神のご加護があるッ！」

信者たちが武器を構えてテラコマリに突進していった。

しかし彼女は眉一つ動かさなかった。

「――じゃま」

それだけ言って右手を軽く振った。

次の瞬間――ごうっ‼　と激しい魔力爆発が巻き起こった。信者や騎士団が悲鳴をあげながら凍りついた。あるいは猛吹雪が人々の身体をさらって遥《はる》かかなたへと吹っ飛ばしていく。

それだけでは終わらなかった。

「な、なんだこいつ……！　冗談じゃねえぞ‼」

逃げ出そうとした翦劉の顔面に氷柱が突き刺さって真っ赤な血が飛び散った。

辺りは一瞬にして死屍累々《ししるいるい》。白銀の吸血姫に逆らった者の末路を目の当《まあ》たりにした信者たちが蜘蛛《くも》の子を散らしたように逃げていく。

テラコマリはそんな有象無象《うぞうむぞう》には構うことなく浮遊魔法を発動させた。

ふわふわと小さな身体が上昇していく。四方八方から射出される魔法は吸い込まれるようにして彼女の身体に命中し――　しかし呆気《あっけ》なく消えていった。本人はまったくダメージを負っている気配がなかった。

「馬鹿な……」

「我々の魔法が効いていないのか⁉――グエッ、」

テラコマリの身体から放たれた氷柱が地べたを這《は》いつくばる聖騎士団を正確に撃ち抜いていく。ミリセントは聞いたことがあった。蒼玉種の血によってもたらされる【孤紅の恤】は肉体を鋼のように硬化させる効果もあるのだという。あの程度の魔法ではテラコマリ・ガンデスブラッドに掠《かす》り傷を負わせることすらできない。

「おいテラコマリ！　これからどうするつもりなのよ⁉」

声は届かなかった。彼女の背中に巨大な魔法陣が浮かび上がる。

その途方もない魔力からして歴然だった。あれは煌級《こうきゅう》魔法の前兆に違いない。

不意にどこからともなく「コマリン！」「コマリン！」という歓声が聞こえてきる。

見れば第七部隊の連中が雪合戦を中止して大騒ぎをしていた。

「——閣下！　神に裁きの一撃を！」

「いけぇ閣下！」「教皇に一泡吹かせてください！」「燃え上がってきたああああ‼」

魔力と冷気が彼女の指先に収束していく。人々が神への祈りを叫びながら逃げていく。彼女の瞳の先に屹立しているのは——大聖堂。教皇ユリウス6世がおわす神聖教の総本山。

「テラコマリ！　少しは手加減を……」

「こわれろ」

そう呟かれた気がした。

次の瞬間——視界が真っ白に染まった。

テラコマリの指先から放たれた巨大な冷気の塊が大気を軋《きし》ませながら突き進んでいく。人々はまるで神の降臨を目の当たりにしたかのように平伏《ひれふ》していた。

ミリセントは寒空を切り裂いていく魔力の光線を呆然と眺め——そうして世界の終わりを目撃した。

テラコマリの魔法が大聖堂を見事に貫いていた。

すさまじい爆発音。すさまじい大激震。数百年の歴史をもつという聖都レハイシアの大聖堂に大穴が穿《うが》たれていた。

「なーーー、」

どこかの重要な柱でも破壊されたのかもしれない。

自重に耐えられなくなった大聖堂はーーーずどどどどどどどど‼　という地鳴りのような音を響かせながらいとも容易《たやす》く倒壊していった。

聖都の連中が悲鳴をあげる。第七部隊の野蛮人どもが手を叩《たた》いて嬉《うれ》しそうにしている。

煌級氷結魔法【天罰の氷槍《ひょうそう》】。

神話でしか語られないような伝説級の魔法だった。ミリセントは呆気にとられるしかなかった。サクナ・メモワールにいたってはその場にひっくり返って失神していた。

やがて瓦礫《がれき》の山となった大聖堂を見つめながらテラコマリはぽつりと呟いた。

「ーーーまってろ。ヴィル」

あれじゃあヴィルへイズも死んだんじゃないか？ーーーそういうツッコミは誰も入れられなかった。テラコマリは魔力を噴射しながら高速で大聖堂に向かって飛んでいく。

☆

激しい衝撃が地下室に轟いた。次いで鼓膜を破るような破壊音。何が起きたのかは実際に見なくてもわかった。コマリが烈核解放によって大聖堂を攻撃したのだろう。

「上が倒壊したようですね。やはり【孤紅の恤】は桁違《けたちが》いだ」

トリフォンが感心したように笑っていた。

ヴィルヘイズは期待と不安が綯《な》い交ぜになったような感情を抱いた。

本気を出したコマリならば目の前の男など簡単に葬ることができるだろう。しかし彼女に烈核解放を発動させてしまったことは申し訳なかった。自分なんかのために。

普段ならこんな弱気な考えは浮かびもしなかったはずである。

身体を痛めつけられて心まで弱っているのかもしれなかった。

「――おや？　もっと喜べばいいのに。どうして複雑そうな顔をしているのですか」

「……あなたこそ絶望したらどうですか。コマリ様に敵うはずがありません」

「ふむ。まあ普通に考えればそうなのでしょうが」

そのときだった。

不意に天井がみしみしと軋むような音を立てた。続いて魂も凍るような冷気が隙間《すきま》から吹き込んでくる。トリフォンが「早いですね」と呟いた瞬間のことだった。

壮絶な音を立てながら天井が崩れ落ちてきた。

輝く白銀の魔力が薄暗い地下室を照らしていく。

そうしてヴィルヘイズは神の使いが降臨するのを幻視した。

しんしんと降《ふ》り注《そそ》ぐ雪片とともに降下してきたのは純白の吸血鬼。

ヴィルヘイズが敬愛してやまない七紅天大将軍——テラコマリ・ガンデスブラッド。

あまりの魔力に気を失いそうになってしまった。

彼女は綿のように着地すると、トリフォンに向かって右手を翳《かざ》しながら口を開いた。

「ゆるさない。——ヴィルは、わたしのものだ」

「どうか動かないように」

トリフォンが短剣を突きつけてきた。

ヴィルヘイズは思わず舌打ちをしてしまった。この男は人質を取るつもりなのだ。だがそんな陳腐な策は通用しない。烈核解放を発動させたコマリは無敵なのだから——

しかし驚くべきことが起きた。

コマリは動揺したように動きを止めたのである。

強力な魔力は溢れ出ているが、しかしそれを魔法として放つのを躊躇っているように思われた。

「こ、コマリ様！　私はどうなってもいいです！　こいつをはやく」

「理性は残っているようですね。——そう、これは神具です。私の烈核解放はあらゆる物質を瞬間移動させる【大逆神門《たいぎゃくしんもん》】。あなたが小指一本でも動かしたらそれで終わりです。この短剣がヴィルヘイズの脳髄《のうずい》に割り込むことになるでしょう」

「………………」

「力を抑えなさい。この従者を失いたくないのなら」

白銀の魔力が徐々に収まっていく。

そうしてヴィルヘイズは理解してしまった。

烈核解放とは心の力。心が動揺すればその力にも歪《ゆが》みが生じる。

彼女の【孤紅の恤】は単純な戦闘においては国士無双の力を発揮するであろう。しかし精神的な攻撃だけは対処のしようがなかった。

トリフォンの人質作戦は絶大な効力を発揮した。

あの少女は自分のメイドのことを大切に思っているのだった。

それがどうしようもなく嬉しくて――どうしようもなく絶望的だった。

やがてコマリから発せられる殺気が穏やかなものとなっていった。トリフォンに差し向けられていた腕がだらりと落ちる。殺意の宿る瞳が徐々に輝きを失っていく。

そうして完全に【孤紅の恤】は停止してしまった。

吹雪が停止する。わずかに気温が上がったような気さえした。

コマリの瞳に光が戻ってくる。彼女はまるで夢から醒《さ》めたようにゆったりとした動作で顔を上げ――辺りをきょろきょろと見渡してから困ったような表情を浮かべた。

「……あれ？　わ、私は……」

ヴィルヘイズは必死で彼女の名前を呼んだ。

トリフォンが猛烈な勢いで地を蹴《け》っていた。

☆

サクナの血を舐《な》めた瞬間に世界は真っ白になった。

それからの記憶は曖昧《あいまい》である。夢を見ていたのかもしれない――自分が真っ白《しろ》いビームを発射したりフワフワと空を飛んだり。そんなことが現実に起こり得るわけがないのに。

だがヴィルを取り戻したいという気持ちは夢の中でも強く抱き続けていた。

スピカなんかの思い通りにはさせたくない。そういう一心から必死で彼女のもとへ駆けつけようとしていた――そうして目が覚めたら薄暗い廃墟《はいきょ》のど真ん中に立っていた。

雪が降り注いでいる。

辺りは破壊された建築物の瓦礫でひどい有様《ありさま》だった。

「……あれ？　わ、私は……」

辺りの様子を見渡した。そうして驚くべきものを発見してしまった。

ヴィルだ。ヴィルが血まみれになって牢獄につながれているのだ――

「ヴィ――」

しかし最後まで言葉を発することはできなかった。

いきなり腹部に強烈な衝撃。私は悲鳴を漏らすこともなく背後に吹っ飛ばされてしまった。壁に背中を叩きつけられてその場に崩れ落ちる。わけがわからない。衝撃が強すぎて痛覚が麻痺《まひ》している。私は呆然としながら真正面を見据えた。

「――初めましてテラコマリ・ガンデスブラッド。私の名前はトリフォン・クロス。レハイシア聖騎士団の団長にして逆さ月〝朔月〟のひとり」

「な……何を、」

「ようやく【孤紅の恤】を打ち破ることができました。いえ神具で殺したりはしないのでご安心ください。あなたには色々と利用価値がありますからね」

胸倉《むなぐら》を摑《つか》まれて強制的に立たされた。

遅れて痛みが全身を襲う。涙がぽろぽろとこぼれてくる。

何故自分がこんな目に遭わなければならないのだろう――そういう疑問は一瞬で消し飛んでしまった。ヴィルのために決まっていた。彼女は壁際で苦しそうに座り込んでいた。全身傷だらけ。血が溢れて床に流れ出ている。

誰の仕業《しわざ》かは一目瞭然だった。目の前の男がやったに違いなかった。

だって、こいつは先ほど〝逆さ月〟を名乗ったのだから。

「――お、お前！　ヴィルに何をしたんだよ⁉」

「身体を抉っただけですよ。――何をそんなに怒っているのですか？　まだムルナイトの魔核は機能していますよ。べつに問題はないかと思いますが」

「問題あるに決まってるだろ！　どうしてこんなにひどいことを……」

「理想のためです」

男――トリフォンは笑みを浮かべて言った。

「贐《はなむけ》として教えて差し上げましょう。逆さ月が目指しているのは争いのない平和な世界です。この世は醜い闘争に満ちている。この原因は明らかです――人間同士が平等でないから。ゆえに私は世界革命を起こしてあらゆる人間を理性のもとに平等化しようと邁進《まいしん》しております」

「い、きなり何を……」

「しかし私の考えに賛同せず邪魔をしてくる勢力はいくらでもある。その筆頭がムルナイト帝国ですね。だからこそ私はかの国の魔核を奪取して滅ぼすことにしました。そしてその魔核の力を利用して逆さ月に服従しない別の国々も滅ぼそうと思っています」

何を言っているのか微塵《みじん》も理解できなかった。しかしこの男がかつてないほど邪悪な存在だということは理解できた。世界平和を掲げておきながら人を傷つけるなんて臍《へそ》で茶を沸かすほどの偽善者だ。絶対に許すもんか――そんなふうに怒りの炎を燃やしていたときだった。

トリフォンが不意に憐《あわ》れむような視線を向けてくる。

「テラコマリ・ガンデスブラッド。痛いでしょう」

「え……？」

「あなたは痛みを嫌っているはずだ。私だって本来ならば無用な殺生《せっしょう》などしたくはない。もう諦《あきら》めて降伏するのがよろしいかと思いますが」

敵の意図が読めない。トリフォンは私の首を絞めながら言葉を続けた。

「楽になってしまえばいいのです。ムルナイト帝国が滅びてもあなたには何の関係もないじゃないですか。べつにあなたが望めばヴィルヘイズだって殺しはしません。あなたが傷ついてまで戦う理由はないでしょう。逆さ月の庇護《ひご》を受けて安穏な生活を送るのが賢明ですよ。だってあなたは――七紅天大将軍の仕事なんて辞めたいと思っているのでしょう？」

「…………………」

それは私の心を溶かすような甘い誘いだった。

確かに私は七紅天なんて辞めたいと思っていた。もともと私に荒事なんて似合わない。魔力も運動神経もダメダメな私には引きこもって小説を書いているのがぴったりなのだ。実際にカルラのおかげで本を出版する目途《めど》もついている。

そうだ。最初から私が戦う必要なんてなかったんじゃないのか？

今までずっと状況に流されて死ぬような思いを味わってきた。だが――断固たる決意で引きこもっていれば血を流すことはなかったはずなのだ。

七紅天の仕事を無視すれば爆発して死ぬ？　部下に下克上で殺される？——知ったことか。そんなものは皇帝やお父さんに泣いて頼めばなんとかなっていたに違いない。あの人たちは私にとことん優しいから。

私は最初から戦うべきではなかったのかもしれない。

こんなに苦しい思いを味わうのだったら——

「そうです。あなたは好きなように生きるのがよろしい。大人しく部屋に引きこもっていれば苦痛から解放されますよ」

トリフォンの左手にはアイスピックのような針が握られていた。

服従しなければ殺す。そういう意味に違いなかった。

殴られたお腹が痛い。口の端から血が溢れてくる。こんな苦しみはもう味わいたくない。駄々を捏《こ》ねてでも引きこもりに徹したほうがいい——そんなふうに心が折れかけたときのことだった。視界の端にヴィルの姿が映った。

すでに意識が朦朧《もうろう》としていたのかもしれない。

彼女は譫言《うわごと》のようにこう呟いた。

「コマリ様。逃げてください……」

私は愕然とした。

その弱々しい声が私の心を揺さぶった。

非力な私にトリフォンの戒めを脱する手段はない。それは誰が見ても明らかだった。

「逃げてください」――その言葉は追いつめられた人間が神に祈りを捧げるのと同じように益体《やくたい》のないものだった。だからこそヴィルが私のことを心から案じているのだと理解できた。

そうして心に温かい炎が宿るのを自覚した。

「――さあ答えてください。あなたは逆さ月に降伏しますか」

「やだ」

自分でも驚くほどにきっぱりと言い放っていた。

トリフォンの眉が動く。私は真正面からテロリストを見据えて怒鳴りつけた。

「――やだ！　私は引きこもらない！　お休みでもないのに引きこもるのは負けを認めるのと同じようなもんだ！　たとえ世界がひっくり返ったって今回ばかりは引き下がらないっ！お前みたいなやつに屈してたまるか！　ムルナイト帝国は絶対に負けないからなっ！」

「何故そうまで意地を張るのです。あなたの敗北は決まっているのに」

「だって――」

私はごくりと唾《つば》を飲んでから声をあげた。

「――だって、ヴィルが泣いているから！　みんなを傷つけたから！　お前を許さない！」

「そうですか。では一度死んでもらいましょう」

ヴィルが悲鳴を漏らした。私は身体の震えを必死で抑えつけながら敵を睨み上げる。べつに後悔はなかった。人を傷つけて平気でいられるような連中に白旗をあげたくはなかった。

トリフォンがアイスピックを掲げた。

魔法を使うまでもないという判断だろう。たとえ死んだとしても絶対に諦めてたまるもんか――そんなふうに歯を食いしばりながら痛みに堪《こら》えていたとき、

ぱんっ！　と銃声のような音が轟いた。

「がっ⁉――、」

目の前の男の身体が真横に吹き飛ばされていった。雪塗《まみ》れになった牢獄の床をごろごろ転がって倒れ伏す。彼の側頭部から血が溢れていた。私はげほげほと咳《せき》をしながら救われたような気分で視線を上に向けた。

「――何やってんだテラコマリ。挑発するなら勝算があるときにしなさいよ」

「ミリセント……‼」

青い吸血鬼が指先をトリフォンに向けながら険しい表情をしていた。彼女はそのまま滑り込むようにして牢獄へ降り立つと、ヴィルが戒められている壁際に近寄って【魔弾】で枷を破壊した。解放されたメイド少女は幻でも見るかのように目を丸くしていた。

「あなたは……なんで」

「五月蠅《うるさ》い。さっさと撤退するわよ」

ミリセントはヴィルに肩を貸して立ち上がらせる。

そのとき、部屋の隅でモゾモゾと何者かが動く気配があった。

トリフォンが苦笑をしながら体勢を立て直していたのである。魔法で頭を撃たれたのに痛がる素振りも見せない。思い出す——蒼玉種とは硬質の肉体を持つ種族なのだ。

「……【孤紅の恤】を討《う》ち取《と》って油断していたようですね。まさか増援が来るとは。しかもあなたは天津覺明《あまつかくめい》のもとにいた吸血鬼ではないですか」

「さようなら。トリフォン・クロス」

ミリセントが魔法石を放り投げた。

ぼふん!!——と真っ白い煙幕が辺り一面に充満した。

突然の事態に頭が追いつかない。とりあえず逃げる準備をしておこう——と思ったら突然腕を力強く引っ張られてつんのめりそうになった。

「行くぞテラコマリ!　あいつと戦っても勝ち目はない!」

「え、あの。どうすれば……」

「体勢を立て直すのよ!　部下どもに連絡しておきなさい!」

煙を搔《か》き分《わ》けながらミリセントは走り続ける。

私は機械のように彼女の指示に従った。通信用鉱石を軍服のポケットから取り出して魔力を込める。トリフォンが襲ってくる気配はなかった。あいつは物体を瞬間移動させる能力を持っているらしい。しかし対象の姿が見えていなければ発揮できないのかもしれなかった。

あれ――――？　なんで私はトリフォンの烈核解放を知っているのだろう？

わけがわからなかった。しかしわかることはあった。ミリセントが助けに来てくれたということ。とりあえずは何が何でも逃げなければならないということ。

鉱石からカオステルの声が聞こえてきた。

『閣下！　いかがなさいましたか』

「い、いったん退却だ！　ヴィルは奪還したからな！　聖都をずらかるぞ！」

私は涙をこぼしながら命令を下していた。

辛うじて助かったことが心の底から嬉しかったのかもしれない。

そうして私はミリセントに手を引かれながら雪の道を駆け抜けていった。

☆

逆さ月の幹部〝朔月〟の一人・トリフォンは無言で立ち尽くしていた。

魔法石によって展開された煙幕が徐々に晴れていく。

そうして現れたのは破壊し尽くされた牢獄の風景だった。壁も天井もぶち破られたため、もう牢獄としては機能しないだろう。

というよりも大聖堂そのものが神聖教総本山としての機能を失っている。

天に達する威容は見る影もない。すべてが瓦礫の山となってしまっていた。

「……追いますか」

トリフォンは溜息を吐いてから一歩踏み出した。

まさかこんな形で計画が崩れるとは思いもしなかった。ミリセント・ブルーナイトの存在は予想外。しかしそれ以上に自分が油断するとは思いもしなかった。

「待ちなさい、トリフォン！」

誰かに引き止められた。振り返る。

金色の吸血鬼が瓦礫に腰かけて足を組んでいた。

「ねえ。これはどういうこと？　大聖堂がぐちゃぐちゃじゃない。まるで私が小さい頃に崩したお菓子の城みたいだわ！」

「申し訳ございません。ミリセント・ブルーナイトが駆けつけてくるとは」

言い訳じみた台詞《せりふ》になってしまったことを後悔する。

少女――〝神殺しの邪悪〟は「まあ気にしなくていいわ」と無邪気に笑った。

「無知は罪じゃないもの。ただ無様なだけよ」

「…………」

おひい様は太陽のように大らかだが月のように残酷だ。

心の内ではどんなふうに思っているのか想像もつかなかった。

迅速にテラコマリ・ガンデスブラッドを追跡したほうが賢明だな——そう思って手駒《てごま》の聖騎士団に連絡を取ろうとしたときのことだった。

不意に通信用鉱石が光を発した。トリフォンは魔力を込めて応じる。

『おおトリフォン殿！　これはこれはご機嫌麗《きげんうるわ》しゅう』

「フーヤオですか。何の御用でしょう」

『おや？　声が少し低い？　機嫌が悪いのですかな？　もしやテラコマリ・ガンデスブラッドの殺害に失敗しましたか⁉　ああやってしまいましたなあ！』

トリフォンは内心で苦笑する。この狐はいつだって人を揶揄《からか》いたがるのだ。

「ええそうです。これから汚名返上しようと思いまして」

『そんなトリフォン殿に朗報ですぞ』

フーヤオは声を高くして言った。彼女の邪悪な笑みが目に浮かぶようだった。

『帝都は陥落寸前です。明日を俟《ま》たないうちに征服は完了でしょう！　さあ、おひい様をお連れください。新皇帝戴冠《たいかん》の準備は着々と進んでおりますぞ』

3.5 帝国の落日

Hikikomari the Vampire Countess no Monmon

「起きなさいバカティオ!!」

「うにゃっ!?」

いきなり頭をぶっ叩《たた》かれて強制的に現実に引き戻された。

目を開けると鬼上司の顔面がそこにあった。そうしてティオ・フラットは気づく——どうやら自分は寝こけていたらしい。なんだか空前絶後の悪夢を見ていたような気がする。何の脈絡もなくいきなりぶっ殺されて鍋《なべ》に放り込まれてグツグツ煮られた挙句《あげく》ポン酢をかけられて食われるのだ。日頃《ひごろ》から命と隣り合わせの労働をしているせいで近頃《ちかごろ》は夢見まで悪い。

「まったくもう! こんな大事なときに寝過ごすなんて記者として失格よ!?」

「いやいや。そりゃ寝ますよ誰《だれ》だって。今月の残業は百時間超えてるんですからね。もう完全なるブラックですよ。今日はさすがに有給使わせてもらいま——」

そこで異変に気づいた。

ティオの敏感な嗅覚《きゅうかく》が血と炎のにおいを感じ取ったのである。

というか嗅覚に頼るまでもなかった。周囲の様子が明らかにおかしいのである。

そこかしこで建物が燃えている。人々が逃げ惑っている。教会で歌われるような聖歌がそこかしこで絶叫されている。目の前で帝国軍らしき吸血鬼が祭服の集団に袋叩きにあっていた。四方八方から槍を突き出され、やがて吸血鬼は動かなくなってしまう。

「——え？　ここどこですか？　地獄？」

「帝都の路地裏よ。ムルナイト帝国は滅亡寸前だわ」

メルカは歯軋《はぎし》りをしながら目の前の惨状《さんじょう》を睨《にら》みつけていた。

だんだんとティオも意識を失う前の状況を思い出してきた。

確か、帝都で発生していた宗教蜂起《ほうき》の真相を調べている途中に見覚えのある狐少女を見かけたのである。フーヤオ・メテオライト。彼女は秋に開催された天舞祭《てんぶさい》で暗躍していたテロリストだった。すわまた陰謀を張り巡らせているのか⁉——スクープを確信したメルカは「いやですいやです」と泣き叫ぶティオの尻尾《しっぽ》を握りしめて尾行を敢行《かんこう》。どうやら帝都下級区の酒場に向かっているらしかった。このまま盗聴をすれば世界を揺るがすような記事が書けるかもしれない——そう考えたメルカ（とティオ）はこっそり張り込みをしていたのだが、不意に背後から現れた謎《なぞ》の人物によって襲撃を受けた。で、目が覚めたら路地裏に捨てられていた。

で、気がついたら帝都の暴動が激化していた。

「意味がわかりません」

「わかりなさいっ！　これはきっとテロリストグループ〝逆さ月〟の陰謀に違いないわ。そして私たちは真相に近づきすぎたのよ！　あとちょっとでムルナイトを狙《ねら》う犯罪者たちの会合を激写することができたのに、寸前でバレて襲われた！　しかも殺さずに怪我《けが》の治療までして路地裏に捨てるって何⁉　私たちのことを非力な小娘だと思っているの⁉」

べつに非力な小娘でも何でもいいじゃないか。命があるのなら。

しかしメルカはそうは思っていないらしい。

「絶対に許さないわ……世界を創るペンの威力を思い知らせてやる……」

「あの……そろそろ帰りませんか？　さすがに今回は下手《へた》したら死にますよ？」

「ねえティオ。私たちを襲ったやつの顔見た？」

「無視しないでください。いや見てませんけど」

「使えない猫ね」

「人のこと言えるんですか。まあ、においなら覚えてますけど……」

「でかしたわティオ！　どんなにおいだったの⁉」

「いいにおいでした」

「それだけ？」

「はい」

「馬鹿《ばか》たれがぁっ‼」

ぽかん！　と頭を引っ叩《ぱた》かれた。理不尽である。そろそろ転職活動を開始しよう。

ちなみにティオの嗅覚魔法をもってすればにおいで何の種族かを当てることもできる。あのいいにおいは十中八九吸血鬼だった。性別は女性。それもかなり年若い。

でも上司がムカつくので教えてやらないことにした。

それにしても——とティオは思う。

それにしても帝都の荒れっぷりは普通ではなかった。こっそり往来の様子をうかがってみると、どうやら二つの勢力に分かれて争っているらしい。一方はムルナイト帝国軍。もう一方は神聖教の信者たちだろうが……しかし大部分は純粋な信者ではなくテロリストのにおいがしていた。おそらく逆さ月とかいう馬鹿者集団の構成員だろう。

突然目の前に火炎魔法が炸裂《さくれつ》した。

ここにいたら死ぬな——ティオはそう思った。

「ティオ。これから六国《りっこく》新聞にとって運命の戦いが始まるわ」

「始まりませんよ気のせいですよ帰りましょうよ」

「でもここから先は一流の記者の領域よ。未熟なやつは死ぬかもしれない。負けん気を発揮して命を落としていった新人を何人も見てきたわ。それでもティオは私についてきたいの？」

「は？　ついていきたいなんて一言も言ってないんですが？」

「覚悟がないなら帰りなさい。これはあなたのためでもあるのよ」

「わかりました。じゃあお疲れ様ですー」

「帰るんじゃないわよっ！」ガシッと尻尾を摑《つか》まれた。「そこは『地獄の果てまでお供しますメルカさん！』って言うシーンでしょうが！　私たちの絆《きずな》はどこに行ったの⁉」

「命よりも重い絆なんていりませんッ！　地獄へ引きずり込まないでください、私はまだ死ぬわけにはいかないいんですぅっ！　故郷に病弱な妹を残してきているんですぅーっ‼」

「あんたの妹は核領域で元気に人を殺してるでしょーが‼」

そんな感じで路地裏で怒鳴り合いを繰り広げていたときのことである。

不意に地面を巨大な何かが移動する音が聞こえた。

さすがにメルカも気づいたらしい。彼女はティオの尻尾をぐいっ！　と引っ張って路地裏から飛び出そうとした。

「ちょっと待ってくださいメルカさん今表に出たら死にますよ⁉　あと尻尾を放してくださいっ！　千切《ちぎ》れたらパワハラで訴えますからね‼」

「見なさいティオ。あれを――」

メルカが驚愕《きょうがく》したような声を漏《も》らして指をさす。

車に載った大砲のようなものが運ばれてきた。しかしその大きさは尋常《じんじょう》ではない。呆《あき》れるほどに長い砲身はティオの身長の何倍あるだろうか。1メートルは超えるであろう馬鹿でかい砲口の奥は真っ暗闇《くらやみ》で何も見えなかった。

よくわからないが物騒《ぶっそう》な気配しかない。しかもその照準はおそらくムルナイト宮殿の方角に合わせられている。つまり——あれを用意したのはテロリスト側なのだ。

「いやあ気分がいいな。擾乱《じょうらん》に乗ずるのは」

大砲の横に白衣の少女がいた。

種族は翦劉《せんりゅう》。ほくほく顔でわけのわからぬことを呟《つぶや》いている。

「ムルナイト宮殿には特殊な結界が張られている。しかし私が開発した『絶望破滅魔砲』を用いれば理論上は打ち砕くことが可能——さらにその奥にある宮殿に損害を加えることも可能なはず。まさか本当に試し撃ちできる日が来るとは思わなかったぞ！」

「コルネリウス様！　準備が整いました！」

祭服を着た男が駆け寄ってくる。やはりあれはテロリストの武器だったのだ。

コルネリウスと呼ばれた白衣の少女は「うむ！」と満足そうに頷《うなず》いて、

「じゃあ着火」

「はっ！」

指示を受けた男が導火線らしきモノに火をつける。

連中はすぐさま物陰に退避をした。ティオも慌ててその場で縮こまる。しかしメルカが「そんなところにいたらたぶん死ぬわよ！」と強引に尻尾を掴んできた。ティオは「引っこ抜けます引っこ抜けます！」と叫びながら路地裏の奥まで引っ張られていき——その瞬間、
白衣の少女がにやりと笑って呟いた。

「さあ実験タイムだ。——安心しろ、これは神具じゃない」

轟音《ごうおん》が鳴り響いた。

耳がとれるかと思った。

大砲から発射された魔力の弾丸が天地を揺るがしながら突き進んでいく。

数秒後——すべてが破壊される音が轟《とどろ》いた。

☆

突如として放たれた一撃はムルナイト宮殿に張られた結界をいとも容易《たやす》く打ち破った。

それだけでは終わらなかった。結界の向こう側にそびえる宮殿そのもの——つまり皇帝陛下が起居する壮麗な城、その東半分を丸ごと削り取って大爆発《ばくはつ》を巻き起こした。

フレーテ・マスカレールは信じられないような気分で背後を振り返った。

空が燃えている。血をぶちまけたが如《ごと》く真《ま》っ赤《か》になっている。

祭服のテロリストどもが歓声をあげた。フレーテは襲いかかる吸血鬼どもを切り捨てながら怖気《おじけ》が走るのを自覚した。そこらに散らばる人の骸《むくろ》。血。空気を震わせる不気味な聖歌。優雅で勇壮な帝都は見る影もなかった。

「フレーテ様！　第四部隊から連絡がありました」

「なんですか！　今忙しいのに」

「デルピュネー閣下が先ほどの砲撃で死亡したそうです」

「はぁ!?　デルが……」

宮殿の警備についていた第四部隊は壊滅状態らしかった。

フレーテはぎりりと歯軋りをする。何故《なぜ》こんな展開になってしまったのだろう。

最初の暴動はミリセント・ブルーナイトによって簡単に鎮圧された。しかしその後が問題だった。やつらはどこからともなく湧《わ》いてきて帝都の破壊を始めたのである。その主張は「神を信じないムルナイト帝国は変革されるべきである」。ふざけているとしか思えなかった。

しかし彼らの攻撃は帝国軍の予想を遥《はる》かに上回る激しさだった。

ただの信者ではなかった。その大半が〝逆さ月〟にも所属している戦闘集団だったのだ。さらに連中は催眠魔法か何かで簡易的に兵士を増やしているらしかった。暴徒は帝都の建築物を破壊しながらムルナイト宮殿へと侵攻を始めた。

「このっ！　次から次へと……！」

テロリストどもが神の名を叫びながら飛びかかってくる。

暴動を指揮している人間は未《いま》だに見つかっていない。

七紅天《しちぐてん》たちはゲリラのごとく襲いかかるテロリストに対応しきれず後手後手に回っていた。

遠くで連続する爆発音は〝無軌道爆弾魔〟ペトローズ・カラマリアによるものだろう。敵のリーダーを焙《あぶ》り出そうとしているようだが成果は出ていなかった。

「マスカレール様！　後ろ！」

不意に部下が叫んだ。即座に振り返ったが間に合わなかった。暴徒の剣がフレーテの喉元《のどもと》に向かって突き出されていた。甘んじて一撃を受け止める覚悟で歯を食いしばり——その瞬間、敵の身体は横合いから放たれた拳《こぶし》によって吹っ飛んでいった。

「——お怪我はありませんかな！　マスカレール殿」

祭服を着た七紅天——ヘルデウス・ヘブンがそこにいた。

フレーテは安堵《あんど》しながら細剣を握り直した。

「ありがとうございますヘブン様。危うく死ぬところでしたわ」

「あなたが油断とは珍しい。しかし無理もないですな——こうもキリがなくては」

ヘルデウスは困ったように腕を組んだ。

「いったい何が彼らをそこまでさせるのか。しかも神の信奉者を装うとは言語道断《ごんごどうだん》です。これでは騒動が終わった後に神聖教そのものが敵視されるような風潮ができあがってしまいます」

「後ではなく今のことを考えましょう」フレーテは周囲の様子を見渡しながら言う。「しかし状況が把握しきれません。敵の本体は神聖教なのですか？　それとも逆さ月？　二つの組織はどこまでつながっているのでしょう」

「わかりません。ユリウス6世がテロリストと共謀しているのは確定ですが」

　捕虜《ほりょ》にした敵は「ユリウス6世の命令である」と明言している。しかしフレーテには彼らが信仰のために暴《あば》れているとは思えなかった。宗教を何らかの野望のために利用しているとしか思えなかった。

　そしてその毒牙《どくが》はついにムルナイト宮殿に達してしまった。

　皇帝がいてくれたらこんなことにはならなかったのだろうか――そんなふうに考えていたときのことだった。前方で大歓声があがった。テロリストどもが雪崩《なだれ》を打って攻め込んできたのである。フレーテは剣を構えて舌打ちをした。

「聖都へ向かった方々は何をやっているのでしょうか」

「先ほど連絡がありましたね。どうやらガンデスブラッド殿はヴィルヘイズ中尉を奪還したとか。しかしそれ以降はどうなったのかわかりません」

「ユリウス6世を説得しなければ話になりません。それか宗教蜂起の元凶を突き止めて討ち取らなければ……」

「そうですな」ヘルデウスがフレーテの横に並ぶ。「ところでマスカレール殿。聖都や逆さ月の最終的な目的はなんだと思いますか」

「いまさら考えるまでもないでしょう！　やつらは手を結んでムルナイト帝国を滅ぼそうとしているのです。カレン様がいてくださったらもっと早く対処できたはずなのに……」

「ふむ。ムルナイト帝国は皇帝によって支えられていたのですね」

違和感を覚えた。それは七紅天としては些《いささ》かおかしな台詞《せりふ》ではないか。

ヘルデウスは笑みを浮かべて言葉を続けた。

「やはりムルナイトは良き国だ。あなたは吸血種のために死ぬ覚悟がおありですかな」

「?——当たり前でしょうに。七紅天は帝国に身を捧《ささ》げるのが務めです。どんな敵を前にしても臆せず優雅に立ち向かって、そして優雅に散ることが求められていますから」

「なるほどなるほど」

近頃の七紅天は軟弱者が多すぎる。テラコマリ・ガンデスブラッドはもちろん、サクナ・メモワールだってそうだ。やはりここで一度フレーテ・マスカレールが帝国に相応《ふさわ》しい将軍としての振る舞いを示しておかなければならないだろう。

不意にヘルデウスが敵とは反対方向を指差して叫んだ。

「——おお！　あちらを見てください！　すごい光景が広がっております！」

「すごい光景？　今度は何が——」

ずょん。

何かが切り替わる気配がした。

そうしてフレーテは腹の底から灼熱《しゃくねつ》の痛みが這《は》い上がってくるのを感じた。

「え?」——絶望的な気分で視線を下に向ける。鋭い刀が自分の腹部に深々と突き刺さっていた。わけがわからない。いったい何故。

全身から力が抜け落ちてその場に倒れ込む。

そうして気づく――刀を握っていたのはヘルデウス・ヘブンだった。

ヘルデウス・ヘブンの姿をした何者かが刀を握っていた。

「――《莫夜刀《ばくやとう》》を使うまでもない。容易いな」

「お、お前は……！」

ぼふん！――と煙が辺りに充満した。祭服の吸血鬼の姿が一瞬にして掻《か》き消える。そのかわりに出現したのは赤い瞳《ひとみ》を輝かせる少女だった。

狐の耳と尻尾が特徴的な獣人。天舞祭でテラコマリ・ガンデスブラッドやアマツ・カルラと死闘を繰り広げたテロリスト――フーヤオ・メテオライト。

彼女は冷酷な視線をフレーテに突き刺しながら静かに言った。

「ヘルデウス・ヘブンならとっくに死んでいる。残る重要人物はペトローズ・カラマリアくらいのものか。いずれにせよムルナイト帝国が終わる瞬間は近いな」

「この……テロリストめ……」

「そこで死んでいろ。目が覚めたらここは吸血鬼の国ではなくなっている。いや――その前に魔核《まかく》を破壊してしまったら目が覚めることもないのか？　よくわからんな」

「ま、待て……」

フーヤオ・メテオライトはゆったりとした足取りで去っていく。

追いかけることはできなかった。

周囲を見渡せば、いつの間にか第三部隊の吸血鬼たちも死んでいた。

身体に力が入らなかった。絶対に許してなるものか——そういう負け惜しみを口にする体力も残っていなかった。フレーテは壊れていく帝都の風景を眺めながら意識を手放した。


こうしてムルナイト帝国は崩れつつあった。

皇帝は行方《ゆくえ》不明。宰相は死亡。帝都の防衛にあたっていた七紅天四人のうち三人が敗北。元老どもは私財を抱えて田舎《いなか》へ逃げてしまった。

人々は神には祈らない。

彼らが待ち望むのは騒乱を治めてくれる英雄。

残りの七紅天のうちの誰かだった。

4 夜の国に響く声

Hikikomari the Vampire Countess no Monmon

【転移】の魔法が使えなくなっていた。

ムルナイト帝国宰相――つまり父の権限で〝門〟の機能をすべて停止させたらしい。新しい敵が侵入してくるのを防ぐためと思われるが、こういう措置がなされている時点で帝都が緊急事態に陥《おちい》っていることは明白だった。

聖都レハイシアを脱出した私たちは核領域のとある街まで辿《たど》り着いた。

ムルナイト帝国の支配下にある小さな城塞《じょうさい》都市である。

この場にいるのはサクナ、ヴィル、ミリセント、私の四人。第七部隊の部下たちは結局合流できずに核領域を彷徨《さまよ》っているらしい。通信用鉱石にも反応がなくなってしまった。しかし巷《ちまた》の噂《うわさ》によれば聖騎士団が動いて吸血鬼たちを討伐《とうばつ》しているという。身の毛がよだつような話だった。あいつらは無事なのだろうか。

「――絶体絶命ね。行商人の話によれば帝都は壊滅寸前なんだとか」

夜。宿屋の食堂。ミリセントが皮肉っぽく笑ってそう言った。

これに反応したのはヴィルである。彼女はムッと険しい表情を浮かべ、

「何故《なぜ》そんなにも嬉《うれ》しそうなのですか。あなたは立派な帝国軍人なのでしょう」

「国が滅びたって構わないわ。べつに私が死ぬわけじゃないもの」

「コマリ様、こいつの顔面にマヨネーズをぶちまけていいですか？」

「まあまあ落ち着け！　ミリセントだって本心から言ってるわけじゃないんだ！」

「そうですよヴィルヘイズさん。ミリセントさんは……なんていうか。ツンデレみたいなものなんです。好意の裏返しで悪意を振りまいちゃうだけで」

「殺すわよ」

サクナが悲鳴をあげて震えあがった。悪意を裏返しても悪意しかなさそうである。

ヴィルは不満そうに「やはりいけ好かないです」と頬《ほお》を膨らませていた。

聖都から飛び出した後――ヴィルは魔核《まかく》の効果によって傷を回復させた。

もう運動するのにほとんど支障はないらしい。そしてミリセントが七紅天《しちぐてん》大将軍に就任したということも聞かされた。やはりというか、ヴィルはミリセントのことが許せないようで、彼女を見つめる瞳《ひとみ》には険しい色が含まれていた。

それはそうだろう。あれだけのことがあったのだから、水に流すのは難しい。

しかし今は同じ帝国軍の仲間なのだ。

喧嘩《けんか》しているようでは先が思いやられる。まあヴィルのやつもミリセントに助けられたことは承知しているので、それほど強く彼女を批判する様子はないのだが――

「コマリ様。ミリセント・ブルーナイトは殺しておくべきです」

　いや強く批判していた。本人の目の前で物騒《ぶっそう》なことを言うんじゃない。

「言い争いほど無駄なことはないわ。帝都に帰って逆さ月をなんとかする算段を立てないと始まらない。ここでじっとしていても敵に捕まって死ぬだけだから」

「あ、ちゃんとムルナイト帝国のことは考えてるんですね……」

「違うわよ」ミリセントは面倒くさそうに否定してから言葉を続けた。「――現在、帝都を襲っているのは逆さ月の構成員と神聖教徒が混合したゲリラ兵の集団。そしておそらく帝都側は押されつつある。皇帝がいないからマトモに作戦も立てられていないのでしょうね」

「七紅天の人たちが簡単に負けるとは思えません……たぶん、逆さ月は、そうとうズルい方法を使ってるんじゃないでしょうか……」

「まあその可能性もなくはない。連中は人を貶《おとし》めるためならどんなことでもするからね。とにかく――私たちは一刻も早く帝都に戻って暴動を鎮圧しなければならない。あるいはトリフォン・クロスや〝神殺しの邪悪〟を直接倒す必要がある」

「神殺しの邪悪？　何それ」

「逆さ月のボスよ」

　ボスか。ということは私が今まで出会ったこともないようなバーサーカーなんだろうな。

　幹部だったトリフォンに手も足も出なかったのに、その上司に勝てるとは思えなかった。そういえばあの蒼玉《そうぎょく》は今頃《いまごろ》何をしているのだろう。私たちを追いかけてきているのか、あるいは帝都へ向かったのか――

そのとき、宿屋の人が「お待たせしました」と料理を運んできてくれた。

「〝神殺しの邪悪〟については不明な点が多い。逆さ月にいた私も会ったことはない。でも今回の騒動では必ず姿を現すわ。その隙《すき》を突いて殺せば――」

「わあ！　見てヴィル。オムライスの上にハンバーグが二つも載ってるよ！」

「本当ですね。でも食べきれますか？　かなりの量がありますよ」

「お腹《なか》が空いているんだ。食べられるに決まってて――」

「話を聞けっ‼」

べしっ！　と頭を引っ叩《ぱた》かれた。殺意を感じた。ミリセントが猛獣のような目つきで私を睨《にら》んでいた。なんだこいつ――と思ったが冷静に考えれば流石《さすが》に今は夕飯どころではなかったかもしれない。私は「すまない」と謝罪をしてから静粛にオムライスを食べ始めた。

美味《おい》しい。やはりオムライスには人生の幸福度を底上げする効果がある。

ミリセントは依然として険しい視線を向けてきた。

「いいかテラコマリ。私は帝国にはさして思い入れもない。でもあんたはムルナイト帝国が滅んでほしいとは思っていないんでしょ？　だったら覚悟しているはずよね――今回の騒動を解決する鍵《かぎ》はテラコマリ・ガンデスブラッドが握っているのよ」

「………」

スプーンを持つ手が止まってしまった。

私が鍵を握っている。どういう意味なのだろうか。ふとヴィルがテーブルの下でぎゅっと拳《こぶし》を握っていることに気づく。彼女は何故か複雑そうな表情をしていた。

「……なあミリセント。お前も知っての通り、私は魔法も使えないし運動もできないダメダメ吸血鬼なんだ。鍵を握っているのは、たぶん私じゃない」

「お前は馬鹿《ばか》か」吐き捨てるようにミリセントは言う。「世界を変えていくのは心が強いやつなんだ。あんたにはそれだけのポテンシャルがある――だって実際にアルカや天照楽土《てんしょうらくど》を変えてきたでしょ？　覚えてないの？」

「………………」

それはネリアやカルラの力があったからだ。

べつに私が何をしたわけでもない。世界中の人々は私のことを勘違いしているのだ――そういう思いはまだ私の中に根強く残っていた。

私が血を吸うと何かが起こることは知っている。

だからどうしたというのだ。何かが起きた程度でムルナイトの惨状《さんじょう》を引っくり返すことができるのか？　無理に決まっている。だって私は争いごとを好まない希代の賢者。美味しいオムライスを食べて現実逃避をするのがお似合いなのだ。

不意にミリセントが立ち上がった。

「ムルナイトの国民はテラコマリ・ガンデスブラッドに祈りを捧《ささ》げている。その期待に応《こた》えるのがあんたの使命のはずよ。——私は部屋に戻るわ」

それだけ言って去っていった。

彼女は結局何も食べなかった。後でお腹が空いたらどうするんだろう？——私はそんな的外れなことを考えて不安を取り除こうとしていた。

☆

二部屋だけ借りることになっていた。

組み合わせは私とヴィル。ミリセントとサクナ。あの二人が一緒で色々と大丈夫なのだろうか——と不安に思ったが、サクナ曰《いわ》く「ミリセントさんとは同じ組織出身ですから問題ありません」とのこと。積もる話もあるということなのだろうか。

夕食を済ませた私とヴィルは二人で部屋に戻ってきた。

すでに外は暗い。明日の早朝に帝都へ向かって出発することになっていた。今頃七紅天のみんなはどうしているのだろうか。家族のみんなは無事だろうか。

不安に苛《さいな》まれていると、ベッドに大の字になって寝転がっていたヴィルが「コマリ様、」と名前を呼んできた。

「トランプでもして遊びませんか。まだ就寝までは時間がありますよ」

「べつにいいけど……メイドらしからぬ寛《くつろ》ぎ方だな」

「すみません」

ヴィルは無表情で起き上がった。

そうしてジーッと翠色《みどりいろ》の瞳で私を見つめてくる。

「な、なんだよ」

「いえ。ただ……お礼と謝罪をしていなかったなと思いまして。この度はありがとうございましてすみませんでした」

「あらゆる意味でわけがわからんぞ」

彼女は再び「すみません」と申し訳なさそうに目を伏せた。

「実は……私がユリウス6世に抵抗なくついていったのは皇帝陛下の命令があったからなのです。聖都に乗り込んでスパイ活動をしろっていう。それ自体も敵の陰謀だったんですが……とにかく事情をきちんと話していなかったせいでコマリ様にご心配をかけてしまいました。そして敵の罠《わな》にはまった私を助けに来てくれて、とても嬉しかったです」

私は拍子抜けしてしまった。てっきりもっとヤバイ変態行為を告白されるかと思っていたのだが。私は自分のベッドに腰かけながら「気にしてないよ」と笑みを浮かべた。

「でもなんで黙っていたんだ？　事情があるなら私に言ってくれればよかったのに。めちゃくちゃ心配……というか……まあ、急だったから色々と大変だったんだぞ」

「それは、コマリ様の気を引くために……」

ヴィルは恥ずかしそうにそう言った。

つまりこいつは私にヤキモチ的なものを焼いてほしかったのか。まったく邪悪な作戦を考えつくメイドである。そして困ったことにその作戦は——認めよう、私にかなり効いた。ヴィルがいないだけで私の生活はぐちゃぐちゃになってしまったのだ。たぶんあのまま将軍として出勤し続けていたら部下に殺されていたかもしれない。

「……困ったメイドだな。私に内緒で勝手なことばかりしやがって」

「おしおきしてください。コマリ様と一緒にお風呂《ふろ》に入ってお身体のすみずみまで洗わせていただきます。爪先《つまさき》まで舐《な》めるように——というか実際に舐めてご奉仕いたしますので」

「私はキャンディじゃないっ！　そういうところも困るんだよっ！　まったくもう」

ヴィルには普段の余裕がないように感じられた。

今回の一件はこいつの精神に変化をもたらしたのかもしれない。その証拠に——彼女は依然として浮かない顔のまま、こんなことをのたまうのだった。

「私のせいで、コマリ様を危険な目に遭わせてしまいました」

「そんなのいつものことだろ。お前のせいで私は毎回死ぬような目に遭ってるんだ」

「それも申し訳なく思うのです。……あの、私の存在は、ご迷惑でしょうか」

唖然《あぜん》としてしまった。さっきの夕食に変なキノコでも入っていたのではないか。

「コマリ様はいつも『働きたくない』と仰《おっしゃ》っています。『引きこもりたい』という言葉も何度も聞きました。でも私はコマリ様のためだと思って外に引っ張りだしてきたのです。七紅天としての役割を遂行するためには必要なことだと思ったからです。でも……そのせいで、最終的にコマリ様が傷つくことはしょっちゅうでした」

ヴィルの言う通りだった。七紅天闘争でも、六国《りっこく》大戦でも、天舞祭《てんぶさい》でも、私は肉体的に大きな傷を負った。殺人鬼の究極形態みたいなやつらに毎回毎回ボコボコにされているのだ。

「私がいなければコマリ様は平穏な引きこもり生活を送れていたはずなんです。傷つくこともなかったはずなんです。今回のことも……コマリ様が嫌なら、無理に戦わなくてもいいと私は思っています。私がコマリ様を安全なところへお連れしますので……」

それは魅力的な提案だった。

正直私には今ムルナイト帝国で何が起きているのかよくわからない。しかし帝都に行けば酷《ひど》い目に遭うことはわかりきっていた。鍛え抜かれた第六感が「死ぬぞ」と警鐘《けいしょう》を鳴らしているのだ。賢者としての知能を駆使して考えるならば――ヴィルと一緒に逃げてしまうほうが遥《はる》かに賢い選択だった。

「そして――コマリ様の身の安全が保証されたら、私は消えようと思います」

「馬鹿か。何言ってるんだお前は」

私はヴィルをまっすぐ見据えて言った。

帝都の問題はどうするべきなのかよくわからない。

しかしこのメイド少女が罪悪感に苛まれて姿を消すのだけは違うと思った。

「コマリ様、私は……」

「正直、お前が私に無理矢理労働させようとするのは辟易《へきえき》していたよ。まあ今更伝えるまでもなく常日頃《ひごろ》から言ってるけどな。お前のせいで私は毎回死ぬ思いをするんだ」

「っ……」

ヴィルの目に涙が溜《た》まっていった。さすがに言葉が強すぎたかもしれない。私は慌てて彼女の手を握った。そうして彼女と目を合わせないようにしながら静かに言う。

「でも、お前がいてくれたおかげで、今の私があるんだ」

「え――」

「七紅天闘争も六国大戦も天舞祭も。ヴィルが私を引っ張ってくれたおかげで大切なものを得られた。引きこもりのままだったら、私はたくさんの出会いを失っていたと思う」

「…………」

「まあ……なんだ。お前は……私にとって大切なメイドなんだ。だからもう、いなくなったりしないでくれ。お前がいないと、たぶん、私はやっていけないんだ。部屋が散らかるし、朝起きられないし、部下に下克上されそうになるし。ダメダメ吸血鬼のダメダメな部分が存分に発揮されてしまうんだ」

「そ、それは、」

「か、勘違いするんじゃないぞ。べつに愛の告白でもなんでもない。私にはメイドが必要なだけだ。お前のかわりに別の誰《だれ》かを雇うのも面倒だしな……だから……えっと……」

自分でも何を言っているのかよくわからなかった。

何故だか体温が上昇して頬が熱くなってくる。ヴィルの感激したような視線に射貫《いぬ》かれて私はついに面倒くさくなってしまった。彼女から視線を外して壁を見つめながら呟《つぶや》く。

「……とにかくだ。お前が無事でよかったよ、ヴィル」

「コマリ様っ！」

「わあぁっ⁉」

突然メイドが飛びついてきた。咄嗟《とっさ》のことだったので抵抗もできなかった。

気づいたときにはベッドの上に押し倒されている。歓喜に打ち震えたようなメイドの顔がすぐそこにあった。というかマジ泣きしている。涙がこぼれて私の唇にぽたりと落ちた。

「コマリ様。抱きしめてもよろしいでしょうか」

「いやもう抱きしめてるようなもんだろ！　おいくっつくな！　あっちいけ！」

「もう離れません。『お前が必要だ』と言ったのはコマリ様じゃないですか。これからは病めるときも健やかなるときも死ぬときもコマリ様のおそばに侍《はべ》ると誓います」

「二重の意味で重いっ！　もうわかった！　わかったから！」

「これからはメイドとしてお仕事をたくさん持ってきます。コマリ様が七紅天大将軍として活躍できるように全身全霊を尽くしてサポートいたしましょう。だってコマリ様は先ほど言いましたよね。一字一句違わずに記憶しましたよ――『ヴィルが私を引っ張ってくれたおかげで大切なものを得られてヴィルが好きになった』って」

「最後のは言った覚えがねーよ‼――いやそうじゃなくてだな、確かにそんな感じのことは言ったけど、これからも仕事を山盛りにしてくれって意味では決してないっ！　むしろもっと休暇が欲しいくらいなんだ！　そもそも私の有給休暇はどこに行ったんだよ⁉　知ってるぞ、確かあれだろ、年に必ず何回は休まなくちゃいけないとかいう法律があっただろ！」

「普通の勤務日を有給休暇扱いにして申請しております」

「ブラックの極《きわ》みじゃねーか！」

じたばたと暴《あば》れる。しかしメイドの体重から脱することはできなかった。

不意にヴィルは敢《あ》えて作ったような無表情でこんなことを呟いた。

「実は私、コマリ様の血を飲んだことがありません」

いきなり何を言い出すのか。

「それがどうしたんだ」

「血を吸ってもよろしいでしょうか」

「え？」

「絆《きずな》の強い主従は血を交換し合うという伝統があるそうです。もちろんコマリ様が私の血を吸うと辺り一面焼け野原になってしまいますから、ひとまず私が吸うだけですけど……」

焼け野原ってなんだよ。さすがにそこまでじゃないだろ。

それにしても――吸血か。そういう行為を自分がされるとは思ってもいなかった。小説とか妄想の中でしか有り得ないと思っていたのに。……くそ、なんだか緊張してきた。希代の賢者がなんという体たらくだ。嫌かどうかと聞かれたら嫌なわけでは決してないのだが――

「駄目ですか……？」

「いや……その、」

「断られたら血を吐いて死んでしまいそうです」

「わあああああ！　わかったよ！　いいよ！　好きにすればいいじゃないか！」

そこまで必死に懇願《こんがん》されたら断るわけにもいかなかった。

ヴィルは何故か安堵《あんど》したように口の端をわずかに吊《つ》り上《あ》げた。

「では……失礼いたします」

「う、うむ」

彼女の顔がゆっくりと近づいてくる。

なんということだろう。たかが吸血をされるだけなのに心臓が高鳴って仕方がない。妹の口は「好きな人の血は甘く感じられる」みたいなことを言っていた。こいつは私の血を吸ってどんな感想を抱くのであろうか。ケーキとどっちが甘いのだろうか。

そんなふうに取り留めもないことを考えながら天井《てんじょう》のシミを見つめる。

目の前の少女の鼓動の音まで聞こえてきた。ヴィルも緊張しているのかもしれなかった。

やがて彼女の唇が私の首筋に添えられて——その瞬間、

「——コマリさん！　なんだか他のお客さんが呼んでいるみたいですよ」

バッ!!　とヴィルが光の速度で私から離れていった。

サクナがノックもなしに部屋の扉を開いていた。お風呂上がりなのだろうか。湿った髪と上気した頬のせいで普段より十倍くらい美少女に感じられる。

「……？　どうしたんですか二人とも」

「い、いやなんでもない。なあヴィル」

「しまった……！　落ち着いて考えてみたらメモワール殿にコマリ様は私のものだと見せつける絶好のチャンスだったのに何故か焦《あせ》って身を翻《ひるがえ》してしまいました!!」

お前は早口で何を説明しているんだ。

サクナが「よくわかりませんけど」と話を強引に切り替える。

「コマリさんやヴィルへイズさんと話したい方がいるそうです。宿の一階の休憩所で待っているみたいですよ」

私は思わずヴィルの顔を見た。彼女も困惑したように首を傾《かし》げていた。

このタイミングで私たちに会いに来る人物なんて思いつきもしなかったのである。

☆

私たちを待っていたのは見知らぬ男性だった。

他に人がいないのでたぶん彼なのだろう。

麻雀《マージャン》卓の前に座って指で牌《はい》を弄《もてあそ》んでいる。刃物のように鋭い雰囲気を持つ人だった。服装はヒラヒラした天照楽土の伝統衣装。誰がどう見ても和魂《わこん》種である。

彼は私たちの存在に気づくと「おっ」と声をあげて手招きした。

「ミス・ガンデスブラッド。よく来たな。まあ座りたまえ」

「は、はあ……」

私は促されるままに彼の対面に腰を掛けた。

ヴィルが「気をつけてくださいコマリ様。巷によくいる変態かもしれませんから」と言って私の左側に座る。巷によくいる変態のお前に言われたくないだろう、この人も。

和魂種の男性は何故かじろじろと私の姿を見つめてきた。居心地が悪いことこの上ない。しかし私はどこか既視感のようなものを覚えてしまった。この怜悧《れいり》冷徹な雰囲気——そうだ。初めて会ったときの、クールを装ったカルラと似ているような気がするのだ。

「……いったい何用ですか。これ以上コマリ様に邪《よこしま》な視線を向けるようなら目玉に胡椒《こしょう》をまぶしますよ」

「おい失礼だろ！　す、すまなかった。このメイドは少し暴走気味なところがあるんだ」

「構わない。急に呼び出したのはこちらだからな」

そう言って彼は視線を麻雀牌のほうへと落とした。

「俺《おれ》は天津覺明《あまつかくめい》という。お前がよく知っている天津迦流羅《かるら》の従兄《いとこ》だ」

「え……？　カルラが言ってたお兄さん……？」

「だろうな。……ああそうだ、俺がここに来ていたことはミリセントのやつには隠しておくように。いま顔を合わせれば殺し合いが始まる可能性が高い」

わけがわからなかった。この人はミリセントに何をしたのだろうか。

「麻雀でもしていくか？　実は同僚の幹部就任祝いに麻雀大会をすることになったんだ。負けると金を奪われるから今のうちに練習しておきたくてな」

「いいですね。脱衣麻雀をしましょう。もちろん私とコマリ様の二人きりで」

「しねえよそんなこと！——いや本当にすまない。実はルールがよくわからなくて……」

「そうか。俺もよくわからない」

ペースの摑《つか》めない人である。

隣のヴィルが痺《しび》れを切らしたように口を開いた。

「アマツ・カクメイ殿。はやく用件を言ってください。というか何で私たちがここにいると知っていたのですか？　まさか後をつけてきたわけではありませんよね」

「俺の部下が追跡していた」

「ストーカーですか？　警察に通報しますよ？」

「死にたければ通報するといい。俺はそれでも一向に構わない。しかし――このままムルナイト帝国が滅びるのを座して待ちたくないのなら、素直に話を聞いておくのが賢明だ」

アマツはそう言って懐《ふところ》から魔法石を取り出した。

ヴィルが立ち上がって身構える。しかし相手には攻撃する意図などなかったらしい。彼はそのまま魔法石を私のほうに差し出してきた。

「これは【転移】の魔法石だ。現在ムルナイト帝国公営の門は機能を停止しているが、先ほど俺の部下が戦火を潜《くぐ》り抜けて構築しておいてくれた。これを使えば一瞬で帝都に行ける」

「えっと……なんでこれを私に……」

アマツが鼻で笑う。

「俺はべつにムルナイト帝国がどうなろうと知ったことではない。しかしある人物から頼まれてな――確かにお前たちがこういう形で〝神殺しの邪悪〟に敗北するのは好ましくない」

「詳しく説明してください。あなたはどこまで事情を知っているのですか」

「テラコマリ・ガンデスブラッドが動かなければ多くの犠牲が出るということは知っている」

意味がわからなかった。そんな恐ろしい話は聞きたくもない。

「……なんで私が動く必要があるんだ？　だって私は——」

「ならばお前はどうしてここにいる？　帝都へ乗り込む機会をうかがっていたんじゃないのか？」

「それは……」

それは自分でもわからなかった。ただミリセントに引っ張られてきただけだ。

この先自分が何をするべきなのかは少しも考えていない。というよりも考えることを頭が拒否していた。心の中にあるのは「みんな無事だといいな」という何の役にも立たない不安だけ。

するとアマツが呆《あき》れたように溜息《ためいき》を吐いた。なんだかその仕草がカルラと似ているような気がした。

「その様子だと、まだ覚悟が決まっていないみたいだな。まあいい——いずれわかるさ。お前がやらなくちゃ世界は滅亡まっしぐらだぜ。俺が言うことではないのかもしれないが」

「アマツ・カクメイ殿。そうやってコマリ様に強制するのは——」

「わかっているさ。結局本人がやる気にならなくちゃ話にならないんだ。——そうだ、もう一つだけ渡しておくものがあった。後で読んでおけ」

今度は封筒らしきものを寄越《よこ》してきた。

差出人も宛名《あてな》も書かれていない。とりあえず目を通してみるか——そう思って封を破ろうとしたとき、不意にアマツが大儀そうに立ち上がって言った。

「——さて、あまり長居するとミリセントにバレる。俺はこれで失礼しよう」

そのまま私たちのもとから立ち去ろうとする。私はさよならを言うべきか迷いながら着物姿の背中を見つめていた。彼は宿屋の扉に差し掛かったところで「そういえば、」と何かを思い出したように振り返り、

「カルラのやつを助けてくれてありがとう。親戚を代表して礼を述べておく」

あまり謝意の感じられない冷徹な表情だった。

アマツはそれ以上何も言わずに夜の街へと飛び出していった。

ヴィルが頬を膨らませて「なんですかあの男は」と文句を垂れ始めた。

「いきなり現れて偉そうに説教垂れてろくに説明もせずにどこかへ行くなんて。礼儀というものがなっていませんね。アイスの一つでも奢《おご》って然《しか》るべきでしょうに。というかそもそもコマリ様の血を吸うという行為を邪魔されたことが許せません」

「アイスよりも温かいものが食べたかったな……いやそんなことはどうでもいい。もらった手紙？　を読んでみようじゃないか」

「というわけで後で吸ってもいいですか。いえ今吸ってもいいですか」

「んー、やっぱり手紙っぽいな。一枚しか入ってないけど」

「コマリ様聞いてますか？　コマリ様――」

いったい誰からだろう？――何気ない気持ちで三つ折りにされていた紙を開いた瞬間、心臓を抉《えぐ》られたような気分になった。

動機が激しくなる。汗が噴き出してくる。そこには短い文章が書かれていた。

何の変哲もないメッセージだ――しかしその丸っこくも力強い筆跡には見覚えがあった。見間違えるはずもなかった。

『　コマリへ

ムルナイトのことはお願いします　世界はあなたの胸の中に

母　』

「――コマリ様？　どこへ行くんですか⁉」

私はいてもたってもいられず走り出していた。文字には幽《かす》かな魔力が込められていた。それは私の前からいなくなった人――母の魔力に他ならなかった。

扉をぶち破るような勢いで外に出る。吹き渡る冷たい風が身に染《し》みた。

アマツはいったいどこにいるのだろう。走って追いかければ間に合うだろうか。

なんとしてでも詳しく話を聞かなければ——そう思っていたときのことだった。

ふと街の奥のほうが赤く輝いていることに気がついた。

何かが破壊されるような音も響いてくる。そうして人々が怒鳴るような声。高濃度の魔力もここまで漂ってきた。誰かが魔法によって破壊行為を働いているのは明らかだった。

「おいテラコマリ！　聖騎士団のやつらが追ってきたわ！」

宿屋からミリセントとヴィルとサクナが飛び出してきた。

私は愕然《がくぜん》としてしまった。聖騎士団——つまりトリフォンが放った追っ手だろう。

もうこんなところまで辿り着いたのだ。

「ど、どうしたらいいんだ⁉　逃げなくちゃ……いやでもアマツが……」

「どうやらコマリ様を捜しながら人を殺しまくっているようですね」ヴィルが双眼鏡を片手に呟いた。「まさに暴徒です。やつらは神の名を騙《かた》って傍若無人《ぼうじゃくぶじん》に振る舞っています」

「そんな……」

そのときだった。今度は背後から怒声が響いてきた。

「テラコマリ・ガンデスブラッド！　動くな！」

甲冑《かっちゅう》をまとった兵士たちがぞろぞろと姿を現した。

やつらはギラギラとした殺意を滾《たぎ》らせながらゆっくりと近づいてくる。その数はぱっと見で五十人は超えているだろう。咄嗟に逃げようと思って反対側を振り返った瞬間——他の騎士団の連中がこちらに向かって走ってきているのが見えた。

挟み撃ちにされていた。私はもう駄目だと思ってサクナの背中に隠れた。

ミリセントが険しい表情をしながら私たちの前に出る。

「何のつもり？　大勢で駆けつけて物々しいわね」

「投降しろ。愚かなる吸血鬼たちよ」

先頭に立っていた翦劉《せんりゅう》の男が嘲笑《ちょうしょう》しながらそう言った。

「テラコマリ・ガンデスブラッドが連れてきたムルナイト帝国軍は我々で確保した。約五百名はすべて聖都に拘留して殺害しておいた。貴様らに助けは訪れない」

「なっ……お前っ！」

私は思わずサクナの背中から飛び出していた。

第七部隊が捕まって殺された――そんな話を聞いて黙っていられるわけがなかった。

「ふざけんな！　今すぐ第七部隊のみんなを返せっ！」

「返せるわけがなかろう。これはトリフォン・クロス団長の命令なのだ。だいたい他人の心配をしている余裕があるのか？　貴様らはすでに聖騎士団によって包囲されているんだぞ」

何も言い返すことができなかった。

街のいたるところで悲鳴や笑い声が聞こえてくる。不意に視界の端で人が殺されているのが見えた。聖騎士団の放った魔法が吸血鬼たちを貫いていた。溢《あふ》れ出る血。積み重なる死体。そして神の名を叫びながら大暴れする聖都の連中。この世のものとは思えない光景だった。

「な……なんでこんなことするんだよ。この街の人たちは関係ないだろ……」

「この城塞都市はムルナイト帝国管轄《かんかつ》下の街だ。神の裁きを受けて当然」

「そんな……」

「そもそもこの街など序曲にすぎないのだ。これからはムルナイト帝国の地方都市を攻め入ることになっている。帝都も落ちたことだしな」

「!?」

こいつは今なんと言った？　帝都が落ちた、だって――？

そんなふうに愕然としていたときのことだった。上空からいきなり声が響いてきた。

『こんばんは！　全国の皆さん！　六国新聞のメルカ・ティアーノですっ!!』

びっくりして顔を上げる。いつの間にか夜空にスクリーンが映し出されていた。

さらには見知った新聞記者が――蒼玉の少女、メルカ・ティアーノが血相を変えて声を張り上げている姿も映っていた。

『大至急皆様にお報《しら》せしたいことがあります！　ご覧くださいこの惨状！　どこもかしこも破壊の限りを尽くされております！　信じられないでしょうが、ここはムルナイト帝国の帝都なのです！　テロリスト集団逆さ月や神聖教の連中が暴れ回っているのです！』

そこには変わり果てた帝都の姿が映し出されていた。

開いた口が塞《ふさ》がらなかった。道端《みちばた》には何人もの死体が転がっている。石造りの建物が整然と並ぶ美しい風景は見る影もなく、いたるところで炎が燃え上がっていたり、建物の残骸が積み上げられていたりする。帝都中央部、アルトワ広場にそびえる時計塔は、中ほどでぽっきりとへし折られて倒壊していた。わけがわからなかった。ヴィルやミリセントでさえも目を丸くしてその映像を見つめていた。

『テロリストは帝国軍を打ち破ってムルナイト宮殿を占拠しております！　現在ペトローズ・カラマリア七紅天大将軍が孤軍奮闘しておりますが、敵は帝都のいたるところからワラワラと湧《わ》いてきており対処しきれていません！　このままでは帝国の滅亡は必至です！　帝都では敵を倒してくれる英雄を求める声が大きくなっています！　世界の皆さん、こんな暴挙を許しておけるでしょうか⁉　いえ許しておけるはずがありませんっ‼』

メルカの言葉にはいつもより熱がこもっているように感じられた。

マイクらしきモノを片手に必死で帝都の状況を伝えようとしている。

『正直私も遺憾の念を禁じ得ませんっ！　ムルナイト帝国に対するテロリストどもの非道な行いは私が責任をもって全世界にお届けさせていただきます！　まずは宮殿のほうへ――』

『てめえ六国新聞の記者だな⁉　勝手にお届けしてんじゃねえ‼』

『な……なんですかあなたは⁉　やめてください放してくださいっ！　マスコミへの暴力は国際法で禁止されているんですからね――っておい馬鹿ティオ！　一目散に逃げるんじゃない

わよっ！――ちょっ、やめ、た、助けてくださいガンデスブラッド閣下ぁあああああ‼』

スクリーンの映像は途中から路地裏を駆け抜けるものへと変わっていた。撮影役の猫耳少女が逃げ出したからだろう。しかし途中でカメラを放り捨てたらしい。以後ずっと薄汚い壁だけが映されていた。しばらくしてからブツリと映像が途切れる。魔力が切れたのかもしれない。

そうして視界は冬の星空でいっぱいになった。

「――やかましい記者どもだ。しかしこれで帝都の状況は把握できただろう」

聖騎士団の翦劉が勝ち誇ったように言う。

「天罰は絶対だ。ムルナイト帝国はこのまま滅びの運命を辿るのだ」

「ふざけんじゃないわよ。あれは神を利用した逆さ月の仕業《しわざ》。あんたたちは自分がテロリストに利用されていることにも気づかないの？　団長のトリフォンってやつも逆さ月の一員よ」

「知っている。しかしクロス団長は逆さ月である前に敬虔《けいけん》な神聖教徒だ。あの方のあらゆる行動は神の威光を広めることに繋《つな》がっている」

「言い包められてるわね。あの男に宗教的情熱なんてあるはずもないのに」

「もういいだろう。――さあ神の兵士たちよ！　不埒者《ふらち》どもをひっ捕らえろッ！」

聖騎士団の兵士たちが大声をあげながら襲いかかってくる。

「コマリ様！　私の後ろにいてください！」――ヴィルがクナイを片手に迫りくる兵士たちに応戦していた。ミリセントやサクナもそれぞれ武器を構えて戦闘を開始する。しかし多勢に無勢《ぶぜい》、この状況を切り抜けるのは素人目《しろうとめ》にも難しいように思われた。

悲鳴。歓声。怒号。爆音。街のいたるところから非道な行為の残響が聞こえる。

私は目の前で戦っている仲間たちを見ながら呆然《ぼうぜん》と立ち尽くすことしかできなかった。

先ほどの映像。ぼろぼろになった帝都は悪夢のような有様《ありさま》だった。メルカは最後に私に助けを求めていた。いや――メルカだけではないのだろう。彼女が言っていた「帝都の人々が望んでいる英雄」が誰なのか気づかないほど私は馬鹿じゃない。

でも勇気が出なかった。目の前でヴィルやサクナやミリセントが――そして帝都でみんなが傷ついているというのに、私は未《いま》だに引きこもり根性を発揮して尻込《しりご》みをしている。

いったい私はどうするべきなのだろうか。

いや、どうしたいのか――

「うぐッ……⁉」

そのとき、サクナの肩口に敵の剣が滑り込むのを目撃した。

彼女の悲鳴が響く。真っ赤《まか》な血がほとばしる。

思わず彼女のほうへ駆けだそうとしたとき、不意にヴィルが私の腕を摑んで叫んだ。

「――コマリ様！　このままでは埒《らち》が明きません！　奥の手を使いますよ」

「お、奥の手⁉　何だよそれ……」

「先ほどもらった【転移】の魔法石です。――メモワール殿！　あとそこの青いの！　私のもとへ来てくださいっ！」

瞬時に言葉の意図を把握したらしい二人が目の前の敵を処理して後退した。

ヴィルは石像のように硬直する私の服に手を突っ込むと、アマツからもらった【転移】の魔法石を取り出して躊躇《ためら》うことなく魔力を込めた。

心の準備なんてできていなかった。

このまま聖騎士団を放置したらこの街の人はもっとひどい目に遭うことはわかっていた。

やつらは第七部隊のバーサーカーよりも野蛮な連中だから、腹いせに街を略奪することは想像に難くない。聖騎士団のやつらは倒してしまったほうがいいのに。いや……足手まといの私が何を考えているんだ。それはつまり仲間たちに傷つくことを強制しているようなものだ。

私は結局、魔法石が光り出すまで声をあげることもできなかった。

「ヴィル！　待っ、」

「摑まってください！　さあ帝都へ凱旋《がいせん》しますよ――」

いきなり首根っこを摑まれる。サクナとミリセントがヴィルの身体にしがみついた。聖騎士団の連中は私たちが何をしようとしているのか瞬時に悟ったらしい。まるで猛獣のように絶叫しながら襲いかかってきた。

しかし【転移】が発動するほうが僅《わず》かに早かった。

辺《ま》りが真っ白《しろ》い光に包まれる。

そうして私は覚悟が定まらないまま帝都へと転送されるのだった。

※

白極連邦《はっきょくれんぽう》・統括府。

世界北方に位置するこの国は十二月になると身も心も凍るような気温になる。比較的温暖な統括府においても、ラペリコの獣人（サバンナタイプ）が訪れれば一瞬で凍死しそうなほどの寒さだった。

基本的に蒼玉種は寒さに滅法《めっぽう》強い。硬質な肉体は寒気をものともせず、それゆえに白極連邦の子供たちはバナナで釘《くぎ》が打てる気温であっても元気に外を走り回るのである。

しかし何事にも例外というものは存在する。

六凍梁《ろくとうりょう》大将軍、プロヘリヤ・ズタズタスキーは蒼玉にあるまじき空前絶後の寒がりだった。

季節を問わず防寒着。暖房機能のついた魔法石（俗に〝懐炉《カイロ》〟と呼ばれる）は手離すことができない。今日も今日とて「さむいさむいさむいさむい」と呪文《じゅもん》のように唱えながら暖炉の前に居座っている。冬なんて来なければいいのに。一年中夏だったらいいのに——そんなふうに愚痴りながら椅子《いす》の上で猫のように丸まっていたときのことだった。

六国新聞記者・メルカが命をかけて撮影した映像が統括府にも届けられたのである。

ばかみたいにキラキラしている星空に展開されたのは、燃え盛る帝都の光景。

そうしてプロヘリヤは寒さを忘れるほどの怒りを覚えた。

もともとプロヘリヤが嫌うのは理不尽な暴力、そして悪意。ゆえにムルナイト帝国を襲った悲劇を看過することができなかったのだ。テロリストは明らかに無関係な人間まで巻き込んでいる。

プロヘリヤはさっそく書記長に連絡をとった。

一応は上司と部下の関係なので勝手に出動することはできないのである。

『もしもし。こちら共産党書記長』

「おい書記長！　今すぐ我が軍を出陣させる許可をいただきたい！」

『落ち着きたまえプロヘリヤ。外は寒いぞ』

「寒さに震えている場合ではありませぬ。テロリストが暴れているのです。ムルナイト帝国が滅びるのは書記長も本意ではないでしょう」

書記長は苦笑している様子だった。その悠長な態度がプロヘリヤの怒りの火に油を注《そそ》ぐ。

『助けに行く義理があるかい？』

「義理の話ではありません。逆さ月は白極連邦の敵でもあります。やつらが帝都に姿を現すのならば、このチャンスを逃す手はないですぞ」

『しかしムルナイト帝国は友邦ではないぞ』

「友邦かどうかなんて関係ない！　だいたい、こっちから手を差し伸べなければ友達なんてできはしません！　そんなだから白極連邦はボッチ国家なのですっ！」

『もっと頭を冷やして考えてごらん。ムルナイト帝国と友好関係を築いたとして想定されうるメリットとデメリットは――』

「あああああああああああああまだるっこしいッ!!」

プロヘリヤは通信用鉱石を暖炉の中に叩《たた》きつけ――ようとしたところで『待て待て鉱石を放り投げるな』と見透かしたような声が響いてきた。

深呼吸をする。声を荒らげるのは淑女のポリシーに反する。

「――失礼。しかし私はいま書記長に憤慨《ふんがい》しております」

『きみのそういう正直なところは好感が持てるな。――わかった、党書記長の名においてプロヘリヤ・ズタズタスキー将軍が帝都に向かうことを許可しようではないか』

「では行ってきます」

『まあ待て』

いちいち五月蠅《うるさ》い男である。

プロヘリヤは出かける準備をしながら「なんですか」と問いかける。

『べつに帝都に行くのは構わないが【転移】は使えないぜ。宰相の権限で門を封鎖しているんだ』

「構いません。飛んでいきます」

『あと帝都を襲っているテロリストの中にトリフォン・クロスという男がいる。こいつはもともと俺の政敵だった男だ。物体を瞬間移動させる異能を使うから気をつけろ』

「承知いたしました」

『あとはだな』

「まだあるんですか！」

コートも着た。武器も財布も携帯食料（液状プリン）も持った。準備は万端である。あとは部下たちに連絡を入れるだけ。書記長は少しだけ考えてから『いや何でもない』と呟いた。

『風邪《かぜ》をひくなよ』

「ご心配痛み入ります。しかし強者は風邪をひきませんので」

『それは馬鹿の間違いじゃ――』

通話を切った。プロヘリヤは大急ぎで部屋を飛び出していく。

外は寒いが関係なかった。逆さ月の連中は近頃《ちかごろ》白極連邦でも活動していると聞く。帝都の惨状を放置すれば、次に狙《ねら》われるのは統括府である可能性が高かった。

それに――ムルナイト帝国が滅びてしまったらテラコマリ・ガンデスブラッドとエンタメ戦争をすることができなくなってしまうではないか。『負けた側は勝った側の要求を呑《の》むことにしよう』という条件をふっかけてシロクマのぬいぐるみを取り返すこともできなくなってしまうではないか。

※

ムルナイト帝国帝都、ムルナイト宮殿。

謁見《えっけん》の間にてトリフォン・クロスは静かに滅びの時を待っていた。

玉座に皇帝の姿はない。〝神殺しの邪悪〟が弄した策略によって追放されてしまっている。詳しくは聞かされていないが、何らかの小道具を使って不意打ちをしたのだとか。

帝都はほとんど逆さ月の手に落ちたも同然だった。

今回、おひい様の許可を得て逆さ月の全勢力を帝都に集結させた。

その数およそ五千人。いくらムルナイト帝国の将軍が精鋭揃《ぞろ》いとはいえ、これだけの暴徒を捌《さば》き切るのは物理的に不可能のはずだった。実際、すでに帝都の防衛にあたっていた七紅天はほぼ死んでおり、帝国軍もその機能を停止させていた。

「――あと少しでありますな！　魔核さえ見つけられればこっちのものです」

フーヤオ・メテオライトが狐の尻尾《しっぽ》を揺らしながら笑みを浮かべていた。

帝都の襲撃はほとんどフーヤオの指示によって行われたのである。やはりこの少女を朔月《さくげつ》に抜擢《ばってき》した〝神殺しの邪悪〟の慧眼《けいがん》は尋常《じんじょう》ではないな、とトリフォンは思う。

「しかし魔核はどこにあるのでしょうかね。以前のオディロン・メタルからの報告によれば帝国宰相でも知らなかったそうですが」

「そこはおひい様がなんとかすると仰っていました。信じて待つとしましょう」

「なるほどなるほど。しかし〝神殺しの邪悪〟とはいったい何者なんでしょうかねぇ。見た目は普通の吸血鬼のようですが……」

「おそらく貴女と同類ですよ。気づいていないかもしれませんが」

「??」

フーヤオはよくわかっていない様子だった。わかる必要もないだろう。

トリフォンは懐の針を弄びながら考える。

べつに今は〝神殺しの邪悪〟の正体などそれほど重要ではない。

重要なのはムルナイト帝国を乗っ取った後。魔核を手にし、おひい様を皇帝に据えた後、どうやって革命を世界に波及させていくかということだった。

ずょん。

何かが切り替わる気配がした。

「――退屈だな。もうやることもないのだろう?」

「あとはおひい様が皇帝に即位すれば終わりです。テラコマリ・ガンデスブラッドは来ないかもしれませんね。帝都の【転移】用の門はすべて閉じてありますので」

「ふん……それはつまらんな」

フーヤオが踵《きびす》を返した。トリフォンは何気なく問う。

「どこへ行くおつもりですか」

「散歩だ」

フーヤオはそれだけ言って去っていった。

あの狐の仕事はもう終わっている。大目に見ておくとしよう。

そのときだった。フーヤオと入れ違いになる形で蒼玉の男が飛び込んできた。

「――クロス様！　急報です！」

トリフォンの直属の部下である。

彼はその場に片膝《ひざ》をつくと恭《うやうや》しくまくし立てた。

「先ほど見張りの者がテラコマリ・ガンデスブラッド一行の【転移】を確認しました」

思わず唸《うな》ってしまった。帝都は封鎖しているはずなのに。

というよりも、あの吸血鬼は未だに心が折れていなかったのか。

「どのようにして帝都に入ってきたのかは不明ですが、おそらく核領域の聖騎士団は彼女たちを取り逃したと思われます。いかがいたしましょうか」

「決まっています」

トリフォンは笑みも浮かべず淡々と言った。

「ペトローズ・カラマリアと相対している部隊をのぞいて全軍を向かわせてください。——ああ、こうなってしまえば関係ありませんね。【転移】の門は開いておくとしましょう。聖騎士団のほうにも連絡しておくように」

※

魔法石に導かれた私たちはそのまま帝都に移動させられた。

おそらくどこかの路地裏。しかし【転移】が終わった瞬間に私は異様な空気を感じてしまった。そこかしこから血のにおいがするのである。

「心の声が聞こえます。苦しんでいる人々の心の声が——」

サクナが回復魔法で自らの傷を治療しながら言った。慌てて「大丈夫⁉」と問いかけると、彼女は笑って「大丈夫です」と答えるのだった。さすがは回復魔法の名手といったところか、傷口はいくらもしないうちに完全に塞がってしまった。

「私のことよりも……はやく帝都をなんとかしないと……」

「あ、ああ……」

路地裏から顔を出して街の様子を観察してみる。

メルカが届けたものと何も変わりはなかった。瓦礫《がれき》の山。転がる死体。燃え盛る建築物

――悪い夢なのではないかと思える光景だった。いったい逆さ月のやつらは何を思ってこんなことをしたのだろう。これほど人を傷つけてまで手に入れたいモノとはいったい何なのだろう。

「テラコマリ！　引っ込め」

「え？――ぐえっ」

突然ミリセントに服を引っ張られた。

そのときだった。目の前の往来を祭服の吸血鬼たちが歩いてきた。明らかに一般市民ではない――テロリスト側の人間だった。彼らは血に濡《ぬ》れた抜き身の剣を携えて笑いながら通り過ぎていく。物騒《ぶっそう》という言葉の権化《ごんげ》のような連中だった。ヴィルが声を潜《ひそ》めて呟く。

「これはまずいですね。あんなやつらが堂々と闊歩《かっぽ》していることから察するに、帝国軍はすでに機能を停止しているのでしょう」

「連中は生き残りがいないか哨戒《しょうかい》してるのよ。で、見つけたら殺すと」

「な――」私は驚愕《きょうがく》に目を見開いた。「なんだよそれ……七紅天のみんなが負けたっていうのは本当なのか……？　フレーテもヘルデウスも……ペトローズも……」

「帝国軍が動いていればテロリストを野放しにしておく理由がないはずです。現にここまで街が破壊されているのですから。それにムルナイト宮殿はすでに占拠されているようですし」

ヴィルが指差す方向にはムルナイト宮殿が――なかった。

正確に言えば私が知っているムルナイト宮殿ではなかった。東半分が抉り取られたかのように消失してしまっている。さらに尖塔《せんとう》のてっぺんには見知らぬ旗がはためいていた。斜め十字に光の矢が突き刺さったような模様。神聖教のエンブレム。

その絶望的な光景は、ムルナイト帝国が敗北を喫《きっ》したことを如実に物語っていた。

私はいてもたってもいられず路地裏を飛び出した。ヴィルが慌てた様子で「危ないですよコマリ様！」と呼び止めてくる。

この惨状は帝都の一部にすぎないのだ——他の区画に向かえばきっと平穏な日常が広がっているに違いない——そんな現実逃避じみた希望を抱きながらひた走る。

しかし行けども行けども帝都は荒れ果てている。遠くで断続的に爆発《ばくはつ》が巻き起こっていた。これだけ破壊を振りまいてなお戦闘は続いているらしかった。

ふと濃密な血のにおいを感じた。

足を止める。小さな教会が目に映る。何の変哲もない神聖教の教会だった——しかし何故か壁は穴だらけ。まるで何発も魔法を打ち込まれたかのようにボロボロだった。

その教会の前に大勢の人が倒れているのを見つけた。

嫌な予感を覚えた。

あいつは私がヴィルを失って腑《ふ》抜けていたときも欠かさず教会に通っていたらしい。そもそも帝都にいる時点で安全なところなどなかったのだろうが——、

「――っ⁉」

折り重なる人々の中に、金髪の少女を見つけた。

私は絶望的な気分になって駆け寄った。

私の妹――ロロッコ・ガンデスブラッドは、頭から血を流しながら地面に倒れ伏していた。

息はまだあった。しかしこのまま息絶えるのは時間の問題かと思われた。

「おいロロ！　しっかりしろ！　何があったんだ⁉」

「――、――コマ姉？」

彼女は掠《かす》れた声を漏《も》らした。

意識を取り戻した――わけではないのかもしれない。まるで夢でも見ているかのような虚《うつ》ろな瞳で私を見上げてくる。私は泣きそうになりながら彼女の顔を覗《のぞ》き込んだ。

「大丈夫か？　い、いや、大丈夫じゃないよな。いったいどうすれば……」

「痛い。いたいよぉ」

ロロが譫言《うわごと》のように言う。

よく見れば彼女の肩口には刃物で切り裂かれたような傷痕が残されていた。こんな傷を負ったら痛いに決まっていた。ロロはずっとこの場所で地獄のような苦しみに苛まれ続けていたのだ。彼女の気持ちを思うと涙が溢れて止まらなかった。

「コマリ様！　いったいどうなされたのですか――」

走り寄ってきたヴィルが惨状を目の当《ま》たりにして息を呑んだ。サクナとミリセントも顔をしかめて足を止めた。そうして私は咄嗟に叫んでいた。

「サクナ！　回復魔法を……」

「は、はいっ！　魔核よ、魔核――」

サクナのきらきらとした魔力がロロの身体を包み込んでいく。それで少しだけ痛みが和らいだのかもしれない。彼女がゆっくりと口を開いた。

「……教会にいたのに、祭服の人たちが、襲ってきたのよ」

ミリセントが歯軋《はぎし》りをする。

サクナが涙をこぼしながら魔力を注ぎ続けていた。

「ここなら安全って言われたのに……あいつらは避難している人たちを殺していったの……それに……ここの神父さんも。お気に入りのお洋服が血だらけだわ……」

あまりの仕打ちに私は愕然とした。やつらは表向きは神聖教を標榜《ひょうぼう》しているはずなのだ。それにも拘《かか》わらず教会に逃げ込んだ一般人までをも襲ったらしい。

辺りには死体が転がっている。神に祈ったところで彼らは救われることがなかった。

こんな不条理な話があっていいはずがなかった。

「……コマ姉、」

ロロが苦しそうに喘《あえ》ぎながら言葉を続けた。

私は袖《そで》で涙を拭《ぬぐ》いながら彼女の青白い顔を見つめた。

「なんだよ。黙ってろよ。痛いんだろ……」

「コマ姉。お仕事してよ」

虚を衝《つ》かれたような気分。

「お仕事……？　なんのことだ……？」

「七紅天なんでしょ。助けてよ……みんなのことを……」

「っ……!!」

気がどうにかなりそうだった。

七紅天大将軍には国を護《まも》る義務がある。帝都がこれだけの危機に晒《さら》されながら静観を貫くなどあっていいはずがなかった。私は本来なら引きこもるべきではないのだ。

だが――皇帝はいない。他の七紅天もいない。帝都は壊滅状態。国家の滅亡がかかっているこの状況で奮い立つことができるほど私は勇ましい人間ではなかった。

トリフォンは「大人しく部屋に引きこもっていれば苦痛から解放される」と言った。ヴィルは「嫌なら無理に戦わなくてもいい」と言った。でもアマツは「お前がやらなくちゃ世界は滅亡まっしぐらだ」と言った。ミリセントも似たようなことを言っていた。この生意気な妹ですら「みんなを助けて」と訴えてきた。

私に何らかの力が眠っていることは知っていた。

でも、聖都でそれらしきモノを発動したとき、気づいたら結局トリフォンに捕らえられていたではないか。私みたいなダメダメ吸血鬼に何ができるのか――

ふと呻《うめ》き声のようなものが聞こえた。

どうやら他にも生存者がいたらしかった。彼らは私の姿を見つけると「ガンデスブラッド閣下……！」と救世主でも見たかのように表情を輝かせた。

「閣下……！　ムルナイトをお救いください」

「ガンデスブラッド様が来てくださった。これで安心だ……」

「お願いします。閣下、ムルナイト帝国を……」

祈りの声はさざなみのように広がっていった。

いったいどこに身を潜《ひそ》めていたのだろうか――いつの間にか大勢の吸血鬼たちが集まってきた。彼らは一様に「お救いくださいお救いください」と唱え始める。

私は身体が震えるのを自覚した。

やめてくれ。そんなことを言われても虚勢を張ることすらできない。敵が集まってきたらどうするんだ。だいたい私には逆さ月を倒せるだけの力はない。責任を取ることができない。その期待は的外れだ。応えることはできない――

そのときだった。

「――コマリ様。帰りましょう」

ヴィルが私の肩に手を置いて優しく言った。

信じられないような気持ちで彼女の顔を見つめる。

「無理をすることはありません。今回の敵は【孤紅《ここう》の恤《とむらい》】を使っても勝てるかどうかわからないバケモノです。コマリ様が帝国のために身体や心を酷使する必要はないのです」

「おいヴィルヘイズ！　こいつが動かなきゃ逆さ月は倒せないんだぞ！」

「黙ってくださいミリセント・ブルーナイト。烈核解放《れっかくかいほう》とは心の力。コマリ様にやる気がないのなら【孤紅の恤】を正しく発動することはできないでしょう」

「ッ――――テラコマリ！　あんた状況がわかってるの？　このままじゃ帝国は――――」

「ミリセントさんっ！　そんなに強く言ってもしょうがないですよっ！」

「強く言わなきゃこいつは引きこもりに逆戻りだろ！」

「いやコマリさんを引きこもりにした張本人はあなたですよね……」

サクナとミリセントが押し合いへし合いの言い争いをしていた。

ヴィルは彼らに構うことなく私の耳元で囁《ささや》いた。

「コマリ様が傷つくのは見ていられません。一緒にここを去りましょう」

「これからどうするんだよ。ムルナイトはこんな状態なのに」

「行く当てならいくらでもありますよ。世界は広いのです」

「でも……」

ヴィルは少しだけ微笑《ほほえ》んだ。

彼女の彼女らしくもない気遣いが心に染みた。いつだってこいつは変態メイドだった。私を部屋から引っ張り出して強制的に労働させてきた。

でも――結局こいつは私の気持ちを心底から尊重してくれていたのだろう。

だからこそこんなことが言えるのだ。


「――コマリ様、お仕事お疲れ様でした」


世界がひっくり返るような衝撃だった。

それは彼女の優しさから出た言葉に違いなかった。しかし何故だか猛毒を飲み干したかのような居心地の悪さを感じてしまった。

私が根っからの引きこもりでダメダメ吸血鬼であることは疑いようがない。

でも、こいつが引っ張ってきてくれたから今の私がある。

ミリセントを倒し、サクナと友達になり、ネリアと血を分け合い、カルラと夢を語り合って――やっとそれなりにマシな〝半分引きこもり〟に昇格することができた。

ヴィルはこれ以上ないくらいに優しい子だ。

こいつの優しさに報いる方法は、素直に引きこもることでは断じてなかった。

ここで仕事を放棄してしまったら、私はヴィルに出会う前のダメダメ吸血鬼に戻ってしまうだろう。いや今でも十分にダメダメだけど、手の施しようのない引きこもりになってしまう。それは今までのこいつとの日々を否定することと同義。

私はふと辺りを見渡した。

吸血鬼たちは私のことを神様でも見るかのような目で見つめている。

まったく、私はそんなに大層な人物じゃないのに。何を勘違いしているんだろう、この人たちは。

「……痛みなんて、怖くないよ」

私は涙を拭ってヴィルの表情を見つめた。

彼女は驚いたように目を丸くしていた。

「私はヴィルがいなくなってから気づいたんだ。たぶん、私は、将軍としての仕事がそれなりに楽しかったんだ。もちろん危険な目に遭うのは嫌だけど、休みは欲しいけど、お前のおかげで色々な人たちに出会うことができた。私はお前のおかげで成長できたんだ」

「コマリ様……」

「私はお前の優しさに報いたい。だからこそ……こんなところで引きこもるわけにはいかないんだ。それに、ムルナイトのみんなを傷つけたアホどもを許しておくわけにはいかない。このまま放っておいたらオムライスを安心して食べることもできなくなるから……」

ヴィルはまっすぐ私の瞳を見つめ返してきた。

それだけで私が何を考えているのか理解してしまったらしい。やはりこのメイドは伊達《だて》に変態メイドをやっていない。私のことなら何でもわかってしまうのだろう――しばらく彼女はじーっと立ち尽くして何かを反芻《はんすう》していたが、やがて「承知いたしました」と呟いて深々と一礼をするのだった。

「コマリ様がそう仰るのなら。どこまでもお供いたします」

「……ありがとう」

覚悟は決まった。……いや、正直に言えば怖い。膝が震えて仕方がない。これから味わうことになるであろう苦痛を思うと足が地面に縫い付けられたかのように重たくなる。

でも七紅天テラコマリ・ガンデスブラッドが取るべき選択肢はこれしかなかった。

ムルナイト帝国のため、ではない。

私に優しくしてくれる人たちのために――何よりヴィルのために、明日のオムライスのために、私は死を覚悟してでも頑張るしかないのだった。

そう思ってムルナイト宮殿に視線を向けたときのことだった。

路地の奥から大量の軍隊が駆けつけてくるのを見つけてしまった。

「た、たいへんです！　逆さ月の軍勢が来てます！」

サクナが声をあげるよりもはやくミリセントが【魔弾】を撃ち込んでいた。しかし如何《いかん》せん数が多すぎた。連中は仲間が何人倒れようとも構う素振りを見せず、大気を震わすような雄叫《おたけ》びをあげて私たちのほうに突っ込んでくるのだった。

「ちっ……いったん退くわよ！　さすがにあの数相手に四人じゃ太刀打《たちう》ちできない！」

「待ってください。あちらには聖騎士団の連中の姿もあります」

「はあ⁉　なんであいつらが――」

振り返ると反対側の路地から甲冑を着た連中が続々と【転移】してきていた。

知らない間に門が復旧していたらしい。それも当然のことなのかもしれなかった。ムルナイト宮殿が占拠されたいま、帝国の交通機能は敵が自由に操作できるのだった。

「死ねテラコマリ・ガンデスブラッドォ――――‼」

前方に聖騎士団。後方に逆さ月の軍勢。

絶体絶命としか言いようがなかった。容赦《ようしゃ》なく放たれた魔法がすぐ隣に着弾して爆風がまき散らされる。私は悲鳴をあげながら吹っ飛んでいった。ゴロゴロと石畳を転がって倒れ伏してしまう。背後でヴィルが「コマリ様っ！」と悲痛な声をあげている。

痛い。涙が出てくる。膝を擦りむいたかもしれない。

でもこんなことで屈するわけにはいかなかった。今までは巻き込まれるだけだったけれど、今回ばかりは違う。私はみんなのために戦うと自分で決めたのだから――

不意におぞましい殺気が肌を刺した。

私はハッとして顔を上げる。

「地獄へ落ちろ」

いつの間にか聖騎士団が目の前で剣を振り上げていた。

体勢を崩した私はなすすべもなく目の前の光景を見つめていた。

走馬灯はなかったと思う。ただただテロリストに対する怒りだけが身体の中で渦を巻いていた。「逃げろテラコマリ‼」——ミリセントが叫ぶ。サクナやヴィルの悲鳴も聞こえる。

怖い。逃げたい。でも足が動かない。でも臆するわけにもいかない。

こんなやつらに気持ちで負けるわけにはいかなかった。たとえここで命を落とすことになっても、何度でも立ち上がってテロリストどもをムルナイトから追い出してやる。

そういう不退転の決意を抱きながら降《ふ》ってくる剣を眺めていたとき——

にわかに桃色の旋風《せんぷう》が巻き起こった。

「え？——」

その疑問の声は誰が発したのかもわからなかった。

気づけば目の前の兵士の肩口が切り裂かれて真っ赤な血が噴き出していた。がくんと身体から力が抜け——そのまま地面にどしゃりと崩れ落ちる。

「【尽劉《みなごろし》の剣花《けんか》】」

そうして私は信じられないものを見た。

私の目の前に少女が立っていた。そいつは桃色のツーサイドアップを髪になびかせながら私に背を向けていた。両手に握るのは師匠から託された双剣。美しい桃色の魔力を身に纏《まと》わせながら月下にたたずむ姿はまさに〝月桃姫《げっとうき》〟の異名に相応《ふさわ》しかった。

彼女が振り返った。

輝くような笑みが私の心を明るく照らしていった。

「――コマリ。無事でよかったわ」

アルカの大統領にして私の盟友、ネリア・カニンガム。

私は呆然として彼女の紅色の瞳を見つめていた。

なんでこいつがここにいるのだろう。だってここはムルナイト帝国だぞ。アルカでも核領域でもないんだぞ――戸惑いで脳がフリーズしていたとき、今度は頭上から熱気を感じた。

驚いて振り仰《あお》ぐ。いつの間にか帝都の空に【転移】用の門が開かれていた。

そこから現れたのは無数の翦劉たちである。彼らは雄叫びをあげながらムルナイト帝国帝都に降り立つと、そのまま武器を構えて聖騎士団のほうへと突っ込んでいった。

私は自分が九死に一生を得たことも忘れて目の前で繰り広げられる戦闘を見つめていた。

「な、なんでこんなこと……」

「――ふん。腑抜けている場合ではないぞテラコマリ・ガンデスブラッドよ」

いつの間にかすぐそばにトカゲ顔の翦劉が立っていた。

パスカル・レインズワース。かつてネリアにひどいことをした男だった。

「さっさと立ち上がれ。この程度の雑魚《ざこ》に手を焼いているようでは貴様に殺された甲斐《かい》もないのだ。俺は黄金の平原で敗北を喫したあの日から修練を重ね――」

「お兄様！　ボケッとしてないで戦ってください！　敵はすぐそこですよ！」

「言われなくてもわかっているわッ！」

レインズワースは妹――ガートルードに呼ばれて敵兵の群れへと駆けていった。

夢でも見ているかのようだった。かつて私たちと矛を交えたはずの蘙劉たちが戦っている――しかもムルナイト帝国のために。いつの間にか隣にいたヴィルが「助かりましたね……」と魂が抜けたように呟いていた。

「――コマリ、そろそろ目を覚ましたら？　戦いはまだ終わっていないわ」

不意に桃色の少女が笑いかけてきた。その言葉で私は現実に引き戻される。

「ネリア！　なんでここにいるんだよ……」

「もちろん助《すけ》っ人《と》に来たのよ」何でもないことのように彼女は言った。「あなたが危機に瀕《ひん》していることはわかっていた。テロリストと神聖教が手を結んでムルナイトを滅ぼそうとしている――こんな馬鹿げたことを黙って見ていられるわけがないでしょ」

「でも！　でも……」

「何よ、泣きそうな顔をして。友達を助けるのは当然のことよ」

「でも！　ここはアルカの魔核が効かないんだぞ……⁉」

ネリアは「ああそんなこと」と笑みを深めた。

「魔核の有無なんて関係ない。それに彼らも気にしてないみたいよ？　みんなコマリのために戦いたいって言ってたわ。だってあなたは……アルカを救ってくれた恩人だもの」

翦劉たちは大声をあげながら剣を振るっていた。

「ムルナイトを救え！」「ガンデスブラッド将軍に加勢を！」「不埒なテロリストは斬《き》り刻んでやろうッ！」「アルカの力を思い知れッ！」――とうに涙は枯れたと思っていたのに再びぽろぽろと溢れてきた。こんなにも嬉しいことがあるだろうか。

「ね、ネリア……」

「ん？　どうしたの――って、」

ぼすん。

私は思わず彼女の胸に飛び込んでいた。

我慢ができなかった。そうして年甲斐《としがい》もなく泣き叫んでしまった。

「あ、ありがとう、ありがとうネリアあああああああああああああああ‼」

「⁉⁉――ちょ、あの、――えっと、もしかして私のメイドになる決心がついたの⁉」

「コマリ様！　感激しているのはわかりますがカニンガム殿から離れてくださいっ！　メイドになるんだったら私のメイドになったほうが百倍お得ですっ！」

「ああああああああああああああああああああああああああああああああ!!」

ヴィルに引っ張られながらも私は絶叫していた。なんだか一生分の幸運を使い果たしたような気分である。しかしネリアは「馬鹿ね」と笑って言うのだった。

「コマリのためなら火の中でも水の中でも駆けつけるわ。——それに、あなたを助けに来たのは私だけじゃないわよ。あっちを見なさい」

「え……?」

ネリアに促されて振り返った瞬間——ずどどどどどどどど!!　と地震のようなものが発生した。私はヴィルに支えられながら辛《かろ》うじて踏み止《とど》まる。

そうして突然地面がばっくりと割れた。割れた地面に吸い込まれていったのは逆さ月の軍勢である。彼らは大慌てで後退し——逃げ遅れた者は断末魔の悲鳴を轟《とどろ》かせながら姿を消していった。わけがわからない。しかし不意に隣から声が聞こえた。

「これが鬼道衆《きどうしゅう》名物【土遁《どとん》の術】」

いつの間にか忍者装束《しょうぞく》の少女が立っていた。

天照楽土第一部隊の忍者集団〝鬼道衆〟の長《ちょう》——峰永《みねなが》こはる。

次の瞬間である。周囲のあらゆる物陰からこはると同じような恰好《かっこう》をした忍者たちが飛び出してきた。彼らは音もなく逆さ月に近寄ると目にもとまらぬ速度で脇差《わきざし》を振るっていく。

私は信じられないような気持ちで立ち尽くしていた。

天照楽土の軍もやって来てくれたのだ――そんなふうに感激していると、こはるが「待ってて」と申し訳なさそうに呟いた。

「大神《おおみかみ》様はこんなときでも意気地《いくじ》なしだから」

「え……？」

こはるが近くの瓦礫の山に近寄っていった。

しゃがんでゴソゴソと何かをしている。するとすぐに馴染《なじ》みのある声が聞こえてきた。

「ちょっ……引っ張らないでくださいこはる！　流れ弾が当たったらどうするんですか！」

「テラコマリがいる。瓦礫の下に隠れていたら恰好がつかない」

「そうですけど！　そうなんですけど！　でもこの激戦はさすがに死んでしまいます！」

「じゃあ瓦礫を崩して圧死させる」

「わかりました出ます」

そうして見覚えのある少女が這《は》い出《だ》してきた。

天照楽土の伝統的な衣装〝着物〟を身にまとった少女――アマツ・カルラ。当代の大神にして私と夢を語り合った友人。彼女は衣服の汚れを手で払いながら私のほうへと近づいてきた。

戦場に似つかわしくない穏やかな笑みが向けられる。

しゃん、と鈴の音が響いた。

「――お久ぶりですコマリさん。こんな修羅場《しゅらば》ですので、和菓子でもいかがですか」

「あ……」

差し出された羊羹《ようかん》を見て、涙を堪《こら》えることができなかった。

いったい何回泣けば気がすむんだ。来年の二月にはもう十六になるというのに。私は羊羹を受け取りながらゴシゴシと目元を拭った。

「お兄様のお手紙で事情を知りました。まさかテロリストがこんな計画を企てていたとは思いもしませんでした。もっとはやくからお助けできればよかったのですが……」

「ううん。ありがとうカルラ。カルラが来てくれて嬉しい」

カルラは少しだけ頬を染めて「いいえ」と笑った。

「お礼を言われるほどのことではありません。コマリさんは私の夢を応援してくれた、大切な人ですから」

どんな返事をしたらいいのかもわからない。

カルラは私の気持ちを見透かしたように手を握ってきた。

「あなたの夢も叶《かな》えなくてはなりません。コマリさんは小説家になるんですよね。だったらこんなところで負けるわけにはいかないはずです。微力ながら私たちもお手伝いしましょう」

「か、カルラ……!!」

「大丈夫です。天照楽土の軍にかかればテロリストなど敵ではありませんから。――さあこはる！　カリンさん！　やっておしまいなさい！」

「おいカルラ！　お前も命令するだけじゃなくて戦えッ！」

叫びながら刀を振るっていたのは五剣帝《ごけんてい》レイゲツ・カリンである。忍者集団の他にも彼女が率いるサムライ集団も戦っていた。天舞祭の討論会《とうろん》などでは丁々発止《ちょうちょうはっし》とやり合った仲だけど、あの少女も遠い国からわざわざ加勢しに来てくれたのだ。

「……仕方がないですね。私にできるのはサポートだけですが」

不意にカルラの瞳が赤く輝いた。

天舞祭のときにも見た烈核解放だろう。

「【逆巻《さかまき》の玉響《たまゆら》】。私がいる限り何度でもやり直すことができます。――まあ、人生はやり直しがきくくらいがちょうどいいですからね」

そう言って彼女は再び瓦礫の下へと頭を突っ込んだ。そんなところにいたほうが危ないと思う。あとお尻《しり》が出ている。

まあそれはさておき――

激しい戦闘は未だに続いている。しかし私は胸がいっぱいになってしまった。

駆けつけてくれた翦劉や和魂たちの姿を見ていると目頭が熱くなって仕方がない。

ネリアやカルラが助けに来てくれたこと自体もそうだが――この光景こそが七紅天テラコマリ・ガンデスブラッドの生きてきた証《あかし》でもあった。

私が今まで歩んできた道は間違っていなかったのだ。

引きこもりを続けていたら、こんな気持ちを味わうことはできなかっただろう。

「――コマリ！　あなたは宮殿へ向かいなさい！」

ネリアが叫んだ。彼女は曲芸のように双剣を回転させながら敵を斬り裂いていた。

「こういう軍団はトップがいなくなれば総崩れになる。あなたのやるべきことは敵の指揮官を倒すこと！　それだけよ！」

「わ、わかった！」

この場はみんなに任せよう。私は私のやるべきことをやるだけだ。

でもこの混戦を抜けられるとは思えなかった。闇雲《やみくも》に突撃したところで敵に狙われるのは目に見えているし――と思っていたら、にわかに翦劉たちの軍から戸惑いの声があがった。

「なんだあれは⁉」「こっちに来るぞ！」「おい道を開けろ！」――絶叫しながら慌てて道の両端に散っていく。

そうして私は見た。路地の奥のほうから爆走してくる獣の姿があったのだ。

やつは聖騎士団の連中を轢《ひ》き殺しながら猛スピードで走り寄ってくる。

驚きのあまり声もあげられなかった。

獣は私の姿を目にした途端、舗装《ほそう》された大地をメリメリと抉り取りながら急停止した。

突風が巻き起こる。背後に倒れそうになったところをギリギリでヴィルに支えられる。目前に現れたそいつを見て私は愕然としてしまった。

「――ブーケファロス⁉　なんでお前がここに……⁉」

純白の体軀《たいく》。優しげな青の瞳。かつて七紅天闘争で一緒に戦った仲間。

彼はノソノソと私のもとに近寄ると、鼻先をこちらに押し付けながら「ぐるー」と啼《な》いた。

ヴィルが感心したようにブーケファロスを見上げて呟いた。

「名馬は主のピンチを察知して駆けつけるものといいます。最近の巻では空気と化していたこの紅竜《こうりゅう》も自分の役割を思い出したようですね」

「空気とか言うなよ⁉　実は毎週お世話してたんだぞ！」

「そうですね。飼育係の者が厩舎《きゅうしゃ》を開放しておいたのでしょう。――さあコマリ様、行きますよ。敵はムルナイト宮殿にあり、です」

ヴィルがブーケファロスに跨《また》がりながら言った。なんだか釈然としないモノもあるが文句を言っている場合ではないだろう。

私は彼女に引っ張り上げてもらいながら周囲を見渡した。

和魂や翦劉たちも傷ついている。一刻も早く戦いを終わらせなければならなかった。

「コマリさん！　私たちも後で追いかけますから――が、頑張ってくださいっ！」

サクナがステッキを握りしめて見つめてきた。ブーケファロスには二人くらいしか乗れないのだ。私は怖気《おじけ》を押し殺しながら笑みを浮かべた。

「うん。敵は私がなんとかするから」

「その前にやることがあるでしょ。腑抜けた帝都の連中をなんとかしなさいよ」

ミリセントが魔法石を放り投げてきた。慌ててキャッチする。

「それは声を伝える魔法よ。士気を上げるのは将軍の務めでもある」

「は……？　士気？」

「たとえ一騎当千《いっきとうせん》の力があっても、神算鬼謀《しんさんきぼう》の知恵があっても、それだけでは人の心を動かすことはできないのよ。だから私はお前のような人間を——いや。なんでもない」

ミリセントはそう言って戦場のほうへと去っていった。

ちらりと見えた彼女の表情にはわずかな羨望《せんぼう》が含まれていたような気がした。しかし勘違いだったに違いない。私のような人間に羨《うらや》むところなんてあるはずもないのだから。

「コマリ様。その魔法石はアレに使いましょう」

「アレ？」

「いつものアレですよ。お得意の虚勢です。ただし今回の相手は第七部隊ではなく、帝都にいる数多《あまた》の吸血鬼たちですが」

なるほど。ようするに将軍として皆を元気づければいいのか。

私は魔法石を握りしめて魔力をかすかに込めた。

言葉なんて改めて準備する必要もない。私は常に将軍らしく振る舞うための虚勢を考えながら生きているのだから。だが——今回は少しだけ事情が違った。

嘘《うそ》ではない。ハッタリでもない。

これから私が吐き出す言葉は、絶対に真実にしなければならないのだ。

ブーケファロスが走り出す。慌ててヴィルのお腹にしがみつくと、彼女は普段の落ち着いた声で「大丈夫ですよコマリ様」と囁いた。

「私がついていますから。思う存分に戦いましょう」

「ああ」

メイドもこう言っていることだ。ならば何も心配はいらない。

私は深呼吸をして心を落ち着けると、いつものように将軍様モードを発揮して高らかに宣言するのだった。

「――聞こえるか！　ムルナイト帝国の吸血鬼たちよ！」

☆

帝都の夜空に円《まど》かの月が掛かっている。

ムルナイト帝国がしばしば〝夜の国〟と呼ばれる所以《ゆえん》は吸血鬼が夜行性だからである。近年は他国に合わせて昼に活動する者が増えてきているが、昔は夜になると吸血鬼たちが外に飛び出して賑《にぎ》やかに騒ぎ始めるものだった。

しかし現在の帝都はその面影も感じられなかった。

破壊された街並み。折り重なる死体。燃え上がる炎――人々は絶望に染まった表情で滅びゆくムルナイト帝国を見つめていた。

皇帝はいない。七紅天も壊滅状態。残された道は神に祈るくらいだろうか。

テロリストは容赦がなかった。たとえ相手に抵抗する素振りがなかったとしても躊躇いなく攻撃してくるのだ。そんな連中に国を乗っ取られたら地獄のような日々が幕を開けるに決まっていた。

だからといって抵抗するだけの気概を見せる者はいなかった。

いたとしても、そういう人たちは敵に捕らえられて殺されてしまった。

残された吸血鬼たちは黙って滅びのときを待つことしかできない。

何故なら力がないから。心が死んでいるから――

そのときだった。月を打ち壊すような大声が辺りに響き渡った。

『――聞こえるか！　ムルナイト帝国の吸血鬼たちよ！』

人々はハッとして顔を上げた。

音声中継の魔法によって帝都全域に届けられる高い声。

吸血種なら聞き間違えるはずがなかった。この声の主は――

『私は七紅天のテラコマリ・ガンデスブラッドだ‼　遅れてすまなかった‼　みんな怪我《けが》は

ないか⁉　あるに決まってるよな――でも私が来たからにはもう安心だ‼』

人々がどよめきをあげる。

「そんなまさか」「ガンデスブラッド様が」――聖都に遠征したまま行方《ゆくえ》を晦《くら》ましていた殺戮《さつりく》の覇者《はしゃ》が、ついに舞い戻ってきたのである。

『諸君もご存知《ぞんじ》だと思うが、現在帝国は邪悪なテロリストによって侵略されつつある！　というよりも既にムルナイト宮殿は占拠されているという話だ！　さらに連中は美しい帝都の街並みを粉々に破壊した！　諸君は私がいない間に耐えがたき苦痛を味わったことだろう――絶望の渦に呑まれ、暗闇《くらやみ》の中で必死に希望を探していたことだろう――諸君にこんなにも辛《つら》い思いをさせてしまった不甲斐《ふがい》ない私を許してくれ。すまなかった』

路傍に倒れていた者も。家の戸棚に隠れていた者も。帝都から逃げ出そうと荷物をまとめていた者たちも――等しく悪夢から醒《さ》めたような顔で声の主に思いを馳《は》せていた。

七紅天テラコマリ・ガンデスブラッドの勇ましい声が宵闇《よいやみ》を切り払っていく。

『だがそんな絶望はもう終わりだ。皇帝陛下がいない？　他の七紅天が敗北した？　街がぐちゃぐちゃに破壊されている？――だからどうした‼　この私がすべてを取り戻してやるっ‼』

誰かが声をあげた。救世主の名を叫ぶときの祈りに似た声だった。

コマリン。コマリン。コマリン――帝国ではお馴染みになっているコマリンコール。そしてそれは暗闇に沈んだ帝都の人々の心をつないでいく架け橋でもあった。

『いいか！　諸君はそこでジッとしているだけでいい！　すべて私に任せろ！　この私が責任をもって終わらせてやる！　みんなにひどいことをした愚か者どもは絶対に許さない！　この最強の七紅天テラコマリ・ガンデスブラッドが必ず葬ってやる！　そしてムルナイト帝国に光を取り戻してやる！――聞いているかテロリストどもよ！　神殺しの邪悪だか何だか知らないが、この私にかかれば逆さ月なんて小指一本で壊滅させることができるのだ！　震えて待っていろ！　この私を怒らせたことを後悔するがいいッ‼』

彼女の声に呼応するようにして帝都のあちこちで叫び声があがっていた。

それは英雄の登場を歓迎する絶叫だった。人々は熱に浮かされたように「コマリン！　コマリン！　コマリン！」と声を張り上げる。ある者は涙を流し、ある者は狂喜乱舞し、ある者は感極《かんきわ》まったように顔を背《そむ》け――そうして最後の一言が響いた瞬間、帝都の吸血鬼たちの盛り上がりは最高潮を迎えた。

『いつまでも私が引きこもっていると思うなよ！　さあ――反撃の時間だ‼』

次の瞬間――

うぉおおおおおおおおおおおおおおおおぉぉぉぉぉぉぉぉ――と吸血鬼たちが一斉に大騒ぎを始めた。死んでいたはずの人間までもが蘇《よみがえ》って「こまりん！　こまりん！」と絶叫を始める。こうなったらもう止まらない。

ムルナイト帝国に火をつけることができるのはあの吸血鬼の他にはいないのだ。誰もが彼女のことを信頼し――帝国を救ってくれる英雄だと確信していた。だからこそ後顧の憂いを忘れて大はしゃぎすることができるのだった。

帝都を覆《おお》っていた闇《やみ》が払われていく。

同時に人々の心を包み込んでいた闇も振り払われていく。

まさに希代の英雄。これはユーリン・ガンデスブラッドをも超える逸材かもしれないな――そんなふうに感心しながら〝私〟はムルナイト宮殿へと向かう。

目の前では翦劉と聖騎士団、和魂と逆さ月が熾烈《しれつ》な争いを繰り広げている。

種族を問わない融和の心。

この光景もテラコマリの優しさがもたらした輝かしい成果なのだろう。

だが――だからといって彼らが邪悪を駆逐できるとは限らないのだった。

誰も私の存在に気づいていなかった。

彼らは目の前の敵を殺すのに夢中だった。吸血鬼の小娘一人が堂々と歩いていたところで視界にも入らないのだ。

私は夜空に向かって笑みを浮かべる。まん丸の月は目に毒なほど美しかった。

あの月を逆さまにして地に墜《お》とすことができたら、どれほど気持ちがいいだろうか。

血のにおいが漂う路地をスキップで進んでいく。

もう演技はやめよう。長期間自分を偽るのは疲れるのだ。

小さい頃から「お前は裏表のない人間だな」と言われてきたから。

「――ふふ。面白《おもしろ》くなってきたわね！」

テラコマリが真の意味で強いのは確かである。

しかしうちだって負けちゃいない。

アマツもフーヤオもコルネリウスも――そしてトリフォンも。それぞれ譲れない信念があるから〝邪悪〟なのだ。

胸が弾《はず》む。誰彼《だれかれ》構わず血を吸いたくなってくる。

しかし今は高揚《こうよう》を抑えて宮殿へ急ぐとしよう。なんだかよくわからないけれど、興味もないのだけれど、トリフォンが私のことを皇帝にしてくれるらしいから。

☆

「いつまでも私が引きこもっていると思うなよ！　さあ――反撃の時間だ‼」

熱弁が終わる頃にはムルナイト宮殿へ到着してしまった。

コマリは肩で息をしながら魔法石をポケットにしまう。よくあれだけの言葉をすらすら言えるものだな――そんなふうに感心しながらヴィルヘイズはブーケファロスから飛び降りた。

てきた。

己《おのれ》の主人に向かって手を差し伸べると、彼女は「ありがとう」と笑ってこちらに身を任せ

そうして大地を踏みしめた少女――テラコマリ・ガンデスブラッドは、壊れたムルナイト宮殿を見上げながら言った。

「みんなが私のことを応援してくれてる。頑張らなくちゃだな」

帝都ではコマリの演説に感化された吸血鬼たちが大騒ぎしていた。

たとえ皇帝陛下が演説をしたとしてもこうはならないだろう。やはりこの少女は人の心をつないでいくために生まれてきたのだなとヴィルヘイズは思う。

「なんだ？　私の顔を見つめて」

「なんでもありません。コマリ様はやっぱりすごいお方だな、と」

「わけがわからん。私なんて全然すごくないぞ。だって私がここにいられるのは皆のおかげなんだ。支えてくれる人がいるから私は頑張れるんだ」

「その皆に私は入っていますか」

「…………」

コマリが頬を染めてそっぽを向いた。

そうしてぶっきらぼうに「そうだな」と呟く。

「いちばんはヴィルかもしれない。お前がいたから私は立ち上がることができた。ときたま変

態行為を働くのは考えものだが、まあ、お前は私にはもったいないくらいのメイドだよ」

「っ……」

「ありがとう、ヴィル」

素直に言葉にされると戸惑いのほうが先にくる。

しかしやがて途方もない喜びが湧いてきた。

主人に必要とされることはメイドにとって至上の幸福。とはいえ自分を闇の底から引っ張り上げてくれた彼女に対する恩は、この程度で返しきれるものでは到底なかった。だからこそヴィルヘイズはいつものクールな表情を浮かべてこう言うのだ。

「——こちらこそありがとうございます。でもまだ戦いは終わっていませんので」

「それはそうだな。でもヴィルと一緒なら何でもできる気がする」

「コマリ様。抱きしめてもよろしいですか」

コマリは「はぁ？」と呆れたようにこちらを見つめてきた。

いけないいけない。セクハラまがいの発言が飛び出すのは悪い癖《くせ》だった。あんまり度が過ぎると嫌われてしまうだろうから以後気を付けよう——と思っていたら、
不意にコマリが近づいてきた。

「え？」

困惑しているうちに彼女がぎゅっと抱き着いてくる。

温《ぬく》もりが胸の中に広がっていく。心臓が爆発するかと思った。

「な、なななな何をするんですかコマリ様セクハラですよ」

「お前にだけは言われたくない。でも――こうするしかないんだ。いいよな？」

「えっと。あの。その……あ、」

そうしてヴィルヘイズは理解した。

理解した瞬間には既に事態が進んでいた。

首筋に彼女の吐息《といき》がかかる。チクリとした痛みが走った。しかし痛みはすぐに快感に変わっていく。どくどくと流れていく血が彼女の舌で舐めとられていく。

ヴィルヘイズは何もすることができずに固まっていた。

主人がこんな大胆に血を吸ってくるとは思わなかった。

驚きはあった――しかし嬉しさが勝った。きっと彼女は他者から吸血したことがろくにないはずだから（アマツ・カルラやネリア・カニンガムのことは忘れるとする）小説などの見様見真似《みようみまね》で必死に歯を立てて必死に血を吸っているに違いないし背伸びをして頑張って舌を動かしている様子は死ぬほど愛らしいのだけれども何故かめちゃくちゃ吸血が上手《うま》いんですがこれはどういうことですか天然ですかコマリ様。

そんなふうに支離滅裂な思考をしながら彼女に身を委《ゆだ》ねていたときのことだった。

「……あまい」

コマリがぽつりと呟いた。
次の瞬間――
ごうっ‼　と激甚な魔力の奔流が駆け抜けていった。
間近にいたヴィルヘイズは思わず腰を抜かしそうになってしまった。
荒れ狂う突風が巻き起こる。
暗黒の空を割るようにして夜が真っ赤に染め上げられていく。
帝都のほうから歓声があがった。
コマリン！　コマリン！　コマリン！――そういう絶叫があちこちから聞こえてくる。
真っ赤に染まった吸血姫《きゅうけつき》――テラコマリ・ガンデスブラッド。
彼女は瞳を紅色に輝かせながらヴィルヘイズから一歩距離を取った。
ヴィルヘイズは思わず泣きそうになってしまった。
やはりこの人こそが世界を引っ張っていく英雄だ――そう思った。
そうして自分の身体が火照ってくるのを自覚した。
烈核解放・【パンドラポイズン】。
主人の体内に自分の血液を送り込むことによって異能が発動していた。
ヴィルヘイズの瞳も紅色に輝いた。
そうして未来の情報が猛烈な勢いで流れ込んでくる。

「ヴィル。いっしょにいこう」

コマリが手を差し伸べてきた。

今までの自分は戦いの終盤になるといつも戦闘不能になっていた。だから最後まで主人と一緒にいられることを心から嬉しく思う。

――どこまでもお供します、コマリ様。

ヴィルヘイズは笑みを浮かべながら彼女の手を握り返した。

二人の殺意が向けられる先は――半壊したムルナイト宮殿。

この国を思うままに食い荒らした魔物が待ち構えている場所。

〈ムルナイトのことはお願いします　世界はあなたの胸の中に〉

聞き覚えのある言葉だった。

母はしばしば「きみが世界を引っ張っていくんだよ」と笑いかけていたような気がする。私は幼心ながらに「この人は何を言っているんだろう」と思っていた。

あの人はあんまり私に構ってくれなかった。

七紅天《しちぐてん》だから。次の皇帝になるべき人間だから――そういう理由で家のことをほったらかしにして戦場を駆け回っていたような記憶しかない。

だけど私は母のことが大好きだったのだ。

たまに帰ってきたときには、私が疲れて寝てしまうまで遊んでくれた。

母は短い時間の中で多くのものをくれた。他者を思いやる気持ちの大切さ。踏ん張りどころで諦《あきら》めることのない心の強さ。たぶん私は、世間から「英雄」と呼ばれて尊敬されている彼女のような人物になりたかったのかもしれない。

母の最後の言葉は今でも反芻《はんすう》することができる。

明日から大事な戦いがある、そう言って私は呼び出された。

「お母さんに何かがあったら、ムルナイトのことはコマリにお願いするよ」

私は困惑してしまった。何故《なぜ》だかそれが今生の別れのように思えてしまったからだ。

しかし母は勇壮に笑って私の髪を優しく撫《な》でるのだった。

「大丈夫。すぐに帰ってくるから」

「でも……」

「心配性だねコマリは。じゃあ、これを渡しておこう」

母は懐《ふところ》から取り出した何かを私の手に握らせた。

血のように真《ま》っ赤《か》に輝くペンダントだった。私は「これは何？」と問いかけた。彼女は意味深に笑うばかりで詳しいことは教えてくれなかった。

「大切なものだよ。それを首から提《さ》げていれば、世界はコマリの胸の中にあるも同然だ」

「……？」

母は行ってきますと言って私に背を向けた。

それが最後の記憶だった。

私の胸の中では母のペンダントがずっと煌《きら》めいている。

※

ロネ・コルネリウスは帝都の外縁地区にいた。

実験はすでに完了していた。開発に一年を要した最強の破壊兵器『絶望破滅魔砲』は計算通りの威力を発揮した。ムルナイト宮殿の結界はいとも容易《たやす》く破壊され、その後の六度にわたる試し撃ちで帝都の外観をボロボロにすることに成功した。

あと十三度発射すれば帝都そのものを滅ぼすことができる計算だが、さすがにそれを実行するのは現実的ではないのでやめておく。やりすぎれば本当に死ぬ人間が出てくるからだ。それに今は和魂《わこん》や翦劉《せんりゅう》たちが入り込んできているらしいし。

「さて、アジトに帰るとするか」

コルネリウスは白衣を翻《ひるがえ》して夜空の満月を眺めた。

テラコマリ・ガンデスブラッドが到着したとなれば長居は禁物だった。トリフォンは何か策を弄しているらしいが、【孤紅《ここう》の恤《とむらい》】をそう易々《やすやす》と下せるとは思えない。とりあえず自分の身の安全だけは確保しよう――そんなふうにのらりくらりと生存戦略を立てながら部下たちを見渡した。

「さあ引き揚げるぞ！　『絶望破滅魔砲』は運んでおいてくれ！」

逆さ月の精鋭たちが「承知いたしました！」と絶叫する。

此度《こたび》の実験ではいい結果が出た。改良点がいくつか発見できたので研究室に帰ったらさっそくメンテナンスをしようではないか。

「……ん?」

ふと月光が陰ったような気がした。

コルネリウスは何気なく振り返る。

視界がオレンジ色に染まった。

わずかに遅れてこの世の終わりのような爆発《ばくはつ》が巻き起こった。突風が吹き荒れる。道路の石畳がめくれ上がる。火傷《やけど》しそうなほどに気温が上昇する。

コルネリウスは悲鳴をあげながらその場にひっくり返ってしまった。

目の前で『絶望破滅魔砲』がごうごうと音を立てて燃えていたのである。

「な――なんだこりゃああああああ⁉」

というか爆発して木端微塵《こっぱみじん》になっていた。

部下たちは爆風でどこかへ吹っ飛ばされてしまっていた。

ありえない。魔力も何も感じなかった。己《おのれ》に蓄積されたデータを鑑《かんが》みてもこんな現象はとうてい信じられない。いったい何が――

「――ようやく見つけた。お前が帝都を壊して回っていたんだね」

炎上する魔砲を背に吸血鬼が立っていた。

輝く紅色の瞳《ひとみ》。まるで殺人鬼のような瞳でこちらを見据えている。

そうしてコルネリウスは理解した。こいつだ。こいつがやったに違いないのだ。

「ど、どうしてくれるんだよ⁉　これは私の最高傑作の一つで――グエッ、」

いきなり正面から首を鷲摑《わしづか》みにされてしまった。

ギリギリと万力のような力が加わる。足が宙に浮く。ジタバタと暴《あば》れてみるが意味をなさなかった。こういう荒っぽい事態は技術部長には専門外なのだ。

「お前さあ。自分が何したかわかってんの？」

吸血鬼が怒りを押し殺したような声で呟《つぶや》いた。

コルネリウスは目の前の存在の正体に気がついた。

やる気のなさそうな瞳。寝ぐせのついた金髪。軍服にあしらわれた〝望月《もちづき》の紋《もん》〟――

「ぺ、ペトローズ・カラマリア……⁉」

「そうだよペトローズだ。――やってくれたねテロリスト。聖騎士団の【転移】で砲台ごとあちこち動き回るもんだから、捕まえるのに骨が折れた。どうしてくれるの？　お前のせいで疲れちゃったよ。しかも帝都をこんなに滅茶苦茶《めちゃくちゃ》にしてくれてさぁ」

ペトローズの瞳が紅色に光った。コルネリウスは全身の毛が逆立つような恐怖を覚えた。逆さ月が所有する『烈核釈義《れっかくしゃくぎ》』には彼女の能力の概要が記載されているのだ。

一度訪れたことのある場所ならいついかなるときでも爆破《ばくは》できる規格外の能力。

彼女にとって、コルネリウスの身体をこの場で跡形もなく破壊するのは朝飯前なのだ。

「覚悟はいいか？　これからお前の骨を一つずつ爆破していくからね」

「ま──待て！　こ、こ、殺しちゃっていいのか⁉　私は逆さ月の幹部〝朔月《さくげつ》〟だぞ！」

「知ったことか。面倒くさいのは苦手なんだ。全部殺してしまえば解決じゃんか」

「野蛮すぎるだろ……そんなの美しくない……」

「美しさとは森羅万象《しんらばんしょう》が壊れる瞬間そのものを表す概念。爆発こそが世界を滋味豊かに彩《いろど》る最高の手段なんだ。さあ血をぶちまけて爆《は》ぜろ」

「…………」

こいつ──逆さ月以上にぶっ飛んでるんじゃないか？

そんなふうに怯《おび》えながらもコルネリウスは恐怖を噛《か》み殺《ころ》す。朔月としてここで引き下がるわけにはいかなかった。命を繋《つな》げるための策略が光の速度で組み立てられていく。

ペトローズが残忍な笑みを浮かべて言った。

「──まず一本目。尾てい骨を爆破しようか」

「わ、私を殺すと後悔するぞ！」

「まだ言ってんの？　もう諦めなよ──」

「皇帝だ！　皇帝がどこにいるかを教えてやる！　私を殺したらやつの行方《ゆくえ》は永久にわからなくなってしまうぞ！」

「──」

冷たい風が吹き抜けていく。

ペトローズの心に迷いが芽生える気配を感じた。

※

フーヤオ・メテオライトは歓喜していた。

テラコマリ・ガンデスブラッドが帝都に戻ってきたのだ。やつの声がムルナイト帝国の夜空に響き渡った瞬間、金色の狐耳がピン！　と天に向かって直立した。

散歩などしている場合ではなかった。露店で盗んだ稲荷寿司《いなりずし》を放り捨てると崩れた家屋の山を飛び跳ねながら一散に仇敵《きゅうてき》のもとへと向かう。

今こそ復讐《ふくしゅう》のときだった。

天照楽土《てんしょうらくど》で受けた恨みを晴らさなければならない。

世界の頂点に立つためには必ず【孤紅の恤】を打破しなければならない――

にわかに殺気を感じた。

フーヤオは瞬時に地を蹴《け》って崩落した建物の屋根の上に飛び乗った。

ぱんっ!!――という銃声が耳に届いた。

そのときすでに魔法の弾丸がフーヤオの頬《ほお》を掠《かす》めてはるか後方へと突き進んでいった。にじんだ血を拭《ぬぐ》いながら振り返る。

「――お前は天舞祭《てんぶさい》で大暴れした狐だな！　ここで会ったが百年目！　前奏は貴様の悲鳴でもって奏《かな》でてやるとしようではないか」

白い少女がふわふわと宙に浮いていた。

防寒着と銃を装備した蒼玉種《そうぎょく》――白極連邦六凍梁《はっきょくれんぽうろくとうりょう》プロヘリヤ・ズタズタスキー。

彼女の向こうには軍服を着た蒼玉どもがずらりと整列してこちらを睨《にら》んでいた。まったくもって不愉快な展開だった。こんな雑魚《ざこ》に構っている余裕はないというのに。

フーヤオは静かに刀の柄《つか》に手をかけて口を開く。

「……何の用だ？　ここは吸血鬼の国だぞ」

「わはははは！　面白《おもしろ》いことを言うな――貴様だって獣人ではないか。いったい帝都に何の用だ？　まさか侵略などという馬鹿《ばか》げた計画を企《たくら》んでいるわけではあるまいな？　天照楽土でズタズタにされたのにまだ懲りていないのか？　油揚げでも食べて帰ったらどうだ？」

ずょん。

心の〝核〟から意識が追い出されてしまった。

そうして別の自分が肉体の主導権を獲得する。

「――狐に向かって『油揚げでも食っていろ』は人種差別ですぞ！　いやいや喧嘩《けんか》を売っているのなら買いましょう。どうやら帝都に骨をうずめる覚悟がおありのようなので」

「望むところだッ！」

プロヘリヤが容赦《ようしゃ》なく銃弾を発射してきた。

こうして蒼玉と獣人の戦いが勃発《ぼっぱつ》する。

☆

トリフォン・クロスは歯車が狂い始めたのを自覚した。

本来ならばテラコマリ・ガンデスブラッドは聖都で行動不能にしておくべきだったのだ。しかしミリセント・ブルーナイトのせいで計画に支障が生じた。

帝都に【転移】してきたところを捕らえる作戦も失敗に終わった。帝都の逆さ月全軍で迎え撃てばなんとかなるはずだった。【孤紅の恤】は発動すると大きな破壊を伴う。あの甘っちょろい小娘のことだ、何の罪もない一般人が大勢いる場所では思うように力を発揮できないはずだった。しかし他国のネリア・カニンガムやアマツ・カルラによって阻止されてしまった。

さらに逆さ月の他の幹部とも連絡が取れなくなっている。

ロネ・コルネリウスは報告によればペトローズ・カラマリアに捕まったという。

フーヤオ・メテオライトについては情報が確定していないが、どうやら帝都に無断で侵入してきた白極連邦のプロヘリヤ・ズタズタスキーと戦っているらしい。

「偶然――いや必然か。なるべくしてなっている」

テラコマリ・ガンデスブラッドが練った策ではあるまい。

彼女のことを助けたいと思った人間が何人もいた。そういうことなのだ。

そのときだった――宮殿の天井《てんじょう》がミシミシと悲鳴をあげた。

トリフォンは何気なく視線を上に投げかける。

そうして気づいた。天から濃密な魔力が溢《あふ》れ出してくるのである。

「――来ましたか。まさか宮殿を破壊するとは」

トリフォンは懐から無数の針を取り出しながら呟いた。

耳障りな音を響かせながら天井が破壊されていく。

瓦礫《がれき》の山とともに降《ふ》ってきたのは――金色の髪。紅色の瞳。そして真っ赤に染まった激甚な魔力。七紅天大将軍テラコマリ・ガンデスブラッド。

「しね。てろりすと」

真上から迫りくる神速の蹴りをトリフォンは寸前で回避した。

彼女の足が床に触れた瞬間、
破滅的な魔力爆発が巻き起こった。床がめくれ上がって紅色の突風が吹きすさぶ。トリフォンは顔面を腕で庇《かば》いながら必死でその場に踏ん張った。常人では考えられないような魔力
――やはりこれこそが【孤紅の恤】の真骨頂。

「やりますね。だが私の烈核解放《れっかくかいほう》の前では――――――、ッ⁉」

拳《こぶし》。

いつの間にか目の前に小さな拳があった。

回避は不可能。トリフォンは咄嗟《とっさ》に防御姿勢をとって衝撃に備え――備えたところで意味はなかった。テラコマリの拳はそのままトリフォンの腕の骨を砕いて身体ごと背後に吹っ飛ばしてしまった。

「ぐ――がっ、」

壁に背中を叩《たた》きつけられて肺の空気が漏《も》れる。

死ぬかと思った。こんな痛みを感じたのは何年ぶりであろうか。

トリフォンは口の端から垂れる血を拭いながら目の前の光景を凝視した。

宮殿は紅色の魔力によってこの世のものとは思えぬ景色になっていた。その真ん中に傲然《ごうぜん》と佇《たたず》んでいるのは周囲よりもいっそう紅い少女である。天から降《ふ》り注《そそ》ぐ月光を浴びながら殺意を滾《たぎ》らせている姿はまさに吸血鬼どもが期待してやまない〝殺戮《さつりく》の覇者《はしゃ》〟。

こんな怪物を真正面から相手にするのは骨が折れる。

「素晴らしいですね。それだけの力があれば世界を手中に収めることも容易い。何故あなたはムルナイト帝国の将軍などに甘んじているのでしょう？　あなたが本気を出せば――」

「御託《ごたく》はけっこうです。誰《だれ》もあなたの話に興味はありませんので」

テラコマリの隣には紅色の瞳のメイドが立っていた。

ヴィルヘイズである。彼女もまた烈核解放を発動させているらしかった。

「――なるほど。未来視の【パンドラポイズン】ですか。あなたにはこの先の展開がわかっているのですね?」

「ええもちろん――」

ヴィルヘイズは少しだけ笑って言った。

「あなたの敗北で終わりますよ」

「そのとおり」

強烈な魔力の気配。テラコマリの背後に無数の魔法陣が浮かび上がる。

そうして彼女は何の予備動作もなく魔法の雨霰《あめあられ》を射出してきた。

一つ一つが確実に人を殺すために練られた魔力の塊だった。

殺気に圧倒されて心がわずかに麻痺《まひ》した。トリフォンは本能的な危機感に突き動かされて走り出す。

命中しなかった魔力はそのまま壁を突き破って夜の闇《やみ》へと吸い込まれていった。

豪奢《ごうしゃ》な装飾が施された宮殿の壁や天井や柱がハチの巣のようになっていくのを尻目《しりめ》にトリフォンは烈核解放を発動させた。

触れたものを瞬間移動させることができる【大逆神門《たいぎゃくしんもん》】。

トリフォンの「人間同士は分かり合えない」という確信から生まれた排斥の異能。

掌《てのひら》には普段から武器として使っている針があった。

これを敵の脳髄《のうずい》の位置に移動させればそれで片が付くだろう。たとえ相手が【孤紅の恤】であっても身体の内側から破壊されれば一溜《た》まりもないはずだ――

「――コマリ様。右へ」

しかしそう簡単にはいかなかった。

テラコマリが高速で右に移動する。僅かに遅れて転送された針が虚空《こくう》を貫いて床に落ちる。

【パンドラポイズン】のせいで座標が予測されているらしい。トリフォンは迫りくる無数の魔力の塊を辛《かろ》うじて回避しながら何度も【大逆神門】を発動させた。

「再び右へ」『前から来ます』『上から』『右』『下へ』『今度は左』――しかし当たらない。

何度やっても予知されて通じない。ヴィルヘイズが何かを言うたびにテラコマリが紅色の魔力を振りまきながら宙を縦横無尽に動き回る。まるで舞踏を舞っているかのように美しい光景――いや感心している場合ではない。

そもそも【パンドラポイズン】が発動しているせいで転送先の座標がおかしくなっている。柱の前に送り込んだはずなのに何故か二メートルほどズレていたりするのだ。

やはりヴィルヘイズは普通の人間ではない。

ならば先にあのメイドを殺してしまえばいいのだ――トリフォンは歯軋《はぎし》りをして懐に手を

突っ込んだ。しかし転送するための針が尽きてしまっていた。

「……少々厄介ですねあなたは」

氷のような心に怒りと焦《あせ》りが生じる。

その隙《すき》が命取りとなったのかもしれない。

「――くたばれ」

「⁉」

目の前に猛烈な勢いで迫りくる魔力の奔流。

トリフォンは咄嗟に身を捻《ひね》って回避しようとした――しかしできなかった。

いつの間にか何者かに足首をがっちりと握られている。

「な……なんだこの魔法は⁉」

血液が凝固してできた無数の手が床から生えていた。

怖気《おじけ》が走るのを自覚した。しかし恐れている場合ではなかった。トリフォンは全身の魔力を集中させて瞬時に【障壁】の魔法を放ち――

紅色の魔力は障子を突き破るように【障壁】を破壊した。

「ぐッ、ああッ、⁉」

蒼玉の硬質な肉体をもってしても耐えきることは不可能だった。テラコマリの魔力はそのまま驀進《ばくしん》してトリフォンの身体に襲いかかった。

意識が飛びかける。そのまま背後に吹っ飛ばされてしまう。

床をゴロゴロと転がりながら血反吐《ちへど》を吐いた。そうして辛うじて体勢を立て直そうとして

――絶望的な事実に気が付いた。

気づけば左腕がどこかへ消え去っていた。

二の腕の辺りから先がなくなっている。肉の焦げるような嫌なにおいが漂っている。先ほどの魔力によって焼かれてしまったに違いない――そういう状況判断は一秒と続かなかった。今まで味わったこともないような痛みが背筋を這《は》い上がってきた。

「ぐ……う、」

思わず口からこぼれ出そうになる絶叫を辛うじて嚙み殺す。

痛い。痛い。あまりにも痛い。逆さ月は魔核《まかく》に頼ることもできないから治ることもない。今まで殺されていった人間たちはこんな苦しみを味わっていたのか。これは――これは、これは自らを成長させるための糧になるだろう。

フーヤオも「痛みは人を成長させる」と言っていた。

「ぐ……ふふ。ふふふふふ。痛いな。これが痛みか……なるほどな……」

「とりふぉん。かんねんしろ」

いつの間にか目の前に紅色のバケモノが立っていた。

見ているだけで立ち眩《くら》みを覚えるほどの膨大な魔力。フーヤオが手も足も出なかったのが

頷《うなず》ける。こんなものと純粋な力比べをして勝てるはずがなかった。

「勝負はつきましたね。トリフォン・クロス」

その隣には青髪のメイド——ヴィルヘイズもいた。彼女は懐からクナイを取り出しながら見下すような冷笑を浮かべる。

「核領域へ送って差し上げましょうか？　そうすればその腕も治ります」

「……おやおや。ではお言葉に甘えましょうかね」

「だめ」

テラコマリが一歩前に出た。

彼女は憐《あわ》れむような瞳でこちらを見つめてきた。

「おまえはみんなにひどいことをした」

笑いを堪《こら》えるのが大変だった。やはりどこまでも甘っちょろい。

このテラコマリ・ガンデスブラッドという少女は徹頭徹尾《てっとうてつび》他人のために動いている。そのせいで大聖堂で煮え湯を飲まされたことも忘れているらしい。なんともおめでたい吸血鬼だ。

「だから、わたしがここで——」

「そうですね。では最後に一つだけよろしいですか」

トリフォンは苦痛を押し殺しながらふらふらと立ち上がる。

テラコマリの動きが止まった。やはり——この少女は敵にも情けを忘れないらしかった。

いかにも悲愴《ひそう》な表情を浮かべて懇願《こんがん》すればすぐに油断をするのだった。

ヴィルヘイズが不審そうに眉《まゆ》をひそめた。

「なんですか。命乞いなら死んだ後にしてください」

「いえ。ちょっと私の目的を告げておこうかと思いまして。敵の主義主張もわからぬまま殺してしまっては気持ちが悪いでしょう?」

「………」

反論はなかった。

トリフォンは右手をポケットに突っ込みながら語り始める。

「そもそも逆さ月の目的は『魔核の破壊』です。しかし、私だけは少し違った観点から行動をしています。魔核は破壊するのではなく利用するほうが望ましい。魔核は前代未聞の特級神具です。上手《うま》く利用すれば所持者に無限の力を授《さず》けるでしょう。私はその力を利用して世界に安寧をもたらしたいのです」

人を殺しておきながら世界平和を主張する。

矛盾《むじゅん》は人の思考のリソースを奪う。ヴィルヘイズとテラコマリが怪訝《けげん》な顔をしている。

「魔核のもとに全《すべ》てが平等となる社会。私が求めているのはこれです。——あなたも感じませんか?　この世はあらゆる意味で理不尽なのです。平和に暮らしていたはずなのに突然命を奪われたりする。これは『強い者と弱い者』『富める者と貧しい者』『才ある者と才なき者』『美しい者と醜い者』――そういった不平等的な区別が存在するから生じる悪夢です。私は魔核の力によって世界を均質化したいのです。人間は全員すべからく平等に管理されるべきだ。そうすれば人々は無益な争いに心を悩ませる必要がなくなる」

嘘偽《うそ》りのない本音だった。白極連邦が目指している〝一国のみの革命〟ではなく〝世界全体の革命〟。それがトリフォンの最終目的。

「そういうわけで私はムルナイト帝国を支配するつもりです。この国が終わったら次はアルカあたりを狙《ねら》いましょうか。いずれ六国《りっこく》と核領域を支配した暁には理想の楽園が顕現《けんげん》するはずですよ。あなたもそういう世界が欲しかったのではないですか？　将軍の仕事なんてしなくてもいい。あなたは小さな悩み事から解放されるはずです――」

「やかましいです。そんな理想を受け入れられるわけがありません」

ヴィルヘイズが険しい顔で睨んできた。

そろそろ潮時か――トリフォンは苦笑をしながらポケットの中の指を動かした。長々と話している間に魔力は十分にかき集めることができた。

「何故ですか。とても素晴らしい思想だと思いませんか？」

「お話になりませんね。コマリ様がやらないなら私が毒殺してあげましょう」

「そうですか。――ただ、毒に苦しむのはあなたのほうですけどね」

「は？――え、」

☆

がくん。

全身の力が抜け落ちたかのようにヴィルがその場に膝《ひざ》をついた。私は不思議な気分で視線を斜め下に向けた。

彼女は口元を押さえながら青い顔をしていた。

次の瞬間――だばばばば、と口から真っ赤な血が溢れてきた。

「え？　な、なんで……コマリ様、」

血だまりの中に沈んでいくメイド。紅色の魔力。ぴくぴくと痙攣《けいれん》する血まみれのメイド。私の身体から溢れ出ている馬鹿みたいな殺気。

救いを求めるように私を見上げてくるメイド。

何もかもが理解できない。私はさっきから何をやっているのだろう。

「聖都で彼女の身体に埋め込んでおいたのです。毒というよりは小型の爆弾でしょうか。奥の手なので最後の最後までとっておいたのですが」

トリフォンが笑みを浮かべている。

そうだ――私はこいつを倒すためにやってきたんだ。

でも何故だろう。すでに彼は腕を失って苦痛に表情を歪《ゆが》めている。私の知らないところで戦いでもあったのだろうか。

「烈核解放を止めてください。さもなければ別の爆弾を作動させますよ」

「…………」

「聞こえていないのですか？　あなたの大切なメイドは木端微塵に吹き飛びますよ？　それで本当にいいんですか？　今度はメイドが本当に失われてしまいますよ？」

「……………………………」

トリフォンの畳みかけるような言葉が私の心を抉《えぐ》っていった。

ヴィルが失われる？　そんなのは嫌に決まっている。

彼女は床に倒れ伏して苦しそうにしている。お腹《なか》のあたりには真っ赤なシミができている。

爆弾が爆発したというのは本当なのかもしれなかった。こいつがいなくなったら。こいつがいなくなってしまったら、

私は。私は――

――またあの暗い部屋で引きこもることになるのか？

心がざわつく。

魔力がだんだんと収まっていく。

私の心身を包み込んでいた万能感が徐々に薄れていく。

微睡《まどろ》んでいた意識がクリアになってくる。

「え――?」

夢から醒《さ》めたような気分だった。

しかし私の視線は足元で転がっているメイドに釘付《くぎづ》けになってしまった。

思わず悲鳴のような声が漏れてしまった。

「――ヴィル⁉　どうしたんだよ、お前……!」

「こ、コマリ、様……」

私は泣きながらヴィルの身体に触れた。

彼女がげほげほと咳《せき》を漏らした。口から漏れた血が謁見《えっけん》の間の床にぶちまけられた。その苦しそうな呼吸の音を聞くたびに失神しそうなほどの絶望感が駆け抜けていく。

なんで。なんでこんなことに――

「【孤紅の恤】が消えた。やはりこれがもっとも効果的だったのか」

振り返る。

トリフォンが笑っていた。悪魔のように笑っていた。

そうだ。こいつのせいなのだ。こいつは人を傷つけておきながら罪悪感というものを一切覚《いっさい》えない人でなし。ムルナイト帝国がぼろぼろになったのもこいつのせいなのだ。

「あなたの弱点はヴィルへイズだ。そのメイドが失われることによって烈核解放が弱体化することは検証済みですので」

「ふ、ふざけんなよ！　なんでこんなひどいことを――うぐっ、」

いきなり頭を蹴り飛ばされて視界が真っ白《ましろ》になった。気づけば私はヴィルと同じように床に寝転がっていた。頭がぐわんぐわんと鳴っている。口から血がたらりと垂れてくる。

だが怯《ひる》んでいる場合ではない。私は痛みを堪えて立ち上がろうとする。

すぐそこにトリフォンが立ちはだかっていた。

「私は天津覺明《あまつかくめい》と違って荒事は好みません。あなたが潔く負けを認めて投降するならこれ以上の暴力は控えようと思います。如何《いかが》なさいますか？」

「如何もおかかかもあるかっ！　そんなの……そんなの……!!」

「では別の部位に仕掛けた爆弾を爆発させましょうか」

「や、やめてよっ!!」

私は咄嗟に叫んでいた。これ以上ヴィルが苦しむ姿を見たくなかったのだ。

それに――あの起爆装置が神具ではない保証なんてどこにもなかったから。

いや。そもそもヴィルは烈核解放を発動しているのだ。このまま放っておけば取り返しのつかないことになってしまう。

「さあどうしますか。テラコマリ・ガンデスブラッド」

「やめてくれ……ヴィルが死んじゃうだろ……」

「ふ」トリフォンが笑みを漏らす。「あなたは大切な人に支えられて立ち上がったようですが――その〝大切な人〟と〝ムルナイト帝国〟だったら、どちらを選びますか？　さあはっきりさせてください」

頭が鉛のように重くなっていく。この場でそんな選択肢を突きつけるのか。

確かに私は大切な人のために――ヴィルやみんなのために戦う決意をした。

帝都の人々に「ムルナイト帝国を助ける」と約束してしまったのだ。

状況を打破する方法を考えなければいけない。

すぐそこではヴィルが顔をしかめて丸まっていた。全身が痛むのだろう――あれだけの血が溢れているのだから当然だった。

そうだ。血だ。さっきヴィルの血を飲んでから私は夢を見ているような気分になった。そうしてトリフォンやムルナイト宮殿をボロボロにしたのだ。もう一度ヴィルの血を摂取すれば、

「がッ⁉」

彼女に伸ばしかけた手を勢いよく踏みつけられた。

激痛が走る。トリフォンが「困りましたね」と溜息《ためいき》を吐いて言った。

「どうやらまだ状況が理解できていないらしい。あなたはもう敗北したのですよ」

「ヴィル……！　ヴィル……‼」

「駄目ですね。心が折れてしまいましたか」

目の前では私の大切なメイドが死にかけている。

しかし私は何をすることもできなかった。涙が溢れてしょうがなかった。

結局、烈核解放を発動してもテロリストには敵《かな》わなかった。帝都の皆との約束を守ることができなかった。私は何も成し遂げることができないダメダメ吸血鬼のままだったんだ——

「——おや。ようやくご到着ですか」

トリフォンが呟いた。

そんなことは気にもならなかった。どうやってヴィルを助けるか。どうやってここから逃げるか。帝都を救えなかった責任はどうやって取るべきなのか——

そのときだった。

不意に聞き覚えのある声が聞こえた。


「トリフォン！　こんなぼろっちい宮殿で戴冠《たいかん》なんて冗談じゃないわ！」


背後。誰かが軽《かろ》やかな足取りで近づいてくる。

私はハッとして顔を上げた。何故だか身体が震えて仕方がなかった。刺々《とげとげ》しい邪悪な気配が私の心を蝕《むしば》んでいく。ムルナイト帝国が再び闇に包まれていく。

トリフォンが恭《うやうや》しく一礼をした。

「申し訳ありません。予想以上に戦いが激しかったもので」

「まあ私にとっては予想以下だけどね――ってあんた怪我《けが》してるじゃないっ！　どうすんのよ!?　腕よ、腕！　そんなの魔核の力を借りないと治らないわ！」

「魔核の力を借りて治すつもりです」

「よろしいっ!!」

場違いなほどに明るい声だった。

恐怖で心が挫《くじ》けそうになる。私はおそるおそる振り返った。

そこには一人の少女が立っていた。

輝く太陽のような金髪をツインテールにした吸血鬼。年齢は私と同じくらいだろうか――溌剌《はつらつ》とした空気感が底知れない明るさを感じさせる。頭に被っているのはつばのない奇妙な帽子である。月を逆さまにしたような紋章が描かれていた。

「え……スピカ……？」

信じられなかった。いったい何故彼女がここにいるのか。

というよりも――話し方や雰囲気がまるで別人ではないか。

「数日ぶりね！　テラコマリ」

彼女は彼女らしくもない煌めく笑みを浮かべていた。

そうして手に持った真っ赤な飴《あめ》をゆらゆら揺らしながら絶望的な自己紹介をするのだった。

「それと初めまして。私はスピカ・ラ・ジェミニ。――逆さ月のボスよ！　みんなからは〝神殺しの邪悪〟って呼ばれていたりするわ！」

　現実を現実として認識できない。

　幻でも見ているのではないかと思えてくる。

「な、なんで……？　お前は神聖教の教皇じゃ、」

「そんなもんは仮の姿に決まってるじゃない。ユリウス6世は私であって私じゃないのよ。前の教皇が辞めたとき、アマツやトリフォンが色々と手を尽くして就任させてくれたの！　でも宗教って堅苦しくってしょうがないわ。神様なんてこの世にいるわけがないのに、みんな『神よ、救いたまえ！』って叫ぶのよ？　祈る暇があったらお菓子を食べていたほうが遥《はる》かに平和で穏やかな時を過ごせると思わない？」

　たぶん私は少しも状況を把握できていなかった。

　でも目の前の少女が断じて味方ではないことだけは理解できた。

　こいつは――スピカ・ラ・ジェミニは。

　世界に不幸の種をばらまいている張本人なのだった。

「――ねえトリフォン。教皇の隠れ蓑《みの》を捨てちゃってよかったの？　次はムルナイト帝国の皇帝？　というか、私は本当に即位できるのかしら？」

「もちろんです。後ほど部下たちを集めて戴冠式を開催いたしましょうか」

「ふーん。じゃあコレをかぶっちゃおうかな」

「は？　それは……」

スピカは指でくるくると冠のようなものを弄《もてあそ》んでいた。

私はふと気づく。あれは確か皇帝が常に頭に被《かぶ》っている帝冠だった。

彼女はキラキラと輝くそれをトリフォンに見せつけながら無邪気に笑う。

「これね、ムルナイト帝国の魔核」

心臓を撃ち抜かれたような気分だった。

魔核。ムルナイト帝国の根幹ともいえる神具。

「皇帝の頭から盗んできたわ。やっぱり魔核って自分の手元に置いておきたいものみたい。他の国の君主も普段から身につけていたりするのかしら？　そう考えてみれば意外と予想はつくかもね。たとえばアマツ・カルラの腕についている鈴とか」

「あの、おひい様。本当なのですか？　それがムルナイトの――」

「疑うの？」

「いえ。おひい様がそう仰《おっしゃ》るならば」

そう言ってトリフォンは恭しく頭を下げた。

〝神殺しの邪悪〟――スピカは鼻歌を歌いながら謁見の間の奥のほうへと歩いていく。そうして「よっこいしょ」と呟きながら玉座に腰を掛けて足を組んだ。

彼女の頭には――帽子の上には、皇帝の冠がちょこんと載っていた。

「――眺めがいいわ！　瓦礫ばっかりで最悪だけど」

「そうですね。後で片付けておきましょうか」

「アマツにやらせましょう。あいつ、裏であんたの邪魔してたみたいよ？」

「許せません。あの男は逆さ月の一員だという自覚が欠落しているようです。片付けの他にも重い罰を与えるのがよろしいかと」

「確かにね！　『死ぬまで餡子《あんこ》を食べなくちゃいけない刑』とかどう⁉　面白そうじゃない⁉」

「いやそれはちょっと……」

トリフォンが玉座のほうへと歩いていく。

二人は楽しそうに会話を弾《はず》ませていた。しかしそんなものは耳に入らなかった。私は嗚咽《おえつ》を漏らしながらヴィルのほうへと這い寄った。トリフォンの爆弾がどれだけの威力かはわからない。でも彼女はすでに虫の息だった。

「ヴィル……」

名前を呼んでも返事はなかった。

肩を揺すろうとして手を止めた。ヴィルの顔が真っ白になっているのだ。

このまま時間が流れれば彼女は死んでしまう。それだけは絶対にイヤだった。たとえ世界がひっくり返ってもこのメイドを失うことだけは――

そのときだった。

ポケットからくしゃくしゃになった手紙が滑り落ちた。

そこには母の文字が書かれている。

〈ムルナイトのことはお願いします　世界はあなたの胸の中に〉

「…………」

胸が苦しかった。そんなことを言われても困るのだ。

私は母のようにはなれない。世界を一人で駆け回って大活躍していた、あの金色の吸血鬼のような偉大な人物にはなれない。

ムルナイト帝国は私にとっては重荷だった。

こんなダメダメ吸血鬼に背負えるようなものではなかったのだ。

「――ねえテラコマリ。その子が大事なの？」

静かな囁《ささや》きが耳朶《じだ》を打つ。

スピカがこちらを見つめていた。

私は歯を食いしばって彼女を睨み返した。

「あ、当たり前だろ、だって、ヴィルは、私の大切な――」

「じゃあ帝国を諦めれば？　トリフォンはべつに殺すのが趣味ってわけじゃない。あんたが私たちの邪魔をしなければ私たちは甘く接してあげるわよ。この飴のように舌ざわり滑らかに遇《ぐう》してあげるわ！」

「何を言ってるんだ……？」

「んー、でもそれじゃ収まりがつかないわね！　すでにあんたは私の仲間を傷つけたわ！　部下の腕を捥《も》ぎ取られて黙っているようじゃ示しがつかない——そうだ、土下座をしたら許してあげる！　その場で床に頭をこすりつけて『ごめんなさいでした』って言いなさいっ！」

「っ……——、」

スピカはにやにやと笑って玉座にふんぞり返っていた。あいつはどうしてあんなに偉そうなのだろう。それはお前の椅子《いす》じゃないのに。あの変態皇帝が座るべき椅子なのに。

私は悔しさのあまりぽろぽろと涙をこぼしてしまった。

なんてひどい連中なのだろう。私はこの一年で何人かの悪者を見てきたが——ここまで悪辣《あくらつ》なやつが他にいただろうか。

だがプライドなんて一メルほどの価値もない。

大切な仲間がこれ以上傷つくのは我慢ならなかった。

私には力がない。結局みんなを助けることなんてできなかった。でも——ちょっと頭を下げるだけで許されるのなら。

「何やってるの？　土下座しないなら、あんたもメイドもトリフォンが殺すわよ」

「………………」

背に腹は代えられなかった。

私は痛む身体に鞭打《むちう》って起き上がる。

そうだ。私に将軍なんて似合わない。無様《ぶざま》に跪《ひざまず》いて許しを請い、これまでのように引きこもっているのがお似合いなのだ。相手がミリセントじゃなくてスピカに変わっただけだ。虐《いじ》められてやる気をなくし、私はこれから暗い部屋の中で膝を抱えることになるのだろう――

そんなふうに絶望しながら頭を下げかけたときのことだった。

ふと声が聞こえた。

「――コマリ様、」

肩に手が添えられた。

驚いて顔を上げる。

いつの間にかヴィルが起き上がって私に寄り添っていた。

彼女は口の端から血を流しながら言う。

「その問いには……答えが出たはずですよ。あなたは引きこもりではなく将軍としての道を選んだはずです。今さら考えを覆すなんて……皆に失礼だと思いませんか？」

「ヴィ、ヴィル……！　大丈夫なの……？」

「正直死ぬほど痛いですけど……死んでいる場合ではありません」

彼女は足腰に力を入れてふらふらと立ち上がった。懐からクナイを取り出す。その切っ先を玉座のほうへと向ける。やがて彼女は私のほうを見てかすかに微笑《ほほえ》んだ。

「コマリ様。諦めるには早いですよ」

「……無理だよ。あいつらに立ち向かったら絶対殺されちゃうよ……お前だって苦しいだろ……もう休んでいいんだよ……」

「そうですか。では私だけで戦うとしましょう」

「っ……!?」

私は全身に稲妻が走ったかのような衝撃を受けた。

彼女の目は本気だった。本気で目の前の敵と戦おうとしているのだ。

「白状します。私はコマリ様との日々が大好きだったのです。こんなところで終わらせたくありません。だから是が非でもあのテロリストどもを追い払わなければならないのです」

「でも……」

「コマリ様は今までの騒がしい毎日が嫌いでしたか?」

嫌いなわけがなかった。こいつや第七部隊、サクナやネリアやカルラやその他大勢のおかげで私は成長することができたのだ。この半年ちょっとは本当に充実した時間だった。

ヴィルが「心は決まっているようですね」と微笑みを浮かべた。

そうして私の手を優しく握って言うのだった。

「未来は視《み》えています。私たちの勝利は確定していますよ」

「っ……」

進むべき道が明るく照らされていった。

ヴィルの言葉が心に染《し》みていく。鈍っていた感覚が取り戻されていく。

——こいつが言うのなら。こいつが言うのなら大丈夫なのだろう。

そういう確信が私の中で芽生えた。

いつだってこのメイドは私のことを支えてくれる。こんな土壇場になってまで彼女がいないと奮起できない私はどうしようもない劣等吸血鬼だった。

やっぱりこいつがいないと私は将軍としてやっていけないのだ。

「——わかった。私もがんばる」

「はい。頑張りましょう」

もう何も恐れる必要はなかった。こいつと一緒ならどんな敵でも倒せる気がした。

そのときだった。玉座の付近にいたトリフォンがこちらに気づいた。

「——まだ諦めていなかったのですか。烈核解放を発動したらヴィルへイズの爆弾を発動させますよ。それでもいいんですか?」

ヴィルが少しだけ悪戯《いたずら》っぽく笑った。

「そういう未来は視えません。私に仕掛けられた爆弾は一個だけです」

「ッ——ならば魔核を破壊します。そこから一歩も動かないでください」

「大丈夫ですコマリ様。あれは魔核ではありません」

「おひい様⁉　どういうことですか⁉」

「気づかれちゃったみたいね。あの子たちを絶望させるためのハッタリだったんだけど」

トリフォンが爆発的な殺気を発した。

彼はそのまま床を蹴って猛スピードで駆け寄ってきた。私は思わず身体を硬直させてしまった。このままでは殺される——そう思った瞬間のことだった。

ぱんっ‼——と耳をつんざくような銃声が轟《とどろ》いた。

「がッ——、？」

突如として放たれた魔法の弾丸がトリフォンの肩を貫いていた。彼の身体は回転しながら床の上を吹っ飛んでいった。スピカが「え？」と声をあげる。私も驚きに満ちた表情で背後を振り返った。そこにいたのは——

「——わははははは！　間一髪で間に合ったな！　怪我はないかテラコマリ。いや怪我だらけだな！　遅くなってすまなかった！」

白銀の髪を夜風に靡《なび》かせる蒼玉種、プロヘリヤ・ズタズタスキー。

何故彼女がここにいるのだろう？——そういう疑問は一瞬で吹き飛んでしまった。彼女は右手で引きずっていたモノを力いっぱい放り投げた。

ごろん。傷だらけになった誰かの身体が床に転がった。

　そうしてスピカが動揺する気配を感じた。

「フーヤオ!?　なんで……!?」

「いや。好戦的な狐が襲いかかってきたものだから、うっかり狩ってしまったよ。まァこいつのせいで私の親愛なる部下たちはほとんど戦闘不能になってしまったがな」

「そ、そんな……！」

　フーヤオ・メテオライト。

　かつて天照楽土を恐怖のどん底に陥《おとしい》れた狐耳の少女が、ズタズタになって気絶していた。

　わけがわからなかった。プロヘリヤがあいつを仕留めたのか？――そんなふうに呆然《ぼうぜん》としていると、白銀の少女は「おいテラコマリ！」と嵐《あらし》のような大声を響かせて言うのだった。

「上を見たまえ。愚図愚図《ぐずぐず》している暇はないぞ」

「え――？」

　そのとき、夜空から響いてくる甲高い声が聞こえた。

『聞こえていますかテラコマリ・ガンデスブラッド閣下!!』

　上空のスクリーンに新聞記者の姿が映し出されている。

　彼女は興奮したようにマイクを握りしめて私に語りかけていた。

『現在帝都はガンデスブラッド閣下を応援する声で満ち満ちております！　それだけではありません――テロリストと聖騎士団を打ちのめしたアルカ・天照楽土の軍が現在ムルナイト宮

殿へ向かっております！　さらには合流した帝国軍第七部隊や、ミリセント・ブルーナイト閣下、サクナ・メモワール閣下、ペトローズ・カラマリア閣下の軍も驀進中です！　ものすごい人の流れです！　このままだと押し潰《つぶ》されてしまいそうです！』

『ひぃぃぃ！　これ巻き込まれたら死にますよぉ！』

『おいティオ逃げるんじゃないわよっ！　記者の本望は戦場で死ぬことでしょうが!!――さあガンデスブラッド閣下！　希代の英雄の力を存分に見せつけてくださいっ！　テロリストをムルナイト帝国から追い払ってくださいっ！　新しい時代を作り上げるのはテラコマリ・ガンデスブラッドをおいて他にはいないのですッ!!』

私は呆然と帝都の様相を眺めていた。

メルカが届ける映像には多くの人々の姿があった。

吸血鬼も和魂も翦劉も蒼玉も――種族など関係なく誰もが宮殿を目指して駆けていた。逆さ月や聖騎士団の連中は駆逐されてしまったようだった。

そうして帝都には私の名を呼ぶ声が満ちていった。

コマリン！　コマリン！　コマリン！――恥ずかしいことこの上なかった。しかし私のことを思っていてくれる人がこれだけいるのが途方もなく嬉《うれ》しかった。

もう迷っている暇はなかった。

ヴィルがふと笑ってこちらを向いた。

「コマリ様。勝利は視えていますよ」

「ああ。そうだな――」

私はゆっくりとヴィルに身を寄せた。

彼女は特に抵抗をしなかった。やるべきことは決まっていた。正直言って私は未《いま》だに自分の力を信じることができなかった。血を吸うと意識が朦朧《もうろう》として自分が何をやっているのかわからなくなる。でも皆は私の烈核解放とやらに期待をしてくれているのだった。

ならば信じるしかなかった。

自己評価ではなく。たまには他者評価を信じてみようではないか。

私はそのまま白い首筋に口を近づけて――歯を立てた。

ヴィルが短い声を漏らす。溢れ出た血が私の乾いた口を潤していった。血なんて大嫌いだったけれど、何故だかヴィルのものはどんなジュースよりも甘く感じられるのだった。

「懲りずにまだ立ち向かってくるか。さすがにこれ以上の情けは無用ですね――」

「待ってトリフォン！　動けばフーヤオが殺されるわ」

「ッ⁉」

「わははははは！　その通りだ！　この狐の脳漿《のうしょう》をぶちまけられたくなければ穴蔵で春を待つ熊のようにジッとしているんだな。ひとまずテラコマリが烈核解放を発動するまで待っていてもらおうではないか」

「小癪《こしゃく》な……！」

「参ったわね。トリフォンがやったことと同じでしょ？　これ」

「…………………………………」

背後で繰り広げられる言い争いなど気にもならなかった。

私は一心不乱に彼女の血を舐《な》めていた。甘い。美味《おい》しい。いつまでも吸っていたい――その瞬間だった。何故だか私の首筋にもチクリと痛みが生じていた。

「え――ヴィル……？」

驚愕《きょうがく》に目を見開く。いつの間にかヴィルの腕が背中に回されていた。

そうして彼女の歯が私の肌に傷をつけていることに気づいた。血が溢れる。そのまま吸われていく。私は周章狼狽《しゅうしょうろうばい》しながら身を固くしていた。

やがてヴィルは満足そうに笑って私から身を離す。

「――ごちそうさまです。とっても美味しかったですよ」

「あ――」

身体の奥底から灼熱《しゃくねつ》の魔力が湧《わ》き上がってきた。

世界は紅色と青色に染まっていった。

☆

烈核解放は心の変化に応じて強くなっていく。

二年後のアマツ・カルラが時間移動の能力を身につけていたように、すべての人間は等しく進化の余地を残しているのだ。

ヴィルヘイズに起きたのも同じような現象である。

主人を思う心に一段階の変化が訪れた。テラコマリ・ガンデスブラッドの決意に感化されて〝どこまでも主人を支えていく〟という覚悟が決まった。

ムルナイト宮殿は壮絶な魔力の奔流に呑《の》まれている。

紅色の渦の中心にたたずむのはテラコマリ・ガンデスブラッド。忠実なる従者の血によってもたらされた異能はありとあらゆるモノを破壊し尽くす究極の魔法と身体能力。かつて帝都の空を紅に染め上げた【孤紅の恤】の原点にして頂点。

そして青色の激流を身にまとうのはヴィルヘイズである。日頃《ひごろ》から使用しているクナイに輝くような魔力が宿った。敬愛する主人の血によってもたらされた異能は未来を司《つかさど》る【パンドラポイズン】――その一歩進んだ姿。

「コマリ様。やつらを追い払いましょう」

「うん。ヴィルといっしょに」

その場にいた誰もが息を呑んだ。

空気が軋《きし》む。魔力が激しく擦れ合う音が謁見の間に響き渡る。

トリフォンも。プロヘリヤも。そしてスピカ・ラ・ジェミニでさえも——二人から放たれる桁外《けたはず》れの魔力と殺気に圧倒されていた。

再起動をするのがもっとも早かったのはトリフォンだった。

この男は白極連邦で数々の修羅場《しゅらば》を潜《くぐ》り抜けてきた傑物《けつぶつ》である。たとえ万夫不当《ばんぷふとう》の烈核解放を目《ま》の当《あ》たりにしても心が萎《しぼ》んでいく道理はなかった。敵がいくら強大であっても透徹《とうてつ》した目で状況を分析できるのが〝逆さ月の参謀〟といわれる所以《ゆえん》だった。

そうしていくつかのことが同時に起きた。

トリフォンが床を蹴って駆け出した。敵が動き出す前に息の根を止めてしまおうという魂胆である。ヴィルヘイズの烈核解放が発動したせいで【大逆神門】は使えなかった。何故か世界の座標が狂っているのである。

そして次に反応したのはプロヘリヤだった。トリフォンが針を片手に疾走するのを目撃した瞬間——彼女は白色の魔力を練って容赦なく引き金を引いた。

銃声が轟く。魔法の弾丸が光の速度で飛んでいく。

そのままトリフォンに命中する寸前——闇雲《やみくも》に【大逆神門】が発動された。たとえ転移先の座標がわからなくとも攻撃を遠ざけることは可能だからである。

弾丸がトリフォンの目の前から消え去った。

いつの間にかテラコマリ・ガンデスブラッドの目の前に転送されていた。

それは神の悪戯のような奇跡だった。

「え――」

紅色の瞳に動揺が走った。

トリフォンが歓喜に口の端を歪めた。

プロヘリヤが「うわああああごめんっ!!」と叫んでいた。

「ッ――コマリ様⁉」

弾丸はそのままコマリの胸に直撃した。

何かが割れるような音がした。その場の誰もが目を見開いた。それはテラコマリ・ガンデスブラッドがいつも首から提げているペンダントに罅《ひび》が入る音だった。

そうして罅の奥から白い光が溢れてくる。

どうすることもできなかった。

そのまま世界は瞬く間に漂白され――三人の姿が忽然《こつぜん》と消えた。

——政争に敗れたの？　行くあてがない？

——あなたには何ができるの？

——そう。魔核《まかく》を集めてくれるの。じゃあお礼に面倒を見てあげるわ！

脳裏《のうり》にこびりついて離れない〝神殺しの邪悪〟の声。

あの少女は白極連邦《はっきょくれんぽう》政府に追放された自分を拾ってくれた。たぶん彼女はそうやって幾人もの〝落伍者〟を救ってきたのだろう。べつに恩を売ろうとしているわけではない——スピカ・ラ・ジェミニは誰《だれ》よりも性根《しょうね》が優しいのだ。

だからこそ逆さ月の構成員は彼女のために身を粉にして戦うのだった。

そしてそれはトリフォン・クロスも例外ではない。

逆さ月は一枚岩どころか何十枚岩と言っても過言ではないほど纏《まと》まりのない組織だった。たとえばフーヤオ・メテオライトは組織の理念なんかに興味はない。自分が強くなれればそれでいいと思っている。ロネ・コルネリウスも似たようなものだ。彼女はこの世の真理を見つけるための研究に勤《いそ》しんでいるだけ。

だが――個人個人はそういう多種多様な思想を持った一匹狼《いっぴきおおかみ》のはずなのに、何故《なぜ》かおひい様のもとに集うと緩《ゆる》く連帯するのである。それは時々不可解な行動を――ともすれば裏切りにも等しい行為を平気で働く天津覺明《あまつかくめい》にさえも当てはまった。

彼女のカリスマ性のなせる業なのだろう。

ああいう人物こそが世界を統べるべきなのだ、とトリフォンは思う。

確かに魔核の扱いに関しては少し意見が異なる。しかし六国《りっこく》で革命を起こした後はスピカを頂点に据えるのが世界にとっての幸福であることは間違いなかった。

だからこそトリフォンは戦うのである。

世界のために。逆さ月のために。そして――おひい様のために。

邪魔者は排除しなければならなかった。

テラコマリ・ガンデスブラッド。

スピカが唯一認めた、希代の吸血鬼。

※

プロヘリヤ・ズタズタスキーは困惑していた。

まるで嵐《あらし》が通り過ぎたかのようにボロボロのムルナイト宮殿。その真ん中に立っていたはずの二人が忽然《こつぜん》と姿を消してしまったのだ。いや——二人だけではなかった。彼女たちに襲いかかっていたテロリストの蒼玉《そうぎょく》も消えてしまったのである。おそらくあれが書記長の言っていたトリフォン・クロスだったのだろうが、しかしプロヘリヤにとっては既にどうでもよかった。

「なんだこれは——あの三人はどこへ行ったんだ⁉」

「消えたのよ。〝常世《とこよ》〟にね。つまり——あれが本当の魔核だったたってことだ」

玉座に腰かけていた吸血鬼がつまらなそうにそう言った。続いて自分の頭に被《かぶ》っていた帝冠を素手で握《にぎ》り潰《つぶ》す。キラキラとした破片が床に散らばっていった。プロヘリヤは注意深くその少女の様子を観察する。

顔は見たことがある。神聖教の教皇ユリウス6世、スピカ・ラ・ジェミニ。

彼女はテロリスト集団〝逆さ月〟のボスだったのだ。

それにしてもこの邪悪な気配はなんだろう。白極連邦最強の六凍梁《ろくとうりょう》をして不気味な感慨を抱かしめる不吉な魔力。見た目は可憐《かれん》な少女なのに——何故か相対しているだけで武者震いが止まらない。強者を前にした歓喜が心の底から湧《わ》き上がってくる。

しかしスピカはどこまでも無邪気だった。

まるで遊びに飽きた子供のように「ふわーあ」と欠伸《あくび》をして立ち上がる。

「そろそろ頃合《ころあ》いかぁ。持ってきた飴《あめ》もなくなっちゃったし」

「何を言っている？　私が逃がすと思うのか？」

「あの状況のトリフォンがテラコマリに勝てるとは思えないわね。意外といい線いったと思ったんだけど——やっぱり難しいわね、国を攻略するということは」

「おい。聞いているのか——」

「さあて。帰ろっかな」

吸血姫《きゅうけつき》は目の前の蒼玉少女のことなど歯牙《しが》にもかけていない様子だった。

まるで「お前など眼中にない」と言わんばかりの態度である。さすがに寛大なプロヘリヤといえど無視されたら傷つくし怒りもする。天下の六凍梁大将軍を前にしてこの不遜《ふそん》な振る舞い——ちょっとわからせてやる必要があるだろう。

「おいスピカ・ラ・ジェミニ。少しは人の話というものを聞け。さもなければ私の銃弾が貴様の心臓を——」

その瞬間だった。

「え？」——という声が漏《も》れてしまった。プロヘリヤはいつの間にか武器を取り落として床の上に蹲《うずくま》っていた。いったい何が起きたのか微塵《みじん》も理解できなかった。

お腹《なか》が痛い。まるで刃物で抉《えぐ》られたかのような——いや実際に抉られていた。

身体の内側から小さなナイフらしきものが飛び出ているのである。

「うぐ、ああ……なん、なんだ……これ……⁉」

「トリフォンの真似《まね》よ！　まあ私のは単なる空間魔法だけど」

いつの間にかスピカがすぐそこにいた。

冷徹な青色の瞳《ひとみ》が見下ろしてくる。

彼女はまるで太陽のような笑みを浮かべながら言った。

「――考えたんだけど、このまま成果ナシじゃあ流石《さすが》に悲しいわよね。だから手土産にあなたの首を持って帰ることにするわ。それにあなたにはフーヤオを傷つけられた恨みもあるし。あの子は私の大事な仲間なのよ？　どうしてくれるの？　フーヤオのために麻雀《マージャン》大会を開く予定だったのに、これじゃあ傷が治るまで延期じゃない！」

「…………、」

プロヘリヤは床に転がっている己《おのれ》の銃に手を伸ばした。

しかし届かない。痛みのせいで上手《うま》く身体に力が入らなかった。

「――さあプロヘリヤ・ズタズタスキー。諦《あきら》めなさい。わざわざムルナイト帝国にやってきたことを後悔するがいいわ！　あなたの正義感は無駄だったのよ！」

わけがわからなかった。テラコマリやヴィルヘイズはどこへ行ったのか。目の前の少女の目的はいったい何なのか。何故自分がこんな苦しみを味わっているのか。

気に食わない。すべてが気に食わない。

こんなところで無様《ぶざま》に敗北を喫《きっ》するのは断じてプライドが許さない。

ましてや卑劣なテロリストに屈するなど末代までの恥である——

そのときだった。

不意に天地を串刺しにするような雷鳴が轟《とどろ》いた。

雷鳴？——おかしい。帝都の夜空は満月が見えるほどの快晴だったはず。

「なに……？」

スピカが不思議そうに天を仰《あお》いだ。

プロヘリヤも同じように上空に視線を向ける。穴の開いた天井《てんじょう》から綺麗《きれい》な満月をうかがうことができた。すべてを優しく包み込むかのような月光が謁見《えっけん》の間に降《ふ》り注《そそ》いでいる。

自分は幻聴でも聞いたのだろうか——そんなふうに思ったとき。

「テロリスト。よくも朕《ちん》の庭を荒らしてくれたな」

雷のように鋭い声が響き渡った。

そうして世界を破壊する紫電が辺りに迸《ほとばし》った。

★

しんしんと雪が降っている。

吹く風が冷たい。世界は死んだように静かだった。

「なんだ……これは……」

呆然《ぼうぜん》としながら周囲の様子を見渡した。どうやらムルナイト宮殿の中庭らしい。

自分は宮殿内部の謁見の間にいたはずである。

【転移】の魔法か何かで強制的に排出させられたのだろうか。

それにしては奇妙な点がいくつもあった。

いつの間にか雪が降っている。しかも踏めば足跡がつくほどに積もっているのだ。そして宮殿の建物が少しも壊れていない。まるで何事もなかったかのように悠然と佇《たたず》んでいる。さらに帝都の街並みが恐ろしいほどに静まり返っていた。争いの気配が少しも感じられない。血のにおいがしない。

そうしてトリフォンは決定的な事実に気がついた。

夜空に浮かんでいたはずの月が消えているのだ。雪雲に隠れたわけではない。目を凝らしてみればよくわかる——満月がいつの間にか新月に変わってしまったらしい。

まるで異世界に迷い込んだかのような気分だった。

しかし原因はわかりきっていた。

「なるほど……なるほど。烈核解放《れっかくかいほう》の新しい能力か」

心の成長に伴い烈核解放も強化されていく。

ならばこの現象はテラコマリ・ガンデスブラッドあるいはヴィルヘイズが巻き起こしたモノに違いなかった。

詳細は不明。しかしなんという強大な能力だろうか。

排除しなければならなかった。あの二人が今後も心を成長させていくのならば、ここで殺しておかなければ将来的に大損害を被《こうむ》ることになるであろう。

味方はいない。おそらく【大逆神門《たいぎゃくしんもん》】も機能不全。

圧倒的に不利な状況だが――これを乗り越えてこその朔月《さくげつ》である。

「――みつけた」

不意に舌ったらずな声が聞こえた。

膨大な魔力が降り注ぐ。おぞましい殺気が突き刺さる。

新月の闇《やみ》を背負いながらゆっくりと降下してきたのは紅と青の吸血鬼だった。

七紅天《しちぐてん》テラコマリ・ガンデスブラッド。

そして彼女の腕に掴《つか》まっているのはメイドのヴィルヘイズである。

まったく不愉快な光景だった。ここまで辛酸を舐《な》めさせられたのはいつ以来だろう。

魔力を練る。上級造形魔法によって氷の刀が世界に顕現《けんげん》する。人間二人を葬るには申し分ない武器であろう。トリフォンは笑みを浮かべながら氷の刀を振りかざした。

その刃先は夜空に浮かぶ二人の吸血鬼に向けられている。

「よくも私の邪魔をしてくれましたね。あと少しで計画は達成できたのに――」

「しね」

魔法陣が形成された。

そうして容赦《ようしゃ》なく魔力が発射された。

無数の弾丸が雪を吹き飛ばしながら襲いかかる。トリフォンは必死でその場から離脱しながら敵の動きを見定めた。動きも何もありはしなかった。やつは地面に降り立つとまるで固定砲台のごとく滅茶苦茶《めちゃくちゃ》に魔法をぶっ放してくるのである。

背後の噴水が音を立てて弾《はじ》け飛んだ。

トリフォンは偶然右手に当たった石の破片を【大逆神門】でテラコマリの脳髄《のうずい》に転送させようとして――しかし破片は彼女の遥《はる》か後方に転移してしまった。やはり何らかの理由で転移系の異能が使えなくなっているのだ。

というよりも空間の座標がわからない。やはりここは異世界なのかもしれない。

「小賢《こざか》しいッ――!」

目前に迫りくる弾丸を転がって回避する。

しかし敵の攻撃は途絶えることがなかった。魔力の塊は化け物じみた速度・物量でもってトリフォンを殺しにかかってくる。無我夢中で足を動かして回避するたびに周囲の建築物が抉れ、破壊され、そして壮絶に爆発《ばくはつ》してバラバラと瓦礫《がれき》が吹き飛んでいく。

気を抜いた瞬間に魔力が肩口を掠《かす》めていった。

皮膚が切り裂かれて血が噴き出す。

しかし痛みに悶《もだ》えている場合ではなかった。この程度の傷など放っておけば治ってしまうだろう。

「小賢しい。本当に小賢しいですね……！」

トリフォンは歯軋《はぎし》りをしながら考えた。

このまま逃げ続けていても埒《らち》が明かない。

ならばこちらから仕掛けてやろう。やつは自分が〝狩る側〟だと信じて疑わない。その慢心が命取りとなるのだ――そんなふうに考えながらトリフォンは氷の刀を構えた。

初級加速魔法・【疾風】。

何の変哲もない初歩の初歩の魔法。

しかし敵との距離を詰めるにはもってこいの手段だった。高速で雨あられのように迫りくる魔力をそれ以上のスピードで回避しながらトリフォンは紅色の渦へと肉薄する。

常人ならとっくに恐怖で気絶していそうなほどの殺気。

しかしトリフォンは持ち前の精神力で怖気《おじけ》を抑えつけながら必死で地を駆けた。

あと少し。あと少しだった。

目前に魔力の塊。

刀を斜めに傾けて莫大《ばくだい》な力の方向性をわずかにずらす。紅色の魔力は氷の刀身を滑るようにして背後の夜空へと打ち上げられていった。

「――――、」

テラコマリの顔に一瞬だけ動揺したような気配が浮かんだ。

刃を振りかぶる。敵の首筋を狙《ねら》って横薙《な》ぎを繰り出そうとして――

「ッ――?!」

ざくり。

不意に足首に衝撃が走った。世界がひっくり返った。トリフォンの身体は回転しながら雪の上を滑っていった。わけがわからなかった。氷の刀が手から吹っ飛んでいく。

辛《かろ》うじて体勢を立て直しながら恐る恐る自分の足元を見やった。

手品のように現れたクナイが、トリフォンの足に深々と突き刺さっていた。

「な――なんだこれは――⁉」

テラコマリの仕業《しわざ》ではない。さらにいえば尋常《じんじょう》の魔法ではない。

それこそトリフォン自身が行使する【大逆神門】のような異能でなければこのような芸当は不可能だった。

「――どうですか。似たようなことをされる気分は」

くすくすと笑う声が聞こえた。

信じられないような気持ちで振り返る。

テラコマリの横にメイド服をまとった少女が立っている。

主人に負けず劣らず激甚な魔力をまき散らしている吸血鬼——ヴィルヘイズ。

彼女は青の奔流の中で笑みを浮かべながらこちらを見つめていた。

「似たようなこと——といっても瞬間移動ではありませんが。あなたが通るべき未来に爆弾を設置しておいただけです」

「何を言っている……？」

「私もよくわかりません。でもあなたの行動が手に取るようにわかるのです」

彼女はそう言ってポケットから数本のクナイを取り出した。

しかしそのクナイは次々と宙に溶けて消えていった。

その転送先は容易に想像がついてしまった。

【パンドラポイズン】は未来視の異能だとされている。実際に彼女は自分の身体に仕掛けられた爆弾の個数を正確に言い当てていた。

そして先ほどのヴィルヘイズの言葉が正しいのなら——そしてトリフォンの予想が正しいのなら——あれはおそらく〝未来〟に向かって飛んでいったのだろう。

気に食わなかった。いったい何を食べればそんな強大な能力を得ることができるというのか。

トリフォンは苛立《いらだ》ちを覚えながら足に突き刺さったクナイを引き抜いた。

血が溢《あふ》れる。痛みが脳を駆け抜けていく。だからどうした――ここで諦めてしまったら理想の世界は実現しなくなる。逆さ月にはトリフォン・クロスが必要なのだから。

「こんなところで――死んでたまるかッ!!」

再び【疾風】を発動。トリフォンは血をまき散らしながら加速した。

テラコマリが馬鹿《ばか》みたいに紅色の魔力を発射してくる。確かに威力は強力だ――しかし軌道が直線的すぎる。敵の動きを読んで打ち込んでいるわけではないらしい。慣れれば避けるのは容易《たやす》かった。

トリフォンは失われた左腕の先に魔力を集中させ――連続で【魔弾】を打ち込んだ。

しかし牽制《けんせい》にもならなかった。飛んでいった弾丸はテラコマリの周囲に張り巡らされた障壁に阻《はば》まれ宵闇《よいやみ》で弾けて消えた。

やはり尋常の吸血鬼ではない。ここまで放置していた自分の愚かさを呪いたくなった。

「殺しておかなければ――」

背後で大爆発が巻き起こるのを感じながら雪の上を疾駆《しっく》する。

身体が痛む。痛みはやがて怒りへと変わっていった。

目の前の敵をなんとしてでも葬らなければならない。逆さ月に――〝神殺しの邪悪〟に仇《あだ》をなす愚か者は消しておかなければならない。

「無駄ですよ」

青い少女が勝ち誇ったように呟《つぶや》いた。

「あなたは五秒後に敗北することになっています」

「ではその未来を覆しましょうッ!!」

トリフォンは雄叫《おたけ》びをあげながら特攻した。

法則は解明されつつあった。確かにこの世界には通常の座標計算が通用しない。だったら合わせてやればいいのだ。どこに転送すれば正確に敵の脳味噌《のうみそ》を貫けるのか——何度も計算とシミュレーションを繰り返して確かめてやればいい。

「ふっとべ」

魔力の塊が飛んでくる。

トリフォンはギリギリまで引きつけてから回避する。

「吹っ飛ぶものかァ——!!」

「四」

目の前には幻想的な風景が広がっていた。

鮮やかな血液のように紅い魔力。そして荒れ狂う大海のように青い魔力。その中央で二人の吸血鬼が踊るように魔法を放っている。

トリフォンは束《つか》の間見惚《みと》れてしまった。なんという美しい心の強さだろうか——しかし頭を振って意識を覚醒《かくせい》させる。こんな馬鹿げた筋書きがあっていいはずがないのだ。

魔力を捏《こ》ねて再び氷の刀を生成する。

このまま投擲《とうてき》してやろう――そう思った瞬間右手に激痛が走った。

ヴィルヘイズが仕掛けておいたクナイが手に突き刺さっていた。

思わず表情を歪《ゆが》める。青いメイドが静かに呟いた。

「三。――そろそろ諦めたらどうですか」

「ッ――――‼」

諦められるわけがなかった。

氷の刃を失ったトリフォンは本能的に魔力をかき集めて【魔弾】を連射した。しかし一発たりとも敵に命中することはなかった。

テラコマリの周囲に薄く展開されている紅色の障壁がすべてを阻んでしまうのだ。

それはヴィルヘイズを狙っても同じことだった。テラコマリはまるで己の従者を護《まも》るようにして障壁を彼女のほうにも広げているのである。

絶望が駆け抜けていった。

これではたとえ接近したとしても攻撃が通る保証はどこにもなかった。

「二」

世界がスローになる。

そうして脳裏を過《よぎ》るのは走馬灯にも似た過去の映像だった。

おひい様に拾われたこと。逆さ月の一員としてテロ活動に勤しんだこと。功績が認められて朔月に昇進したこと。初対面のロネ・コルネリウスに「こわい」と泣かれたこと。ソリの合わない天津覺明と「腕相撲はどちらが強いか」で喧嘩《けんか》になり酒の席で殴り合いをしたこと。フーヤオに「トリフォン殿は陰気ですな！　一緒にいると気分が沈んでゆきます！」と笑われて少し傷ついたこと。おひい様に「よくやったわね！」と褒められたのはいいのだが褒美《ほうび》として血の飴を寄越《よこ》されて正直処理に困ったこと――

「馬鹿な……違う……」

これではまるで今から死ぬみたいではないか。

何を感傷的になっているのだ。まだ敗北が決定したわけではないのだ。やるべきことは残っている――

「――」

トリフォンは全身の魔力をかき集めて三度氷の刃を作り出した。

世界は人間の心によって形作られている。

そうであるならば、トリフォン・クロスの信念がテラコマリ・ガンデスブラッドの優しさを超越したとき、理論上この刃は彼女の喉元《のどもと》まで届くはずだった。

「死ね。テラコマリ・ガンデスブラッドぉ――――――――――――――――ッ!!」

咆哮《ほうこう》とともに力強く踏み込んだ。

敵は目前。

想定外の気迫に気圧《けお》されたのか、一瞬だけ魔法を発動する動きが止まった。

気持ちが逸《はや》る。思考が加速していく。このままその矮軀《わいく》を血で染め上げてやろう。

すでに計算は終わっていた。

トリフォンは【大逆神門】を発動する。

瞳が焼けるような熱を発した。とはいえこの世界の座標体系を完全に把握しきったわけではない。転送できる範囲は自分を中心とした半径5メートル程度。

間合いは詰められていた。

トリフォンの手から氷の刀が消え失せる。このままテラコマリ・ガンデスブラッドの脳髄に割り込ませればすべてが終わる——そう思った瞬間、

「——想定通りです。コマリ様」

「うん」

テラコマリがわずかに身体をずらした。

転送された氷の刃は虚空《こくう》を切り裂いて地面に落ちていく。

「馬鹿な——」

トリフォンは唖然《あぜん》としてその光景を見つめていた。

何をやっても通じない。どんな攻撃も予測されてしまう。気づいたときには致命的に一歩遅れている。

テラコマリ・ガンデスブラッドの圧倒的な破壊力。

そしてヴィルヘイズによる完全無比の予知能力。

あまりにも悪魔的な組み合わせだった。こんなものをどうやって攻略すればいいのか——

そんなふうに底無しの絶望に襲われていたときのことだった。

またしても全身に激痛が走った。

「っ——!?」

神経が焼き切れるかと思う。ヴィルヘイズの【パンドラポイズン】が襲いかかってきた。

トリフォンの右手と両足に鋭利なクナイが突き刺さっていた。

耐えがたい痛みに気圧されて身体のバランスが崩れる。そのまま雪の上に向かって転びそうになってしまう。こんな場所で斃《たお》れてたまるか——なんとか踏みとどまろうとしたところで小さな呟きが聞こえた。

「——ゼロ」

それは戦いの終わりを告げる声でもあった。

「コマリ様、お時間です」

「とりふぉん。はんせいしろ」

目の前に殺意を滾《たぎ》らせた吸血姫の姿があった。

彼女の指先からすさまじい勢いで紅色の光線が解き放たれた。

避けることはできなかった。

「おひい様……、」

その呟きは誰にも聞かれなかったはずである。

トリフォンは泡を食って【障壁】を何重にも展開した。無駄な抵抗であることは百も承知だった。生存本能に突き動かされた肉体が無意識のうちに魔力を練っていた。

しかし結局は徒労に終わってしまった。

視界が真《ま》っ赤《か》に染まった。

テラコマリが放った魔法は苦《くる》し紛《まぎ》れの【障壁】をいとも容易く破壊して――そのままトリフォンの理想ごと打ち砕いて突き進んでいった。

★

トリフォン・クロスを呑《の》み込《こ》んだ紅色の奔流はそのまま一直線に驀進《ばくしん》。ムルナイト宮殿の壁を破壊して夜空のかなたへ消えていった。敵がどこへ消えたのかもわからなかった。しかし無事では済まなかったのだろうな――とヴィルヘイズは思う。

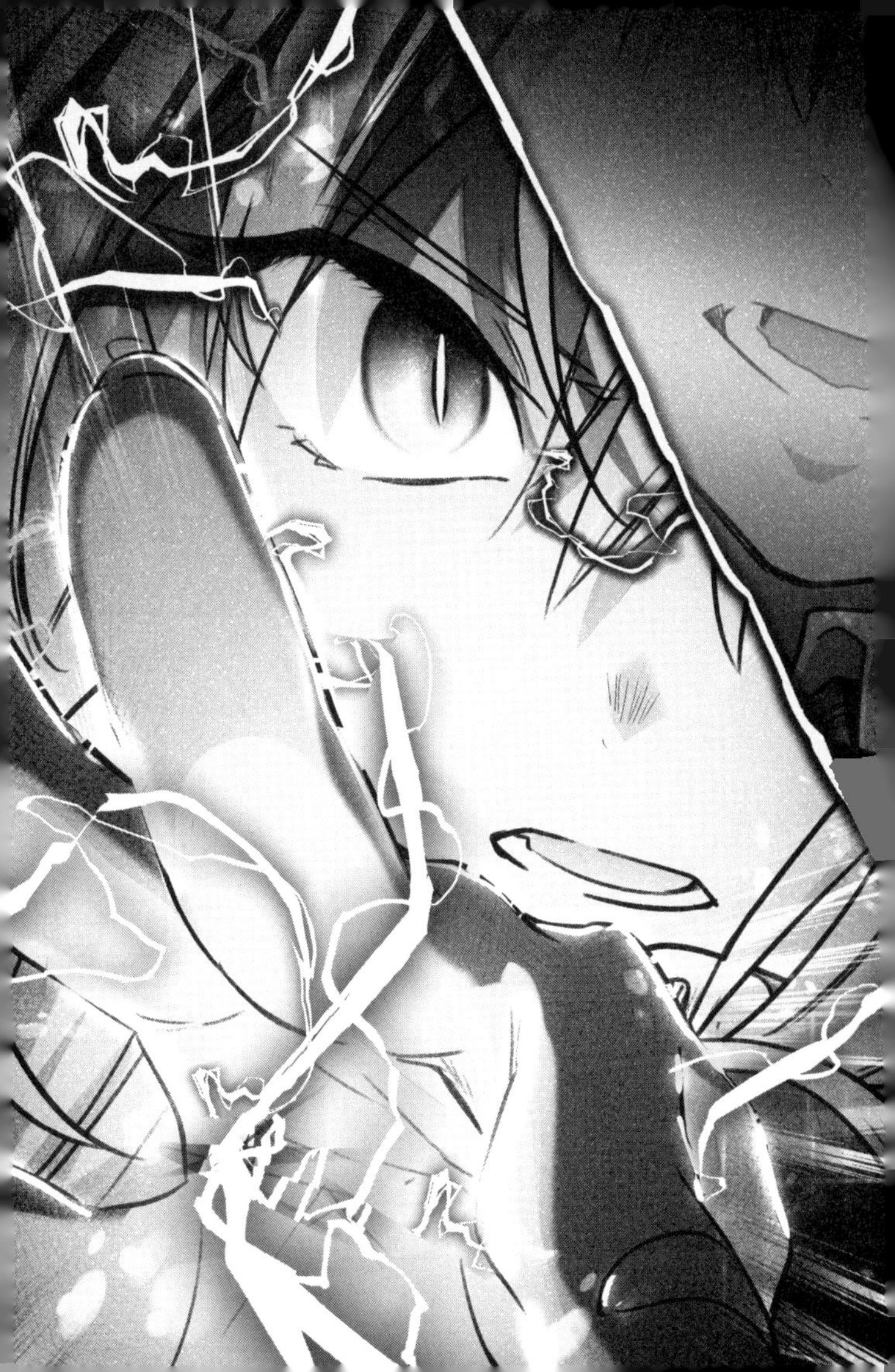

そうして新月の世界は一気に静まり返った。

未来を視《み》る力が消えていく。青い魔力がだんだんと溶けるようにして霞《かす》んでいく。

それは隣に立っている主人も同じだった。目的を果たした【孤紅《ここう》の恤《とむらい》】は熱が冷めるように引いていった。紅色の魔力や強烈な殺気も徐々に薄まっていく。

そうして彼女は普段のテラコマリ・ガンデスブラッドへと戻っていった。

「――あれ、」

小さな身体がぐらりと揺れる。

ヴィルヘイズは慌てて主人の身体を支えてやった。

「大丈夫ですかコマリ様。どこかお怪我《けが》はありませんか」

「ああ……なんか色々と全身が痛いけど……たぶん大丈夫だと思う」

「何が起きたのか覚えていらっしゃいますか?」

「私がなんかすごいことをしたのは覚えている」

視点が定まっていなかった。夢と現実の区別がまだついていないのだろう。烈核解放を発動したときの意識が少しずつ残るように変化している様子だが、まだ完全ではないようだった。

ヴィルヘイズは思わず安堵《あんど》の溜息《ためいき》を漏らしてしまった。

「コマリ様は逆さ月のトリフォン・クロスを打ち破ったのです。私と一緒に」

「……そっか」

コマリは少しだけ笑った。

己の力について疑うこともないようだった。

「実感はないけど……これでムルナイト帝国はもう平気なんだよな？」

「おそらくは」

「でもスピカがいたよな。あいつは……」

「暴徒を鎮圧したカニンガム殿やアマツ殿が宮殿へ向かっていたはずです。さすがにスピカ・ラ・ジェミニといえど、あの二人を倒すことは不可能でしょう」

これはテラコマリ・ガンデスブラッドが成し遂げた偉業に他ならない。

皇帝不在の中で彼女は心の強さと優しさを発揮してテロリストを退けた。彼女はみんなのために立ち上がり――そして周りの人間たちは彼女を支えたいと思って剣を取った。アルカ共和国や天照楽土《てんしょうらくど》、ついでに白極連邦の将軍たちが増援に駆けつけてきてくれたのは、ひとえにコマリの人徳があってこその結果だろう。

やはりこの人はいずれムルナイト帝国を引っ張っていくべき吸血鬼だな、とヴィルヘイズは胸がいっぱいになった。

「まあ……終わったならよかったよ。もう半年くらい引きこもってもいいよね？」

「何を仰《おっしゃ》っているんですか。これからも仕事は雑草のようにポコポコ生えてきますよ」

「生えてくんなよっ！　もう私は疲れたよっ！」

「でもコマリ様は『もう引きこもらない！』って言ったじゃないですか」

「ぐぬぬ……それとこれとは話がべつだろ……」

コマリはしばらく唸《うな》っていた。しかし何かの決心がついたらしい。大きな溜息を吐いてからこちらを見上げ、

「……でもまあ。お前がいるなら私は大丈夫だろうな。今回もなんだかんだで死なずにすんだわけだし――ヴィル。これからもよろしくな」

「それは求婚の一種と考えても間違いはないでしょうか？」

「間違いだらけだよっ！」

コマリはそっぽを向いてしまった。こんなやり取りをするのも久しぶりな気がした。

とにもかくにも危難は去ったはずである。はやく皆のもとへ帰らなければ――

いや。待て。

ここはどこなのだ――？

「……おい。月が消えているぞ」

「本当ですね。何かがおかしい」

明らかに今まで自分がいたはずのムルナイト帝国ではなかった。

雪が降っている。満月が新月へと変わっている。あれだけ騒がしかったはずの帝都が墓地のように静まり返っている。本物の帝都とは似て非なる世界。

しかしヴィルヘイズは奇妙な感慨を抱いてしまった。郷愁の念を掻《か》き立《た》てられるような不思議なにおい。故郷を訪れたときに抱くような懐かしい気持ちが溢れてくる——否《いな》。そんなことは断じてあり得ない。自分に故郷なんてないのだから。

これはどういう現象なのだろう。

てっきりトリフォン・クロスの能力が原因かと思っていたが違うらしかった。

そうだ——確か白い光が溢れたのだ。プロヘリヤ・ズタズタスキーの放った弾丸がトリフォン・クロスに転移させられてコマリのペンダントに命中した。

その瞬間の記憶が曖昧《あいまい》なのである。

「コマリ様。こちらに移動したときのことを覚えていますか——」

「あああああああああああああああああああああああああ⁉」

いきなり絶叫が聞こえてビクリと肩を震わせてしまった。

コマリが胸のペンダントを抱えながら、この世の終わりのような表情をしていた。

「わ、割れてる……」

「はい？」

「割れてる！　ヒビが入ってる！　お母さんの形見が……！」

確かにペンダントには罅《ひび》が入っていた。

プロヘリヤの弾丸を受けた影響だろうが——そこでふと気づく。コマリやヴィルヘイズをこの場所へと誘《いざな》った白い光は、確かあのペンダントから漏れていたはずだ。

「どうしよう……お母さんに怒られちゃう……」

「泣かないでくださいコマリ様。アマツ殿に頼めば直してもらえますよ」

「そ、そうかな。でもあんまり迷惑かけるわけにも……」

「そのペンダントは非常に重要なモノの気配があります。説明すればアマツ殿もわかってくれるでしょう。それよりも帝都に帰る方法を考えるのが先決です。とりあえずその辺を探索してみましょうか――」

そう言ってヴィルヘイズは辺りを見渡した。

雪に彩《いろど》られたムルナイト宮殿は驚くほどに森閑としている。ここは本当にムルナイト帝国なのだろうか。自分は夢でも見ているのではないか――そんなふうに疑念を抱きながら一歩踏み出したとき、ふと腹部に疼痛《とうつう》を感じた。

当たり前だった。体内に埋め込まれた爆弾による傷は治っていない。

烈核解放で精神が高揚《こうよう》していたから誤魔化《ごまか》せていただけだ。

「……コマリ様、すみません。少し休んでもいいでしょうか」

「え？――そ、そうだ！　お前怪我をしてたよな⁉　大丈夫なのか……⁉」

「放っておけば治るはずです。これはたぶん神具によるダメージではありませんので」

ヴィルヘイズはその場に蹲った。

しかし冷静に考えてみればおかしいような気もする。そろそろ魔核の効果によって苦痛が軽減されなければおかしいはずなのに――何故だか痛みはますます強まっていた。

コマリが泣きそうな顔で心配してくる。

「本当に大丈夫なのか⁉　くそ、私が回復魔法を使えればよかったのに」

「大丈夫ですから。ご心配なく」

「無理はするな。いま誰か人を呼んできてやるから――、」

コマリの言葉が止まった。

ヴィルヘイズは何気なく彼女のほうを振り仰《あお》いだ。

そうして驚くべきものを目撃してしまった。

コマリが血を吐いて地面に座り込んでいたのである。げほげほと咳《せき》をするたびに鮮やかな赤色が雪の上にぽたぽたと垂れていく。彼女は胸を押さえながらひゅーひゅーと呼吸をしていた。

「あ……あれ……おかしいな……身体に力が……」

頭が真《ま》っ白《しろ》になった。

ヴィルヘイズは慌てて主人のほうへと駆け寄る。しかし腹部の痛みが限界を超えてその場に倒れ込んでしまった。

目と鼻の先では主人が苦しそうに喘《あえ》ぎながらうずくまっていた。

「コマリ様ッ……‼」

どこかの傷口が開いたのかもしれなかった。彼女の胸の辺りからもドクドクと血が溢れ出していた。降り積もった雪が真っ赤に染まって溶けていく。

目の前の現実を上手く認識できなかった。

【孤紅の恤】がコマリの身体に負担を強いていることはわかっていた。彼女は烈核解放後、いつも全身の魔力がごっそり抜け落ちるという現象に見舞われて入院をしている。

今日は三回も発動したのだ。身体の機能が壊れてもおかしくはなかった。

「コマリ様、コマリ様……」

ヴィルヘイズは譫言《うわごと》のように主人の名を呼んだ。

おかしい。あり得ない。テロリストを倒して大団円。そういう筋書きのはずではなかったのか。これからムルナイト帝国へ一緒に帰る予定だったのに。

そうだ——自分がこんなにも絶望しているのは嫌な予感を拭《ぬぐ》えなかったからだ。

自分のお腹。回復する兆しのない痛み。

ここは魔核の効果が及《およ》ばない場所の可能性があるのだ。

「ヴィ、ル……」

コマリが苦しそうに表情を歪めながらこちらを見つめてきた。

その目は虚《うつ》ろ。辛うじて意識を保っているに違いなかった。

しかしヴィルヘイズのほうも限界だった。

メイド服が赤く染まって血が溢れてくる。視界が霞んでくる。

ゆっくりと腕を主人のほうへと伸ばす。

この人が道を歩むための手助けをしようと思って生きてきた。始めはただの恩返しだったのかもしれない。けれども彼女と日々を過ごすにつれ気持ちは少しずつ変わっていった。

テラコマリ・ガンデスブラッドが作り上げる優しい世界を見てみたい。

ずっとそばにいて彼女の力になってあげたい。

そう思って頑張ってきたはずなのに。そして今回の一件で彼女と心がわかり合えたはずなのに——こんな結末はあんまりじゃないかとヴィルヘイズは思う。

彼女の身体はボロボロのようだった。

コマリはすでに短く呼吸をするだけで言葉を発することがなかった。

雪がしんしんと降っている。

痛覚が麻痺《まひ》しているせいで少しも寒くなかった。

しかし心がおそるべき速度で冷え切っていく。

深い絶望に覆《おお》われて、なすすべもなく凍りついていく。

「コマリ様……」

ヴィルヘイズは掠れた声でその名を呼んだ。

こんな最期《さいご》は絶対にいやだ。このまま二人とも息絶えるなんて許せるはずがない。

これからもずっとコマリ様と一緒にいたいのに――そんなふうに天に向かって祈りを捧《ささ》げていたときのことだった。

雪を踏む足音が聞こえた。

視界が霞んでいるせいで正体はわからなかった。

しかし確かにそこに誰かがいたのだ。


「――大きくなったね、二人とも」


幻覚だったのかもしれない。

今際《いまわ》の際に臨んで感覚がおかしくなっていたのかもしれない。

しかしその人物は幻とは思えない優しさのこもった声で囁《ささや》くのだった。

「でもきみたちはまだこっちに来ちゃいけない。私が帰り道を教えてあげよう」

死が近づいているのかもしれなかった。

痛みが嘘《うそ》のように消えていった。

そうして眩《まばゆ》い光が世界を照らしていく。

闇が晴れ――静寂に包まれていた世界に騒がしさが戻ってくる。

「あなたは……」

辛うじて声を絞り出す。

返答はなかった。彼女が微《かす》かに笑ったような気がした。

頭の中をぐるぐると駆け巡る疑問はやがて吹雪《ふぶき》にさらわれて消えていった。そうしてヴィルヘイズは温《ぬく》もりに包まれながら意識を手放した。

※

六国新聞　12月21日　朝刊
『ムルナイト帝国動乱　ガンデスブラッド将軍大活躍
【帝都――メルカ・ティアーノ、ティオ・フラット】ムルナイト帝国帝都を襲った神聖教・逆さ月の暴動が20日、テラコマリ・ガンデスブラッド七紅天大将軍をはじめとした帝都勢力によって鎮圧された。この事件（※以後〝吸血動乱〟と呼称する）の首謀者は神聖教第99代教皇ユリウス6世ことスピカ・ラ・ジェミニ氏（年齢不詳）。同氏は逆さ月のリーダー、通称〝神殺しの邪悪〟と同一人物であり、三年前から聖都に入り込んで計画を練っていたと思われる。……（中略）……帝都で行われた戦闘は熾烈《しれつ》を極《きわ》めた。しかしアマツ・カルラ大神《おおみかみ》率いる天照楽土軍、ネリア・カニンガム大統領兼八英将《はちえいしょう》率いるアルカ共和国軍の応援により一転攻勢。最終的にはガンデスブラッド将軍による烈核解放【孤紅の恤】によってテロリストは一掃された。六国大戦以降、ガンデスブラッド将軍が推し進めていた「世界の融和」政策が見事に花開いた結果と言えよう。なお聖都レハイシア大聖堂は此度《こたび》の事件を重く受け止め、本年中に教皇選出会議〝聖なる根気比べ〟を実施する旨を発表した。……（後略）……』

【0】えぴろーぐ

Hikikomari the Vampire Countess no Monmon

ムルナイト帝国は逆さ月によって大きな被害を受けた。

吸血鬼の長い歴史を紐解《ひもと》いても帝都がここまでの破壊に見舞われたのは初めてのことだった。それだけ敵の攻撃が苛烈《かれつ》かつ姑息《こそく》だったことの証左といえよう。

多くの人々が痛みと悲しみを味わった。

しかし彼らは同時に大きな希望も抱いた。

帝都を救った七紅天《しちぐてん》大将軍テラコマリ・ガンデスブラッド。そして彼女を支えたネリア・カニンガムやアマツ・カルラなど他国の英雄たち。人々が力を合わせれば強大なテロリストをも駆逐できることが証明されたのだ。

帝都の吸血鬼は新しい時代の到来を予感していた。

人と人とが傷つけ合うのではなく、最終的には手を取り合って巨悪に立ち向かっていくという心温まる世界。テラコマリ・ガンデスブラッド将軍が追求している（とされる）平和な世界——それが少しずつ形作られていくのを肌で感じ取っていた。

「——今回はコマリに救われてしまったな。まったくあの子には驚かされてばかりだ」

夜を徹しての大騒ぎからしばらく時間が経過した。

ムルナイト帝国皇帝カレン・エルヴェシアスは、ムルナイト宮殿の一室にて大きな溜息《ためいき》を吐いていない。まったくもって彼女らしくない仕草だな——と帝国宰相アルマン・ガンデスブラッドは思う。

窓の外は快晴。風は冷たいけれど、帝都に降《ふ》り積もった雪は徐々に解けていくと思われた。

「帝都の被害は甚大《じんだい》です。しかし復興までそれほど時間はかからないかと。建設大臣曰《いわ》く『ガンデスブラッド将軍の威光を借りれば働き手はいくらでも集まる』とのことで」

「ようするにやりがい搾取《さくしゅ》か。コマリが『この国はブラックだ！』と嘆くのも無理はないな」

「しかしブラックでも何でも大急ぎで態勢を立て直さなければなりません。再びテロリストが襲ってきたら一たまりもありませんから」

「しばらくは仕掛けてこないと思うがな。何せ逆さ月の構成員は——」

「——カレン。そんなことよりも本題に入れば？ 眠いんだけど」

窓際の椅子《いす》に座っていた少女が欠伸《あくび》まじりの声を漏《も》らした。

この場には三人の人間がいる。

皇帝。宰相。そして七紅天ペトローズ・カラマリア。

ムルナイト帝国のトップに立つ三人が一堂に会しているのである。

招集したのは皇帝。その目的は今後の方針を練ることと——今回何が起きたのかを皇帝の視点から説明することだとされていた。

　皇帝が「わかったわかった」と呆《あき》れたように言う。

「居眠りされたら困るから手短に話そう。そもそも朕《ちん》が今回の騒動で姿を見せなかった理由は不覚にも罠《わな》に嵌《は》まってしまったからだ。国を護《まも》るべき立場の皇帝として恥ずかしいにもほどがある。後ほど国民にはきちんと謝罪をしておかなければならん」

「どんな罠だったの？　カレンが引っかかるくらいだから普通の騙《だま》し討《う》ちじゃないんだろうけど」

「まあ騙し討ち自体は普通だったな。いきなり背後から襲われた。しかし朕を誘《おび》き出すために使われたアイテムが異常だったのだ」

　そう言って皇帝は懐《ふところ》から一枚の紙を取り出した。

　手紙だろうか。何の変哲もない便箋《びんせん》のように思われた。

　アルマンは何気ない気持ちでテーブルの上に放られたそれを眺めた。そして天地がひっくり返るような衝撃を受けてしまった。

「これは……ユーリンの文字……⁉」

「その通りだ。彼女の魔力もこもっている。内容は――『私は常世《とこよ》にいるから大丈夫』」

「わけがわかりません。どういう意味ですか」

「そのままの意味だ。彼女は〝常世〟にいるのだよ」

アルマンは混乱のあまり言葉を失ってしまった。

コマリの母親——ユーリン・ガンデスブラッド。彼女は七紅天として世界を駆け回り、テロリストと熾烈《しれつ》な争いを繰り広げ、やがて戦火に呑《の》まれて忽然《こつぜん》と姿を消した。ムルナイト帝国政府の公式見解では彼女は死亡したことになっているはずだった。子供たちにも「お母さんは遠いところへ行ってしまったんだよ」と説明していた。

だが、目の前にあるこの手紙はいったい何なのだろう。

意味深な文章。彼女が生前に書いたものとも思えなかった。

「朕はね。おそらくこの〝常世〟という場所に閉じ込められていたんだ」

「カレン。頭でも打った？」

「頭をぶたれたことは確かだな。——ユーリンの手紙には別の人物のメッセージも残されていたんだ。『核領域の○○○で待っている』——そんな具合にな。これは逆さ月が朕を誘き出すために付け加えた文章に他ならない。普段の朕ならばこの程度のことに気づかぬわけもないのだが、今回は流石《さすが》にユーリンの気配を前にして冷静でいることはできなかった。そして指定された場所に独断で向かい、いきなり背後から襲われ、次に目が覚めたときには——ムルナイト帝国とまったく同じ姿をした、まったく別の世界に立っていたんだ」

「⁇」

「あれは死後の世界などではない。おそらく同時に存在する別の世界なのだろうな。私はそこでユーリンらしき人物を見かけたんだ」

　もはや何の話をされているのかサッパリだった。

　アルマンは心を落ち着けながら「陛下」と眉《まゆ》をひそめる。

「百歩譲ってあなたが常世なる異世界に行っていたとしましょう。しかしあなたが出会ったその人物は本当にユーリンだったのですか？　勘違いという可能性は？」

「ない。朕が彼女の気配を間違えるわけがない。それに少しだけ会話もしたのだ」

「やれやれ。もう年だから……」

「殺されたいのか？」

「ごめんなさい」

　本当に殺されるかと思った。

「――そもそもさ。カレンはどうやってその世界に行ったの？　んでどうやって帰ってきたの？　キミ自身にそんな能力はないでしょ」

「だから逆さ月にやられたんだ。やつらは常世とこの世を往来する力を持っている。やつら――というよりも〝神殺しの邪悪〟個人がそうなのだろうな。朕をあっちの世界に送り込んだのはスピカ・ラ・ジェミニだろう。あれは確か新月の日だったな」

「帰りは？」

「ユーリンに言われた――『このままだとムルナイト帝国が危ないぞ』とな。ちなみに朕が彼女と交わした会話はこれだけだ。詳細を問《と》い質《ただ》そうとしたら世界が真《ま》っ白《しろ》い光に包まれた。そうしてボロボロに破壊されたムルナイト宮殿と、玉座にふんぞり返っているスピカ・ラ・ジェミニと、ついでに殺されそうになっているプロヘリヤ・ズタズタスキーを発見したのだ」

そのときアルマンは死んでいたので詳しい事の成り行きは知らない。

しかしテロリスト集団の首魁《しゅかい》は突如として現れた皇帝を目にすると、「今日はこのくらいにしておいてやるか」みたいな捨て台詞《ぜりふ》を放って逃げてしまったらしい。そこまで追い詰めたのなら捕まえろよ陛下――と言いそうになったが言ったら死ぬのでやめておく。

ペトローズが羊羹《ようかん》をもぐもぐ食べながら言った。

「じゃあ、その手紙は本当にユーリンが書いたってわけ?」

「何か特殊な技術を用いて偽造したわけでなければな。そしておそらく――彼女はムルナイト帝国の面々に己《おのれ》の無事を伝えるためにこれを書いたのだ。しかし何かの拍子に逆さ月の手に落ちた。朕を嵌めるための道具として利用されてしまったんだ」

「…………」

疑問点は多々あった。しかし皇帝がここまで断言するのならば目を背《そむ》けるわけにもいかなかった。「常世」「ユーリン」「逆さ月」――いったい何の関連性があるのだろうか。

「……そうだね。カレンの言うことは正しいのかも」

ペトローズが羊羹の包み紙を放り捨てる。ゴミ箱に捨てろよと思わなくもない。

「帝都でテロリストの幹部に出会ったんだ。白衣を着た翦劉《せんりゅう》の……たしか名前は『ロネ・コルネリウス』。あいつも似たようなことを言っていた。殺しておけばよかったな。ちょっと目を離した隙《すき》に【転移】されちゃったよ」

「殺すんじゃなくて捕まえてくれ。まあ過ぎたことを言っても仕方ないが」

「それとコルネリウスはもう一つ教えてくれた。常世への扉を開く鍵《かぎ》は魔核《まかく》らしいよ」

皇帝が押し黙った。

アルマンも理解が及《およ》ばずに口を噤《つぐ》んでしまう。常世だの魔核だの言われても、実際に目で見たわけではないのでイマイチ実感が湧《わ》かなかった。

皇帝は「ふむ」と神妙そうな顔で頷《うなず》きながら窓の外の雪景色へと視線をやる。そして何気ない調子でこう言った。

「ムルナイト帝国の魔核はユーリンのペンダントだ」

「は」

頭をぶん殴られたかのような衝撃だった。

思わず皇帝の横顔を凝視してしまった。

「……え？　あれが魔核だったんですか？　なんでコマリが持ってるんですか？」

「そうあるべきだからだ。本人にはまだ知らせるんじゃないぞ。――しかし、お前は宰相のくせして気づいていなかったのか？　相変わらずどんくさいなあアルマン」

「…………」

知る手段がどこにあったというのか。この吸血鬼は色々とワンマンすぎるのだ。あなたもそう思いますよねカラマリア閣下？――そんなふうに同意を求めて〝無軌道爆弾魔〟に視線を向けると、彼女は大して驚いた様子もなくおかわりの羊羹を貪《むさぼ》っていた。

この場で魔核の正体を知らなかったのは自分だけらしかった。

皇帝はアルマンの絶望を無視して言葉を続けた。

「これは調査をする必要があるな。魔核とはいったい何なのか」

「調査といってもどうするんですか。実物で実験なんてできないでしょう」

「やりようはいくらでもあるさ。いちばん手っ取り早いのは知っている人間に問い質すことだろう――たとえば〝神殺しの邪悪〟とかな」

そう言って皇帝陛下はニヤリと笑う。

かくしてムルナイト帝国は逆さ月や魔核の謎《なぞ》に少しずつ近づいていく。

これはまた仕事が増えそうだな――そんなふうにアルマンは嘆息《たんそく》するのだった。

☆

「コマリ様。ようやくお認めになられたようですね」

「…………」

「いつもと違って記憶は残っていますよね？　コマリ様の心は成長したはずですので」

「…………」

「聞いてますかコマリ様。まさか忘れたとは言わせませんよ」

「…………そうだな。少しは認めてやろうではないか。今回は記憶が――」

「ありがとうございます。コマリ様が『ヴィル結婚しよう』と耳元で囁《ささや》いてくれたことは私もしっかりと覚えていますので」

「何の話だよ⁉」

私は全身全霊を尽くしてツッコミを入れた。

十二月二十四日。ベッドの上。例によって私は目が覚めると病院にいた。

いつものことなので驚きもしなかった――けど「気づいたら病院」なんていうロックな事態に慣れている自分が怖い。私はもっと平和で安穏とした生活を送りたいのに。

でも七紅天をやっている限りは平和な生活なんて送れないんだろうな、という諦観《ていかん》にも似た気持ちが私の中にあった。

そうだ。だって私は帝都のみんなに期待されている七紅天なのだ。

あの夜のことは覚えている。

いやもちろん「ヴィル結婚しよう」などと言った覚えはない。確実に変態メイドの捏造《ねつぞう》である。そうではなくて——私が烈核解放《れっかくかいほう》【紅孤の恤《こことむらい》】を発動したことを覚えているのだ。

あの満月の夜、私は逆さ月のトリフォンと大立ち回りを繰り広げた。

紅色の魔力。そしてヴィルが放つ青色の魔力。

正直今でも夢なんじゃないかと思っている。記憶のところどころは未《いま》だにはっきりしない。でも私は普段では考えられないほどの殺気を発しながら敵と相対していたはずなのだ。何故《なぜ》ならその感情だけははっきりと思い出すことができるから。皆のために戦いたい——そういう思いから一心不乱に立ち上がっていた。

「……あの後どうなったんだ?」

「スピカ・ラ・ジェミニなら皇帝陛下が追い払ったそうです。トリフォン・クロスについては行方《ゆくえ》不明。その他の逆さ月構成員は帝都勢力によって駆逐されたとか」

「逆さ月と神聖教って同じ組織だったの?」

「同じではないそうですね。ユリウス6世は三年前から教皇に就任して教会権力をほしいままにしていたわけですが、その横暴な振る舞いは教会の内外からかなり批判されていたようで、聖都においても彼女に反抗する勢力はいくらでもあったのだとか。現在次の教皇を選出するための儀式が行われているそうです」

「ふーん……」

「とにもかくにも一件落着ですよ。不埒《ふらち》なテロリストは帝都から一掃され、もとの平和な時間が戻ってきたのです」

ようするにムルナイト帝国の完全勝利というわけか。

ヴィルによれば、ぐちゃぐちゃに破壊された帝都はこれから再建されていくのだという。暴《あば》れていた連中も大部分が捕縛《ほばく》されている。これから尋問とか拷問とか色々物騒《ぶっそう》なことが行われるそうだが、まあ、私には関係ないことなので考える必要もないだろう。

そこで私はふと疑問に思う。

スピカは——あの吸血姫《きゅうけつき》はいったい何を企《たくら》んでいるのだろうか。

帝都を乗っ取って何を成し遂げたかったのだろうか。

逆さ月の理念は〝死ぬことが俺《おれ》たちの野望〟みたいな感じのやつだった気がする。しかし彼女の立ち居振る舞いからはそんな物騒な理想ではなく、もっと前向きでエネルギッシュな何かが溢《あふ》れ出ていたようにも思う。これればかりは本人に聞いてみなければわからないのだが。

「……もう一度、スピカと話をしてみたいな」

「相変わらずですねコマリ様。あんな輩《やから》は問答無用で捻《ひね》りつぶしてやるべきだと思います。というか私はスピカ・ラ・ジェミニなんかよりも気になることがありまして」

「なんだよ。今日の晩ご飯のメニューか？」

「今日の夕飯は私がオムライスを作るとしましょう」

「ほんと⁉　やったぁ‼」

「はい。――いえ、それももちろん大いに重要ですけれど、私が気になるのは、あの新月の世界のことですよ」

「新月？　ああ……」

私は記憶を反芻《はんすう》する。

新月の世界。ムルナイト帝国と似て非なる裏側の世界。

私とヴィルとトリフォンの三人は突如として発生した白い光に巻き込まれてあの場所に転送されてしまった。その契機はなんとなくわかる。プロヘリヤの放った弾丸が弾《はじ》き返《かえ》されて私の胸に命中したとき――何かの扉が開く音がしたのだ。

私は自分の胸元《むなもと》を見下ろした。

そこには真《ま》っ赤《か》に輝くペンダントがあった。カルラに修復してもらったおかげで罅《ひび》は消えている。正直【逆巻《さかまき》の玉響《たまゆら》】を発動してもらうのは抵抗があったが、彼女は何故かハッとした様子で「これは直さなければいけないものです」と至極真面目《まじめ》な顔で断言し、出し渋ることなく時間を巻き戻してくれたのだった。

「あの世界はたぶん魔核が効果を発揮しない異次元でした。帰る方法もわからず途方に暮れていたのですが――あのとき私は誰《だれ》かの声を聞いたような気がするのです」

「声？」

「はい。温《ぬく》もりのある声でした。たぶんその人が私たちを元の世界に帰してくれたのだと思います。そして魔核の恩恵によって私たちは一命をとりとめることができたのです」

「…………」

ヴィルの言うことがデタラメだとは思えなかった。

何故なら私も似たような感覚を味わっていたからだ。朦朧《もうろう》とする意識の中、闇《やみ》を照らしてくれる月のような明るさが私を包み込んでいくのがわかった。

底抜けに優しい言葉。そしてどこか懐かしい空気。

雪の冷たさも吹き飛ばしてしまうほどの温もり。

「――お母さん、」

ヴィルがぴくりと眉を動かした。

「いや。お母さんみたいなにおいがしたんだ」

「…………」

自分が馬鹿《ばか》なことを言っているのはわかっていた。

私の母――ユーリン・ガンデスブラッドは六年ほど前に戦場で命を落としたはずなのだ。

あのとき私やヴィルのもとに現れた人物が母だとするならば、私は一時的に死後の世界に片足を突っ込んでいたことになる。

それとは別に引っかかる部分もあった。

アマツ・カクメイが私にもたらした手紙である。

あれは母が生前に書いたものなのだろうか。いや普通に考えればそれしかないのだが、しかしどうにも何か秘密が隠されているような気がしてならなかった。

——『世界はあなたの胸の中に』。

結局あの手紙にはどんな意味が込められていたのだろうか。

もしかしたら母は生きているのではないか——そんなふうに淡い希望さえ湧いてくる。

あまり期待はしないほうがいいのかもしれないけれど。

「……まあ、考えても今の私たちにはわかりませんね。とりあえずは無事に生還できたことを喜んでおくとしましょう」

「そうだな」

私はぼんやりと窓の外を眺めた。

病院（死体安置所）付近は比較的無事だったらしいが、ちょっと帝都を歩けば破壊の痕跡はいたるところに見受けられた。よくもこんな事件を生き延びられたものだなと感心すらしてしまう。

「ネリアやカルラにきちんとお礼をしなくちゃな。何か贈り物をしたいんだけど、あいつらの好きなものって何かな？」

「カニンガム殿にはメイド服を送りつけておけばよいでしょう」

「ネリアにぴったりなやつにしようかな。あいつには自分がメイドにされる気持ちを味わわせてやりたいと思っていたんだ。後で身体のサイズを聞いておこう」

「ちなみに私の身体のサイズはですね――」

「言わなくていいっ！――カルラは何がいいかな？」

「アマツ殿には手作り洋菓子などいかがでしょうか。もちろんコマリ様が作るのです」

「おお！　それはいいな。じゃあクッキーでも贈ろうかな」

「それと白極連邦《はっきょくれんぽう》のズタズタ殿も駆けつけてくれましたよね」

「そうだった。あいつは子供っぽいところがあるからな。アザラシのぬいぐるみを贈ろう」

「本人が聞いたら激怒《げきど》しそうな台詞ですね」

そんなふうにお礼の算段を立てながら思う――私はなんて恵まれているのだろう、と。

私だけの力では生き延びることなんて到底できなかった。これはネリアやカルラやプロヘリヤやその他大勢が力を貸してくれたからこそ成し遂げられたことなのである。

「――よかったですねコマリ様。ご友人との絆《きずな》を深めることができて」

「うん。あいつらが困っているときは私も光の速さで駆けつけなくちゃな」

「アルカや天照楽土《てんしょうらくど》に逆さ月が攻めてきたらもう一度コマリ様の無双が見られますね。今からワクワクが止まりません」

「止まれ。正直今回みたいな戦いが起きたら死ぬ自信があるぞ」

「死にませんよ。コマリ様には烈核解放があるのですから」

少しだけ返答に窮してしまう。

私はヴィルから視線を外して呟《つぶや》いた。

「……まあ、確かに私がすごいことをしたらしいことは理解できるが、まだ半分くらいは隕石《いんせき》の仕業《しわざ》だと思っている。あるいは神が私の身体に乗り移って大暴れをしたとかな。あとで教会か何かにプリンを寄進しに行こうじゃないか」

「まだそんなことを言ってるんですか。これから戦争は山ほど待ち構えているんですよ？　チンパンジーからも宣戦布告が届いているんですよ？」

「冬眠してろよ！　私も冬眠するからっ！」

「冬眠なんて私が許しませんよ。コマリ様は『もう引きこもらないっ！』って仰《おっしゃ》ってたじゃないですか。私は記憶力がいいので絶対に忘れませんからね」

「ぐぬぬ……それはだな……言葉の綾《あや》というやつで……」

私の本質が引きこもり体質であることに変わりはないのだ。

確かに今回は少しだけやる気を出したけど、そのやる気が未来永劫《みらいえいごう》続くとは限らない。まあ再びムルナイト帝国がヤバイことになったら引きこもっている場合ではないのだろうけど。

とにかく私はこれから三カ月の休暇を申請するつもりである。

どんな人物でも休みは必要なのだ。第七部隊の連中は「休みなんて要りません」とのたまっているけどあいつらはバーサーカーなので人間の範疇《はんちゅう》に収めてはいけない。

と思っていたらヴィルが「冗談ですよ」と笑って言った。

「コマリ様の気持ちは理解しているつもりです。無理はさせません」

「うむ。なんだかんだでお前は私の忠実なるメイドだからな」

「はい。というわけで来年のお仕事を今から準備しているところです。とりあえず一月の戦争の予定は十五件ほど入れておきました。現在は二月に向けて各国に宣戦布告をしまくっているところであり――」

「やっぱりお前は私の気持ちなんて一ミリも理解してないんだなっ!!」

ヴィルがくすりと笑った。笑いごとではなかった。

「大丈夫です。だってコマリ様には私がついているのですから」

「…………」

自信満々なやつである。

だが……こいつのおかげで私は成長することができたのだ。春にはミリセントを倒して七紅天闘争を勝ち抜き、夏には六国《りっこく》大戦でネリアと友情を育み、秋には天舞祭《てんぶさい》で己の夢を自覚し、冬にはテロリストとの戦いで自分のやるべきことを見つけることができた。

今後また何かの騒動が起きても、こいつと一緒なら乗り越えていけるだろう――そんな気がするのだ。

「……お前はもう私のもとからいなくなったりしないんだな?」

「当たり前です。いつまでもお側《そば》にいますよ。――だって私たちは血を交換しあった主従なのですから」

「そうだな。そういえばそうだった」

「ところで私の血の味はいかがでしたか？」

いきなり何を言い出すのか。

「えっと……味と言われても」

「コマリ様の血はとっても甘かったですよ。私の血はどうでしたか？」

「そ、それはだな……悪くはなかったけど……」

「悪くない？　味的にはどうでしたか？」

「ふ、普通に飲めるくらいだったな！　血が嫌いな私にとっては驚きの体験だった」

「それはよかったです。ところで味は？　味はいかがでしたか？」

「味味うるさいな！　味がそんなに大事かよ！」

「大事です。さあどうでしたかコマリ様」

ヴィルがずいっと近づいてきた。私は思わずベッドの上で後退してしまった。

私は変態メイドとは違って嘘《うそ》が苦手なタイプである。というかすぐに顔に出てしまうタイプらしい。何を言っても揶揄《からか》われるのは目に見えていた。どうしよう。どうしよう。なんだかめちゃくちゃ恥ずかしいぞ――そこで私は名案を思い付いた。

話題を変えてしまえばいいのだ。

「――き、決まっている！　お前の血は『輝かしい未来の味』がした！」

「はい？　どういう意味ですか？」

「私の身体が同年代の子に比べて小さいのは吸血を怠ってきたからなんだ。でも何故かヴィルの血は飲めないっていうほどのレベルじゃない。これからお前の血を摂取していけば、私の身長はウドの大木のように大きくなることだろう」

「コマリ様の身長は伸びませんよ」

「なんで⁉」

「【パンドラポイズン】で視《み》たからです」

「…………」

どうしてそんな酷《ひど》いことするの？

未来を視られたらどうしようもないじゃん。

泣きそうになっているとヴィルが「ご安心ください」と神妙な顔をして言った。

「コマリ様は身長以外に栄養が行くタイプのようですので……」

「どこが安心できるんだよっ‼」

最悪だった。こいつの血を飲んでいたら私は横に大きくなっていくらしい。

やっぱり血なんて大嫌いだ。これからは可能な限り吸血はしない方向でいこう。というか血を吸ったら烈核解放が発動してしまう。隕石が落ちたかのような大惨事に発展してしまう。

　ヴィルがくすりと笑って言った。

「――でも、コマリ様が私の血を嫌っていないようなので安心しました」

「お前の血なんてもう飲まない」

「まあそう仰らずに。烈核解放の発動がコントロールできるようになったら毎晩血を吸い合いましょうね」

「やだよそんなのっ」

　私はそっぽを向いてベッドに倒れ込んだ。

　まったくもって不愉快なメイドである。こいつは主人のことを何だと思っているんだ――そんなふうに内心憤りを感じながら私は毛布に包まった。

　とはいえ、こいつがいなければ私が将軍としてやっていけないのも事実である。

　そしてこいつのおかげで私が成長できたことも事実なのだった。

　多少の無礼は許してやるとしよう。なんだかんだでこいつは私のことを第一に考えてくれているし。私にオムライスを作ってくれるし。私がやらかしたヘマを斜め上の方向で解決してくれるし。そして何より――私にとってはかけがえのないメイドだから。

　そのときだった。

　不意に病室の扉がガラリと乱暴に開かれた。

「閣下！　ご報告申し上げます！」

いきなりカオステルが大声とともに参上した。

私は慌てて姿勢を正してベッドの上にふんぞり返った。部下の前でだらしない格好をするのは憚《はばか》られるからだ。というかこいつは無遠慮すぎるだろ。なんで上司の病室にずかずかと踏み込むことができるんだ。常識というものがないのか。ないんだったなそういえば。

「どうしたカオステル。私もそろそろ人を殺したいと思っていたのだが病院の連中が退院を許してくれなくてな。というわけで戦争はまた後に――」

「違います。テラコマリ・ガンデスブラッド像が完成しました」

「は？」

何言ってんだこいつ。

ヴィルが「素晴らしいですね」と冷静な声色《こわいろ》で言った。

「やはりムルナイト帝国に在るべきなのは神の像ではなくコマリ様の像です。さっそく見に行きましょうコマリ様」

「え？　ちょっ――つかむなっ！　いま着替えるからっ！」

私はそのまま強引に腕を引っ張られていった。

嫌な予感しかしなかった。

☆

嫌な予感は的中した。カオステルによって【転移】させられた先はボロボロになったムルナイト宮殿である。壁や天井《てんじょう》が破壊されて剝《む》きだしになった廊下に雪が積もっていた。なんとも痛々しい光景である――が、今はそんなことはどうでもよかった。

私の目に飛び込んできたのはテラコマリ・ガンデスブラッド像だった。

それ以外に形容のしようもなかった。

かつてスピカが持ってきた神像があったはずの場所に――何故か巨大な私がダブルピースをしながら屹立《きつりつ》していたのである。

しかも周囲には大量の見物客がいた。

彼らは私の銅像を見上げながら「すごいなあ」「閣下そっくりだ」「写真を撮ろう」「新たなるムルナイト名物の誕生ですな」「ああ神様……ああ神様……世界に平和を……」などと呟いている。最後のやつは私と神とを取り違えているに違いなかった。意味がわからない。

「……なぁに、これ」

「閣下の銅像です」

「見りゃあわかるよ⁉　なんでそんなもんが建ってるんだよ⁉　おかしいだろ⁉」

「お忘れですか？　閣下の威光を全世界に知らしめるために我々は銅像を造っていたのです。

ちなみにヴィルヘイズ中尉の要望に応《こた》えて目からビームが出る仕様に改良いたしました」

そういえばそんなことを言っていたような気もする。

いや恥ずかしいからやめてくれよ。わけわかんねえよ。

外国の偉い人が来たときに「あれはなんですかな?」って感じで不審に思われるだろ。顔から火が出るどころか顔ごと爆発《ばくはつ》しそうだよ。

と思っていたら人々が私の存在に気がついた。よく見たら第七部隊の連中もいる。彼らは私の姿を認めるやいなや「閣下!!」と満面の笑みを浮かべて近づいてきた。

「閣下!　此度《こたび》のご活躍お見事です!」「閣下のおかげで帝国は救われました!」「本物の閣下は銅像よりも立派ですなあ!」「見てください。こんなにも多くの人々が閣下のことを祝福しておりますよ!」「イエーッ!　閣下の時代が即・到来。宗教ぶっ壊して結果オーライ」

羞恥心《しゅうちしん》が限界突破した。

私は藁《わら》にも縋《すが》る気持ちで叫んでいた。

「お、おいメラコンシー!　お前は建築物を爆破《ばくは》するのが趣味なんだろ?　どれとは言わないが、ちょうど良さそうな銅像がその辺に建っている気がしないか?」

「神の像は爆破できません」

「なんで都合の良いときだけ良い子なの⁉」

私の願いを聞き届けてくれる者は一人もいなかった。

やつらは馬鹿みたいに「コマリン！　コマリン！　コマリン！　コマリン！」と絶叫している。第七部隊以外の吸血鬼たちも笑顔を浮かべて私を見つめていた。まったくもって騒がしい連中だなあ――とは思いつつも、私は何故だか心温まるものを感じてしまった。

ようやく日常が戻ってきた感じ。

私はこの感慨のために戦ってきたのかもしれなかった。もちろん物騒なことは死ぬほど嫌いだけれど、私のことを信頼してくれる人たちのために、少しは頑張ってみようかなという気持ちが芽生え――

「コマリ様。明日から殺戮《さつりく》頑張りましょうね」

「嫌に決まってるだろぉ――――――――――――っ!!」

芽生えかけた気持ちは引っ込んでしまった。

魂の叫びは冬空に吸い込まれて消えていく。

嗚呼《ああ》。

やっぱり、私には、引きこもりがお似合いかも……。

かくして、引きこもり吸血姫の悶々《もんもん》とした日々は続いていくのであった。

（おわり）

結局ムルナイト帝国を奪略することはできなかった。

でも今回は潔く身を引くとしよう。

テラコマリの頑張りには胸を打たれるものがあった。敵味方関係なく周囲の人間を感化していく圧倒的な魅力・精神力――彼女の心の強さには拍手を送りたい。私のお気に入りの血液キャンディをプレゼントしてあげようか。

まあとにかく。

しばらくはお望みの引きこもりライフを満喫するといい。

逆さ月は構成員のほとんどを失った。帝都で暴れ回っていた人間たちはムルナイト帝国政府によって捕らえられてしまったのだ。こちらも再始動するには時間がかかるだろうから。

「……私もちょっとは休もうかしら。いつも休んでばかりだけど」

私は夜空を眺めながら新しい飴《あめ》を取り出した。

明るく輝く満月。夜の国に相応《ふさわ》しい黄金の宝石。

見ているだけで得体の知れない感情が湧き上がってくる。いつか私の夢が叶《かな》う日は来るのだろうか――少しだけ感傷的な気分になってしまう。

いや。叶うに決まっているのだ。

私には仲間がいる。テラコマリと同じように、私のことを信じてついてきてくれる仲間たちがいるから。

☆

トリフォン・クロスが目覚めたときには全《すべ》てが終わっていた。

ムルナイト帝国はテラコマリ・ガンデスブラッドによって奪還された。帝都を襲撃させていた逆さ月の面々も帝国軍によって捕まった。さらに〝神殺しの邪悪〟やトリフォンが隠れ蓑《みの》としていた大聖堂でも「反ユリウス6世派」によって新しい教皇を選出する動きがあるという。

完全なる敗北。理想はまた遠のいてしまったな——とトリフォンは溜息を吐く。

「……命があっただけ僥倖《ぎょうこう》と捉《とら》えておくか」

気づいたら自分はベッドの上に寝かされていたのだ。失った左腕も魔核の力によって元通りになっている。おひい様曰く「私が核領域まで運んであげたのよ！」とのこと。

トリフォンは再び溜息を吐いて窓の外を見た。

古城を改築した逆さ月のアジトらしい。しかし既に構成員たちの姿はなかった。今頃はムルナイト帝国の牢に収監されていることだろう。トリフォンは廊下を歩きながら一抹《いちまつ》の寂《さび》しさを感じてしまった。

「外は雪が積もっているわね！　雪だるまでも作ろうかしら？」

「……おひい様」

いつの間にか背後に〝神殺しの邪悪〟――スピカ・ラ・ジェミニがいた。彼女は瞳《ひとみ》を星のように輝かせながら近づいてくる。いつものように血の色をした飴を口に咥《くわ》えていた。

「大丈夫？　怪我《けが》は治ったの？」

「おかげさまで。もう戦うこともできますよ」

「そう。でもあなたのおかげで逆さ月は大怪我を負ったわ」

口の中が乾いていった。

逆さ月が壊滅状態に陥《おちい》ったのはトリフォンの責任なのだ。そもそもスピカに対して「必ずや【孤紅《ここう》の恤《とむらい》】を打ち破ってみせます」と宣言して作戦に乗り出したのである。二回ほど打ち破ることができたのは確かだが――最終的には逆転されてしまった。

そうして無様《ぶざま》に敗北した。

殺されても文句は言えない立場だった。

「言い訳などいたしません。いかようにも処分してください。今回の騒動の責任はすべて私にありますので――」

ぽん。

頭に手を置かれた。予想外の事態に言葉を失ってしまった。

スピカが背伸びをしてトリフォンの頭を撫《な》でていたのである。まるで子供をあやすかのように優しげな手つきだった。わけがわからず硬直してしまった。

「あの……おひい様、」

「よくやったわ！　組織はボロボロになっちゃったけど、ムルナイト帝国に大きなダメージを与えることができた。これはあなたのおかげよ！　トリフォン」

「しかし」

「『逆さ月は失敗した者には容赦《ようしゃ》をしない』――そんな風潮ができたのは三十年くらい前のことかしら？　当時の朔月《さくげつ》が勝手に決めちゃったのよ！　やめろって言ってもなかなかやめないし。やっぱり人的資源を浪費するのはよくないわね。……というか屈《かが》んだら？　足がつりそうなんだけど？」

「申し訳ございません」

言われた通りにかがみながらトリフォンは思う。

スピカの心の内が読めない。この少女は本当にそんな甘いことを考えているのだろうか。

彼女はしばらくトリフォンの疑心に満ちた頭をナデナデしていた。やがてニコリと太陽のような笑みを浮かべて離れていく。そうして真っ赤な飴を揺らしながら言った。

「……逆さ月はボロボロよ。あなたには私の夢を叶えるために働いてもらうわ」

「承知しております。私にできることならば何でも」

「よろしい！　忠実なトリフォンにはご褒美《ほうび》をあげるわ！」

「へ？――ぐっ」

いきなり口に飴を突っ込まれた。いつも彼女が舐《な》めている赤い飴である。

血の味が口内に広がっていく。そうしてトリフォンは吐き気を覚えた。こんなものを好き好んで飲んでいる吸血鬼の味覚はおかしいのではないか。

「まず……」

思わず声に出してしまった。

スピカの瞳がきらりと輝く。

「何か言った？」

「何も言ってません」

「あっそ。とにかく会議を始めましょう！」

「会議……ですか？」

「そろそろ私の目的とか出自とかをちゃんと話しておいたほうがいいと思ったのよ。今回の一件で、今代の朔月にはそうするだけの価値があると確信したから――あ、フーヤオ！　さっそく来てくれたのね！」

廊下の奥から狐耳少女が歩いてきた。

彼女はスピカの姿を認めると、やさぐれたような表情で「ああ」と呟いた。

「……何の用だ。手短に頼む」

「怪我はもういいの？　プロヘリヤ・ズタズタスキーにズタズタにされてたけど」

フーヤオの狐耳がぴくりと動いた。

「べつに大した傷ではない。そもそも私が戦っていれば負けることはなかったんだ。〝裏〟のやつが出しゃばったからこんな結果になっただけで――」

「でも負けは負けでしょ？」

「………。……わかっているさ。優先順序が変わっただけだ。テラコマリ・ガンデスブラッドの前に、あの生意気な蒼玉《そうぎょく》を殺してやろう」

「そう！　頑張ってね」

フーヤオが不機嫌そうに表情を歪める。

「……はやく用件を言ってくれ。私は忙しいんだ」

「アマツとコルネリウスが来たら詳しいことを話すわ。スピカ・ラ・ジェミニがどういう考えで逆さ月のボスをやっているのか――そして常世や魔核について色々とね」

「長い話になるのなら私抜きでも構わない」

「フーヤオ。あまり我儘《わがまま》を言うものではありませんよ」

「べつにいいわ。そういうせっかちなところも魅力的だから。――でもまあ。そうね。あの二人はなんとなく察しがついてるみたいだし、フーヤオとトリフォンにはツカミだけ先に話しておこうかしら」

スピカは満足そうに笑みを浮かべる。

そうしてまるで子供が悪戯《いたずら》の計画を銜《ひけ》らかすような調子で言うのだった。
「――私の目的は魔核を破壊して常世への扉を開くこと。世界中の引きこもりを外に出してあげることよ！」

今回の一件で逆さ月は組織としての機能をほとんど失った。
魔核を狙《ねら》った大規模なテロはしばらく発生しないはずである。
テラコマリ・ガンデスブラッドにも束《つか》の間の平和が訪れることだろう。
しかし――すべてが解決したわけではない。
スピカの心が折れない限り。スピカの心が変わらない限り。
引きこもり吸血姫が安心して惰眠《だみん》を貪ることができる日は来ないのだ。

あとがき

お世話になっております小林湖底《こばやしこてい》です。ギリギリで後書きに取りかかっているのでネタが思いつきません（いつものこと）。というわけで私が5巻で好きなシーンをいくつか発表します。少しネタバレになるかもしれないので後書きから読む方がいたらごめんなさい。

①：『妹の登場』――これまでたびたび存在が示唆《しさ》されてきたにも拘《かか》わらず長らく正体不明だったロロッコさんが満を持《じ》して登場。こんな感じの無邪気だけど計算高いキャラは好きです。

②：『メイドサクナ』――ヴィルを失って参っているコマリが追い求めた幻影。作中で美少女と表現されることが多いサクナのメイド姿はコマリをして惑乱《わくらん》せしめる超美少女なのでした。

③：『ミリセント再来』――コマリとミリセントはお互いに複雑な感情を抱いていることでしょう。友達のような関係には決してなれない予感はしています。でも今回の事件を機に遠慮なく言い合えるような仲になってくれたらいいな……と思います。

④：『仲間たちが駆けつけてくるシーン』――コマリのこれまでの頑張りが報われる場面でもあります。ここがいちばん書いていて楽しかった……。

⑤：『ラストバトル』――ヴィルが主人とコンビネーションを発揮するシーン。本作のメインヒロインなのに2～4巻では最後のほうで気絶していたり蚊帳《かや》の外だったりしていましたが、今回は

主人と一緒に戦い抜くことができました。やっぱり主従関係ってとてもよき。⑥——と行きたいところですが紙幅《しふく》の関係で割愛《かつあい》させていただきます（他にもたくさんお気に入りシーンはあるのですが語りすぎてもアレなので自重《じちょう》しておきましょう）。

おかげ様で『ひきこまり吸血姫《きゅうけつき》の悶々《もんもん》』も5巻まで辿《たど》り着くことができました。この第5巻をもちまして序盤戦は終了ということになりそうです。コマリちゃんも引きこもり時代とは比べ物にならないほど成長できました。といっても「引きこもりたいのに引きこもれない」という状況はまだまだ続いていくことでしょう。今後ともお付き合いいただけたら幸いです。

ところでひきこまりは作品コンセプトとして「ゆるふわ＋殺伐」な空気感を心がけているのですが、最近は「殺伐＋殺伐」な感じが続いてしまいました。次は「ゆるふわ＋サクサク」な日常回にできたらいいなと思います。たまには休みも必要だと思うので……。

遅ればせながら謝辞《しゃじ》を。

今回も可愛くカッコいいイラストを描いてくださったりいちゅ様。華やかで素敵なデザインに仕上げてくださった装丁《そうてい》担当の柊《ひいらぎ》　椋《りょう》様。プロット段階から熱心にアドバイスをくださった編集担当の杉浦よてん様。その他刊行に携わっていただいた多くの皆様。そしてこの本をお手に取ってくださった読者の皆々様。すべての方々に厚く御礼申し上げます——ありがとうございました!!!　また次回お会いしましょう。

小林湖底

ファンレター、作品の
ご感想をお待ちしています

〈あて先〉

〒106－0032
東京都港区六本木2－4－5
SBクリエイティブ（株）
GA文庫編集部 気付

「小林湖底先生」係
「りいちゅ先生」係

本書に関するご意見・ご感想は
右の QR コードよりお寄せください。

※アクセスの際や登録時に発生する通信費等はご負担ください。

https://ga.sbcr.jp/

ひきこまり吸血姫の悶々5

発　行　　2021年5月31日　初版第一刷発行
　　　　　2023年9月15日　　　第四刷発行
著　者　　小林湖底
発行人　　小川　淳

発行所　　SBクリエイティブ株式会社
〒106−0032
東京都港区六本木2−4−5
電話　03−5549−1201
　　　03−5549−1167（編集）

装　丁　　柊椋（I.S.W DESIGNING）

印刷・製本　中央精版印刷株式会社

ISBN978-4-8156-0985-6
Printed in Japan　　GA 文庫

試読版は
こちら!